人物簡介

五大極至風雲人物

許正陽

炎黃大陸殺戮最重的人，武功謀略天下無人可及，行事不依常規，多情又無情，野心極大，為鳳凰戰神之後人，被炎黃大陸的人稱之為噬血修羅。

梁興

許正陽此生最好的兄弟，同出一師，天下間唯一可以與許正陽爭鋒的絕頂高手，為許正陽統一炎黃大陸的最重要的幫手。

清林秀風

墨菲帝國的長公主，擁有絕世的美麗和智慧，更有著男兒般的壯志與雄心，許正陽此生最強大的敵人。

高飛

明月國六皇子，野心極大，兩次謀奪皇位卻都因遇許正陽而前功盡棄。其人才智過人，卻少了許正陽的運氣，雖是許正陽的敵人，卻極得許正陽欣賞。

南宮月

南宮飛雲之女，清麗絕倫，許正陽初戀之人，但因家族恩怨與許正陽有緣無份，最終出家為尼，其武功獨樹一幟，後為天下第三高手。

人物簡介

各國權臣榜

高權

飛天帝國的名將，卻是毀滅鳳凰軍團的主要負責人，後為許正陽擊成殘廢。

南宮飛雲

明月國第一上將，也是早期唯一的萬戶侯，崑崙弟子，多謀善用兵，但注定與許正陽成為對手，終死於沙場。

向寧

昔年鳳凰軍團的倖存者，明月國的一方王侯，擁兵數十萬，極忠心許正陽，南征北戰幾無敗績。

翁同

飛天太師，權欲極重，糊塗無能，一心排擠飛天重臣。

陸卓遠

拜神威帝國的名將，拜神威兵馬的大元帥，朝中支柱，被譽為有其存在一天，就不能有人用兵勝過拜神威，後死於清林秀風的詭計之下。

人物簡介

魔皇戰將榜

向南行、向北行、向東行、向西行

向家四虎，向寧的四個兒子，後為魔皇許正陽部下四名最為得力的戰將，各因軍功封王列侯。

黃夢傑

一代名將，文治武功足以定國安邦，更是魔皇手下水師最厲害的上將，本是飛天黃氏家族的人，但卻因被飛天滅門而改投於魔皇手下，高秋雨的表哥。

巫馬天勇

許正陽手下最得力的高手之一，有百萬大軍中取上將首級之能，魔皇的開國功臣之一。

子車侗

閃族之主，勇武過人，對夜叉梁興極其信服，率十數萬閃族鐵騎隨其征戰天下，立下無數功勞。

人物簡介

魔皇戰將榜

錢悅、傅翎

魔皇許正陽旗下的兩員虎將，足智多謀，凡魔皇所交任務，幾乎無失手記錄。

冷鏈

魔皇部下第一謀士，智深如海，膽識過人。

陳可卿

極為肥胖，忠肝義膽，對魔皇極其忠心，心智極深，極得許正陽所喜。

鍾離師

鍾離世家的新一代接班人，高才、多智，忠於許正陽，魔皇帝國的國師。

人物簡介

極品女人

高秋雨

高權之女，武功卓絕，聰慧過人，擁有美麗無雙的容貌，更有巾幗不讓鬚眉的豪氣，熟知兵法戰策，後為許正陽之妻，成為許正陽得力助手。

梅惜月

青衣樓主，艷冠天下，智深如海，許正陽最敬重的妻子，魔皇後宮之主，更是魔皇許正陽一統天下的最大功臣之一。

顏少卿

明月太子妃，其子後在許正陽的扶持下登基，榮登為皇太后，嬌艷無比，心智過人，卻深情至性。

鍾離華

鍾離師堂妹，鍾離世家的天之驕女，魔皇正妻之一，武功卓絕，膽識過人，美麗無雙，是能領百萬雄兵的天生將才，極得許正陽寵愛。

人物簡介

其他重要人物

天一、天風

亢龍山的高手，許正陽師叔，專為許正陽訓練殺手和衛隊，更為魔皇培養最恐怖的殺手和奸細。

蛇魔道人

許正陽之師，卻英年早逝，昔年武功天下無人可比，獨挑崑崙一派。

翁大江

翁同之子，心計狠毒，極其醜陋，無容人之量，典型世家子弟。

高占

明月國君，其人極有魄力，知人善用，力排眾議，讓許正陽與梁興建立起修羅和夜叉軍團。更收二人為義子，使其擁有無可比擬的榮耀。

鍾離宏

鍾離世家的長老，武功卓絕，一腔熱忱，對許正陽極其看好。

姬昂

飛天國君，其人昏庸無能，殘害忠良，淫亂朝綱，使飛天帝國在其手中走向衰落。

第一章 全面開戰

我站在涼州城外的一處山坡之上，向涼州看去，涼州一片喊殺聲起，淒厲的慘叫聲迴盪於夜空中。我輕笑著，對身邊的天一說道：

「師叔，開始了，向老大已經開始肅清涼州餘孽了！呵呵，我們也開始吧！」

天一點點頭，我輕聲喚道：「雄海！」

一直隱身於我身後的雄海閃身而出，單膝跪地，恭敬地說道：「赤牙統領雄海恭候主公吩咐！」

我扭頭向山坡西北方看去，那裏有一處龐大的莊園，夜色中一片黑暗，沒有半點燈光！那是涼州神醫華清的宅院，同時也是華清煉藥、製藥的場所。我已經查到了他的身分，這個華清原本就是高占手下最爲隱秘的一個暗探，涼州一切風風雨雨都和他脫不開關係，甚至連溫國賢等人也被他控制，這樣的一個人，從我第一次見到他時，就感到這個人不簡單，沒想到卻有這麼大的來歷。

我淡淡地問道：「整個莊園已經控制了嗎？」

「主公放心！藥師園已經被我們嚴密的控制，入京莊園中，一共有大約一百餘人，其中有六七個一流的好手，其餘的都只是一些小角色！」雄海恭敬地回答。

「好！命令赤牙攻擊！」我冷冷地說道。

一聲詭異的嘯聲自雄海口中發出，氣息悠長，連綿不絕，嘯聲三頓三折，聲音若有若無，卻又如此清晰的在我耳邊迴盪。嘯聲方起，自山坡下唰唰飛起無數道身影，總數大約在八十餘人，他們彷彿暗夜中的幽靈一般，飛一樣的奔襲向藥師園。

「雄海，光聽你這一嘯，就知道你的功力大進呀！」我輕聲地說道。

「都是主公栽培，和幾位老神仙的悉心調教！」雄海有些靦腆地說道。

我笑了笑，扭頭對身邊的天一說道：「師叔，我們開始吧？」

「呵呵，好！我們開始吧！」天一笑道。

我真氣運轉，身體飄然而起，輕煙般一閃，向藥師園逝去。

藥師園中一片安靜，沒有半點聲音，赤牙幽靈般地接近了莊園，突然院牆霎時燈火通明，強弓利矢如暴雨飛蝗般的飛向衝至院門前的赤牙成員，赤牙成員連忙躲閃，被這雨點般的箭矢壓了回去，不少人都帶了傷。

我微微一皺眉頭，對身後跟來的雄海說道：「給我燒！」

雄海再次發出一聲厲嘯，只見赤牙的成員從身上取出一個瓶子，瓶中裝滿了黑油，他們將黑油點燃後，甩向莊園，只是轉眼間，整個藥師園被籠罩在一片火海之中。

園中響起一陣陣淒慘的叫聲，想來是那黑油澆在了他們的身上，整個人也被點燃了。

我雙掌挾著萬鈞之力掃向牆頭，轟隆一聲，牆頭倒塌，躲在牆後的人沒有來得及反應，就骨碎肉濺被砸向了半空，立在牆頭，我嘿聲冷笑，「赤牙所屬，給我殺！」

無數幽靈般的身形飛起，飛撲入藥師園中，我的耳中立刻響起了陣陣兵器的碰撞聲和慘叫聲，扭頭對身後的天一說道：「師叔，這些傢伙不值得我們動手，就讓血牙去做吧！」說著，我厲聲地說道：「雄海，這前院的人就交給你了，不得一個人逃跑，凡是這個莊園中的所屬，一個不留，格殺勿論！」

「雄海領命！」雄海躬身回答，大吼一聲，飛身撲進了火場，手中執著一把奇形的兵器，有四尺長，柄桿是銀色的，把手用紫檀木裝成，有四道指凹，柄與桿相連的地方垂著一圈柔軟的黑皮套索，順著銀燦燦的柄桿望上去，有五根拇指粗細的鋼條自桿身分開，組成一個同心弧形又收攏於桿頂，看去就是一個中空的爪形圖案。

這詭異的兵器有一個詭異的名字，叫做輪迴杖！

雄海飛撲進鬥場之中，手中的輪迴杖宛如是雷神的霹靂槌，是八臂魔揮展的手臂，滾滾翻翻，洶湧激蕩，彷彿狂風橫掃，怒浪澎湃，而光閃輝耀，流芒旋迴，溜溜的鮮血隨著杖影濺射，聲聲的哀號在杖勢的揮舞中縈繞，人體摔拋著，碎肉飛灑著，斷矢殘箭夾雜著兵刃紛紛墜跌，從他出現以後，整個赤牙成員更加的狠烈，轉眼間，原本是救死扶傷的藥師園變成了一個修羅屠場。

「師叔，我們去後院！」我輕聲地說道。

點點頭，我和天一如輕煙般飛過了前院，直撲後院而去。雖然前院喊殺聲震天，但是卻沒有驚動後院的人，火光照耀下，裏面一片安靜。

我冷笑著，和天一來到了後院。所謂的後院，就是一個單獨的小院子，院中只有一幢小屋，我們剛踏進小院，只聽連聲暴喝響起，五條人影自小屋兩側飛出，聲勢凌厲地向我們撲來。

我嘴角一挑，微微的哂笑，向前大踏一步，剛要出手，就聽到天一的聲音響起：「正陽，不必和他們糾纏，這裏就交給我，你去找正主吧！」說著，天一如一隻蒼鷹般飛起，在空中詭異地三折，將那五人攔下。

我知道天一的實力，朗聲笑道：「那麼就有勞師叔了！」說著，我抬腳向那小屋中走去。

早有人飛身向我撲來，手中的長劍帶著風雷之聲，我沒有理睬，逕自向小屋走去。

就聽天一笑道：「小夥子，你的對手是我！」我根本就不用擔心，我頭也不回地來到了小屋門前，因爲我知道，他們絕飛不出天一的手心。

單手虛空一按，小屋的門被我的真氣震開，華清坐在房間正中，雙目微合，沒有理會我的到來。

我笑道：「華大夫，我們又見面了！」

還是沒有回答，我不禁感到有些詫異，體內真氣湧動，龐大的氣場自我身上發出，將整個房間籠罩著，屋中氣流湧動，華清的身體倒下了。

我一愣，好奇怪呀，我完全無法感受到他的氣機所在，雖然他那麼真實的在我面前，我緩緩走上前去俯身查看，華清身體冰涼僵硬，顯然已經氣絕多時，我明白了，他知道自己絕對難以逃出我的手心，已經自我了斷了！

我心裏有一種說不出來的味道，這樣的一個人，他所做的究竟是對還是錯，我不知道，但是我知道，這是一個很理智的人，雖然我沒有和他當面打過多少交道，但是我已經把他當成了我的一個敵手，一個令我尊敬的敵手。

我長嘆一聲，站起身來，緩緩的向屋外走去！

只是那麼短短的時間裏，天一已經解決了他的對手，在屋外等著我，看到我出來，他詫異地問道：「正陽，怎麼回事？」

「他已經自盡了！」我緩緩地說道。

「那你為何如此的消沉，我們已經勝利了！」

「是呀，我們已經勝利了！」我長嘆一聲，但是我心裏清楚，這只是第一場勝利，後面還有更多的鬥爭在等待著我。

前院的喊殺聲已經沉寂了下來，看到雄海他們已經結束了戰鬥，呵呵，殺戮？人的欲望中本來就充滿了殺戮！我笑道。

這時，雄海一身是血地走進了後院，他躬身向我施禮：「主公，敵人已經全部肅清，下面我們怎麼辦？」

我扭頭看看身後的小屋，「燒！把整個藥師園給我化成一片灰燼！」我狠狠地說道。華清在涼州享有很高的聲譽，我不能讓別人知道這是我做的，最好的方法，就是將一切的罪惡與血腥化成一片灰燼。

藥師園被籠罩在熊熊大火之中，這裏曾經是涼州人心中的驕傲，但是十年以後，二十年以後，又有多少人還記得這藥師園呢？

可惜我沒有時間去思考這些，因爲，我還有更加重要的事情等待著我。……

粟陽而來的兩萬輕騎呼嘯著向涼州疾馳，如果順利，今天寅時就可以到達前方的達阪山，然後只要半天的功夫，就可以到達涼州。蘇寶衡心中有些得意，粟陽主帥白縉在接到溫國賢的求援信以後，一直有些猶豫，他始終無法下定決心前往救援，畢竟對手是目前不知道行蹤的許正陽。但是蘇寶衡卻不這麼認爲，他認爲溫國賢之所以前來求援，涼州城必然已經落入他的控制，眼下溫國賢擔心的是在升平大草原的修羅兵團，只要將粟陽的兵馬移到涼州，憑藉涼州的險峻，一定可以將修羅兵團阻於涼州城下，那時再由其他幾個關隘的守軍出兵相助，只要能夠支持一個月，東京兵馬準備齊備，就可以發兵而來，那時，這首功必然是粟陽一系的！

但是白縉始終無法下定決心，讓他有些不耐煩，於是他請兵兩萬，飛奔涼州，如果涼州依然在溫國賢控制之下，那麼他就順勢接收，然後派人通知白縉，出兵增援；如果形勢不對，就立刻回到粟陽，準備依藉粟陽的險峻來阻擋修羅兵團。

白縉在他的再三勸說之下，心中也有些心動，畢竟如此一個大功就此棄置，實在是可惜，於是蘇寶衡帶領著他的人馬向涼州逼近。

達阪山位於涼州北三百里，算起來也是十萬大山的一個支脈，它坐落在涼州爻水上游，向東一百里就是十萬大山，在兩片連綿的大山中，有一條大峽谷，爻水從峽谷中流過，兩岸便是馬匹行人千百年踏出的小道。這裏是明月通往涼州的必經之路，出了峽谷再南行五十里，就可以看到涼州了，所以這條路被稱爲狄道。

南北流向的爻水，進入了峽谷後驟然變窄，卻只是倚著峽谷西邊的大山而下，河道東邊，竟有兩丈多寬的碎石山連接大山。所謂的狄道，正是在這寬緩的斜坡上踏出的一條便道。這條狄道雖然在峽谷之中，卻是有水有草有遮蓋，十分便利行人歇息。所以奔波於明月和飛天的商旅行人盡皆視狄道爲福道，只是誰也沒有想到，這裏會成爲最險要的兵家要塞！

此刻，向北行已經站在這峽谷的盡頭，從兩年前他第一次從這裏經過，他就已經注意到了這個峽谷。在沒有開元的時候，涼州以北乃是修羅兵團的駐紮地，兩年來，向北行多次來到這個地方觀察，他對這峽谷中的每一草每一木都是十分熟悉。

由於自六十年前，我的曾祖許鵬的浴火鳳凰軍團將明月打敗，涼州成了一個不設防的城市，兩國多年沒有戰事，所以這裏的要塞意義已經被忽略了。當年曾祖就是將粟陽守軍引出後殲滅，從而佔領了粟陽，這場戰役在曾祖給我留下的練兵紀要中，有十分詳細的記載，所以當我聽到了粟陽來敵，我就知道機會來了！我寫信給向東行兩人，著向東行清理涼州城內的一切敵對勢力，而向北行則負責伏擊粟陽來敵！

向北行在接到了我的手書以後，毫不猶豫地選擇了狄道峽谷。且不說這裏是粟陽來敵的必經之路，僅說兩岸廣闊的高山密林，山坡不陡不緩，林木不稀不密，便於向北行所屬的輕騎衝鋒，也便於隱藏，當真是天下難以尋覓的騎兵埋伏的絕佳妙地！

向北行將所屬的一萬輕騎兵分為四路埋伏，北邊谷口埋伏兩千五百人馬，堵截對方的退路；南邊谷口埋伏兩千五百人馬，堵截出路；西邊山高林密，且有爻水滾滾，便也只埋伏了一千輕騎，專門截殺冒死泅渡過去的漏網敵人，其餘四千人馬，全部埋伏在東岸十餘里的山林之中。

向北行下了狠心，要將粟陽來犯之敵全數殲滅，這也是我給他下達的命令！於是他更是對屬下各部發出最為嚴厲的命令：任誰放走一個粟陽來敵，就用自己的頭顱來換！

寅時，蘇寶衡率領著粟陽騎兵進入了爻水峽谷，揮刀向前行進。當幾近二十里長的峽谷中裝滿了兩萬輕騎兵時，兩岸密林中戰鼓聲隆隆驟起，牛角號嗚嗚發出淒厲的長鳴，滾木檑石夾著箭雨隆隆飛下，東岸山坡的白色鐵騎排山倒海般壓頂殺來。

粟陽輕騎兵猝不及防之下，受到如此猛烈的攻擊，頓時亂成了一團，潮水般地迴旋倒退，但是已經晚了，馬前身後都是鐵騎洶湧，迎頭截殺。西邊是波濤滾滾的爻水，退無可退，逃無可逃，東岸的白色鐵騎主力以一千騎為一個輪次，一波又一波地發動強力衝鋒，輪番向峽谷中衝殺。

說起來，粟陽輕騎也是明月帝國中極爲兇悍的一支騎兵，但是向北行手中的這支輕騎，乃是修羅兵團來到涼州以後招募當地的士兵，這涼州本來地處四戰之地，加上身前的升平大草原，自軒轅帝國興起，他們就沒有停止過戰鬥。於是，他們爲了生存，半農半牧，人人皆兵，死力奮戰，竟然越戰越強。後來雖然兵敗，涼州戰事不再，被同化了許多，但是骨子裏面的兇悍之氣依然存在，更是受到兵團的鼓勵，每天和飛天的騎兵爭鬥，從新兵到老兵，他們幾乎是在戰場上度過，他們那骨子裏的狂野之氣已經被激發，祖先那好戰的性格也已經被挑逗了出來，如今這批涼州鐵騎，才是這炎黃大陸上唯一一支能夠和閃族鐵騎相提並論的無敵鐵騎！

蘇寶衡死命督戰，企圖穩住陣腳，向前突進，但是當涼州鐵騎激越高亢的喊殺聲傳來時，當一片白色的洪流自四面八方湧來時，他也迷惑了，他不知道對方到底有多少的兵馬，他也不知道究竟向哪一個方向突擊，他感到絕望了！

涼州鐵騎威猛的衝殺，顯然是要痛下殺手將他們斬草除根，否則，又怎麼會連最普通的圍師必闕的用兵典訓也全然不顧了！眼見必死，蘇寶衡和他的手下反而激起了兇性，他們死命地拼殺，蘇寶衡更是奮不顧身！

「蘇寶衡，把你的頭拿來，讓我回去向主公覆命！」在震天的廝殺聲中，一個清朗的聲音那麼清楚地傳來，雖然不是很大，但是卻可以清楚的聽見。

蘇寶衡向聲音傳來的方向看去，只見在亂軍之中，一匹白色雄駒之上，一個面孔英俊，但是卻透出一種冷厲肅殺之氣的年輕人，手執一把斬天戟，在戰場中左衝右突，白色的征袍之上已經被鮮血浸透，他在自己的陣中縱情衝殺，馬前沒有一合之將，斬天戟帶著龐大的勁氣呼嘯縱橫，此刻他已經將自己牢牢地盯住！

蘇寶衡大聲喝道：「來將何人！」

「記住了，殺你之人乃是修羅兵團驍騎營都指揮使，青州鬼狐子向北行！」向北行說著，手中揮舞斬天戟向蘇寶衡衝來，手中的斬天戟摧枯拉朽，攔在他馬前的粟陽軍士紛紛落馬，只是眨眼的功夫就已經衝到了蘇寶衡的面前，大戟一揮，向他砸去，勁氣呼嘯，將他的身形牢牢鎖住。

蘇寶衡知道自己沒有退路，一舞手中大斧，大喝一聲向外一封，只聽一聲巨響，蘇寶衡的坐騎向後連退兩步，蘇寶衡更是覺得兩臂麻木，一股詭異真氣撼向自己的心脈，他吃驚地看著眼前的年輕人，突然感到自己是多麼的無知和可笑！

向北行鄙夷地看了一眼蘇寶衡，大戟一掄，將兩個企圖上來救援的粟陽騎兵斬於馬下，他冷冷地說道：「就憑你還想和我家主公鬥？真是妄想！再接我一戟！」說著，人馬渾如一體，手中大戟在空中劃出一道詭異弧線，直刺而來。

蘇寶衡此刻兩臂酸麻還沒有過去，無奈之下，擺動大斧迎上，只覺眼前一花，大戟似乎已經消失在視線之中，接著覺得胸口一疼，那斬天戟已經將他的胸口刺透。向北行單手將蘇寶衡的屍體挑起，向外一甩，大喝一聲：

「粟陽騎兵，你們的將軍已經死了，還不投降？」

看著主帥的屍體，粟陽騎兵心中再無鬥志，這場戰鬥從寅時殺到了卯時，峽谷中被箭雨檑石滾木擊殺的屍骨累累，南北兩谷口被涼州鐵騎殺的屍體封住了山道，緊靠西山的爻水竟然被鮮血染成了一條紅河！

隨著時間的推移，涼州鐵騎的方陣變成了散騎衝殺，戰鼓震天動地，不管粟陽騎兵叫喊什麼，涼州鐵騎只是輪番衝殺，不許一個人活在眼前！屍橫遍野，鮮血潺潺。兩萬粟陽騎兵的鬥志徹底被擊垮，他們一起下馬，丟下手中的武器，湧到了河邊跪倒在地，哇哇啦啦地哭喊！

白色洪流合攏了，還滴著鮮血的兵器懸在他們的頭顱之上；黑色的旌旗之下，向北行左臂鮮血流淌，看著眼前的戰場，嘴角擠出一絲冷酷的微笑。

「將軍，殘敵肅清，來犯之敵沒有一個逃跑，尚有六千粟陽俘虜，請問將軍如何處置？」一名副將跑來問道。

「將他們的衣服、盔甲脫去！」向北行冷冷地說道：「全軍換上敵軍的盔甲，連夜奔襲粟陽！」

「那這些俘虜？」

「殺！」向北行的聲音像是從肺中擠出，帶著無比的冷酷。

微微一愣，副將領命而去。

「向涼州方向放奔雷箭，告訴元帥，我們已經全勝，我將按照元帥的吩咐，連夜奔襲粟陽，請元帥儘早發兵！」向北行對身後的親兵說道，「留下一千人清理戰場，收攏我們的傷患，其餘的人處理了俘虜之後，立刻起兵！」

響鈴箭帶著隱隱的奔雷聲向涼州飛去。

狄道峽谷中，哭喊聲、慘叫聲、咒罵聲交織在一起，整個峽谷中瀰漫著絕望的嘶吼，連虎狼野獸也遠遠地躲開了這道恐怖的峽谷。

晴空豔陽，我心情極佳地站在招賢台之上，身後坐著顏少卿、高正和一干修羅兵團的將領，我看著台下的人山人海，心中不由得一陣激動！

我緩緩走到台前，看著右面威武雄壯的修羅兵團和左面嘈雜的百姓，運足真氣，我朗聲說道：「今日我許正陽出現在高臺之上，想必許多人都覺得不齒，因爲許某乃是一個弒君無常的小人，但是許某今日所說的話，如果有半點虛假，那麼天地不容，人神共憤！」我頓了一頓，草原上迴盪著我的聲音。

台下一下子安靜了許多。

我繼續說道：「人都說是我許正陽殺了先皇，我想說的是，這個乃是天大的謊言！許某出身低微，先皇不計較許某的身分和過去，召入東京，委以重任，東京血戰，更是認在下為義子，試想許某受如此大恩，又怎麼會做那無父無君的大逆之事！如果是那樣，許某不是連個畜生都不如？」

台下又開始了騷動，我掃視了一眼，「自古做賊的喊捉賊，這真正弒君之人，乃是當今的六皇子高飛！」

此言一出，頓時台下如同炸開了鍋一樣，更有人高聲喊道：「不信，不可能！」

我眼光掃視了人群一眼，一股宛如有形的殺氣自我身上散發出來，頓時台下又一次安靜了下來。

「高飛在兩年前就曾弒君，但被我壞了好事！先皇將他召回東京，赦免其罪，他高飛不但不思悔改，更是變本加厲，聯合南宮飛雲以及朝中一群佞臣，弒君奪位，更加害許某！幸好許某將太子和太子妃在事發之前連夜送出東京，不然也會遭受其害！我身後坐著的，就是先皇親點的太子，當今的皇上和太后！他們手中更是握有先皇手書的血詔和傳國玉璽，難道這些也能是假的嗎？」我厲聲高喝道，台下頓時鴉雀無聲。

「所以，我秉先皇遺命起兵，所爲者正是我明月的正統，修羅兵團麾下將士，這是我們的光榮，即使是許某戰至最後一滴血，也在所不辭，以報先皇對許某的知遇之恩！今日起兵，就是要斬妖孽，興明月，以捍衛我明月正統！」我慷慨激昂地說道。

台下的修羅兵團同聲高呼：「斬妖孽！興明月！修羅兵團誓死捍衛皇上尊嚴！」三十萬大軍同時高喊，喊聲響徹雲霄，久久迴盪於蒼穹之間。

我向高正和顏少卿躬身一禮：「請太后和皇上訓話！」

顏少卿顫巍巍站起，將戲做足，她在高正的攙扶下來到了台前，大聲地控訴高飛的險惡用心，並將當時的事情添油加醋地說了一遍，說得聲淚俱下，台下真是聞者傷心。

高正將手中的帥印遞交給我，鄭重地任命我爲討逆大元帥！我接過了帥印，轉身來到台前，大聲地說道：「來人，將高飛的走狗溫國賢等人帶上！」

從修羅兵團的方陣中押出一行人來，他們一個個垂頭喪氣，臉色蒼白，正是李英等人。

我冷冷的一笑：

「李英、溫國賢等人夥同高飛等人密謀造反，更在涼州魚肉百姓，罪不容赦，殺！」

我話音剛落，人群中響起一陣歡呼之聲，未等李英等人開口，只見刀光一閃，人頭落地！

這時，一騎快馬絕塵而來，飛馳電掣般來到了台下，一個探馬在錢悅的耳邊低語兩句，錢悅臉上露出喜色，匆匆走上台來，在我耳邊輕聲說了兩句。

我沒有露出聲色，只是點點頭，高聲說道：「今日以妖孽之血祭我修羅大旗，願我修羅兵團旗開得勝，馬到成功！」

「旗開得勝，馬到成功！」台下眾人也齊聲高喊。

我轉身來到帥案之前，將桌上的令箭拿起一支，高聲說道：「房山，多爾漢聽令！」

「末將在！」兩人應聲出列。

「給你二人一支將令，率領先鋒營三萬鐵騎，火速趕往栗陽，那裡有向北行將軍在等候你們，見到向將軍後，聽從他的調遣。」

「遵令！」兩人大步走下高臺，中軍三聲號炮，三萬鐵騎緩緩移動。

「巫馬天勇聽令！」我又拿起一支令箭叫道。

巫馬天勇閃身出列，「末將在！」

「著你帶領兩萬校刀手，押運糧草輜重，不得有半點的拖延！」

「遵命！」

我拿起了第三支令箭，沉吟了一下，高聲叫道：「傅翎聽令！」

「末將在！」

「傅叔父，我知道你素來沉穩老辣，所以給你十萬兵將，助我協防開元、涼州！開元、涼州乃是我修羅兵團根本，不可有半點的閃失，皇上和太后的安危就要交給你了！我留下青衣樓和亢龍山一脈，聽從你的調遣！叔父，開元、涼州，重之又重，一切就拜託你了！」我拿著令箭緩緩地說道。

傅翎初聽我讓他留在開元，臉上有些不願，但是當聽到我後面的話語，他神色激動地說道：「元帥放心，這開元、涼州就交在傅翎手中，但凡有半點閃失，傅翎提頭見你！」

我笑著點頭將令箭交給他，傅翎轉身歸列。

我又掃視眾人一眼，大聲說道：「其餘眾將各自率領本部人馬，準備出征！」

號炮再響，台下的喊聲連綿不斷：「斬妖孽，興明月！」

炎黃曆六月十一，粟陽。

粟陽太守白縉如今是當真有些焦急，據探馬報知，修羅兵團的先鋒營已經距離粟陽咫尺之遙，可是獨松關的援兵至今沒有到達，原本粟陽駐守著五萬大軍，可是副守備蘇寶衡一意孤行，堅決前往涼州，說什麼要立一個大功，如今大功沒有拿到，還白白地折了一萬多的兵馬，連蘇寶衡也命喪涼州，想到這裏，白縉就懊悔不已。如果自己當初堅持一下，不聽蘇寶衡的勸說，不就什麼事情都沒有了！可事到如今，粟陽守軍不足三萬，蘇寶衡涼州敗北的慘況已經傳遍了粟陽，三萬守軍軍心渙散，毫無戰意，如何抵擋那如狼似虎的修羅兵團？想到那修羅許正陽的種種傳聞，白縉自己也感到有些心涼！

如今之計，只有依靠這粟陽的險峻地勢，死不出戰，等待獨松關的援軍到來，只是獨松關援軍到達至少要十天的時間，自己能不能守住十天，至今還是一個未知數！此次修羅兵團的先鋒乃是原鐵血軍團的先鋒官房山，這房山在數年前就已經是名滿明月，如今在修羅的調教下更加的狠辣，單是在涼州伏擊蘇寶衡這一仗，打得是那麼漂亮，恐怕就是他在鐵血軍團之時，也沒有如此的本領，想到這裏，白縉就有些頭疼。

喝了一杯酒，白縉躺在床上，腦海裏面思緒萬千。只是那短短的一刻鐘，他想了很多！翻身坐起，總是覺得有些不安，好像有什麼事情不對勁，但是卻又始終想不起來到底是哪裡不對。他起身在房中來回走動，但是越想越覺得有些害怕。

「大人！」門外的衛兵輕聲地叫道。

「混蛋，不知道我在休息？我不是已經告訴你們，沒有事情就不要來騷擾我！」白縉感到有些上火，他大聲地罵道。

門外靜了一會兒，衛兵還是又一次開口道：「大人，有軍情報告！」

白縉也覺得自己有些過火，平穩了一下情緒，「進來吧！」他緩聲說道。

衛兵小心翼翼地走進房中，「大人，探馬有軍情報告！」

「講！」白縉現在一聽到軍情兩字，就覺得有些頭疼。

「修羅兵團的先鋒營已經逼近粟陽，如今距離粟陽只有百里，估計兩個時辰以後就可以到達粟陽城下！」

「什麼！」白縉好不容易平靜下來的心頓時又激動起來，「還有多久時間？」

「兩個時辰！」衛兵輕聲地說道。

「混蛋，爲什麼不早點來報！」白縉一聽立刻著急起來，一邊穿上盔甲，一邊大罵衛兵：「一群廢物，敵人都到了眼皮子底下才來彙報，真是一群廢物！」

衛兵輕聲的嘟囔道：「不是你說任何事不許打攪……」

「你說什麼！」白縉厲聲問道。

「小人說，都是小人該死，小人廢物！」衛兵連忙說道。

白縉沒有精力和衛兵再計較，急急將盔甲穿上，「立刻隨我前往城樓！」說著，他已經穿好了盔甲，大步向屋外走去。

粟陽城頭，粟陽守軍早已經在城樓戒備，擋箭板、發石器等一應防禦器械已經裝好，城門口處，無數軍士聚集，他們手執刀槍，神情緊張而肅穆。白縉滿意地點了點頭，沒有想到這些軍士如此警覺，從他們的眼中，他看到了無比的鬥志。

白縉笑了，如果粟陽守軍都有如此的鬥志，那麼將修羅兵團擋住，不要說十日，就是二十日也不是沒有可能。輕聲問自己身邊的衛兵：「這是哪一個營的軍士？」

「啓稟大人，這些是從涼州逃回來的士兵，他們因爲蘇大人拼死爲他們斷後，所以已經抱了必死的決心，要與修羅兵團一決雌雄！」

雖然覺得有些不對，但是白縉已經沒有功夫再去細想，笑著點頭，「馬上糾集各營準備！我親自在城頭督戰！」說著，他大步走上了城樓。

城樓上，堆滿了滾木櫑石和箭支，看來這些敗軍知恥而後勇，已經做好了所有的準備！早有一個年輕的將領大步走了上來，躬身向白縉施禮：「將軍，末將已經做好準備，只要那修羅兵團一到，定然讓他們血濺城下！」

「好！好！」白縉想，有這樣的軍士，他又有什麼不高興呢？不過高興是高興，但是心中的不安絲毫沒有減弱，反而越來越強，不過，由於自己麾下將士所表現出來的昂揚鬥志，讓他暫時忘記了不安。

站在城樓之上，白縉放眼向遠處望去：眼前的蒼茫大地是多麼的平靜呀，但是也許就在一個多時辰以後，這裏就將要屍橫遍野，就算是將房山等人擊退，但是一旦修羅兵團主力到達，即使是獨松關守軍到達，是否就真的能夠將那兇殘的許正陽攔下？而且，那許正陽雖然出手狠辣，但是卻沒有說是主動攻擊什麼人，除了涼州的那場屠殺，沒有聽說哪次是他主動屠殺。

對於許正陽弒君一說，白縉心中本來就有些不信，弒君？對他許正陽有什麼好處？況且他的力量尚沒有到達在明月一手遮天的地步，去弒君？傻子才會去做！說實話，從白縉內心而言，他並不想打這一仗，看看遠方，他緩緩地問道：「你看我們能夠擋住對手嗎？」他是在問身後的那個年輕將領。

那個將領微微一愣，躬身說道：「末將不知道，不過大人看來似乎並沒有什麼信心呀！」

白縉長嘆一口氣，苦笑著說：「你還年輕，或許不知道這戰爭的結果，每一次大戰，不論誰勝誰負，倒楣的始終都是老百姓，如果不是我白縉在這粟陽鎮守了二十多年，已經和這裏的百姓有了感情，不忍捨棄，早就離開了！年輕人，我不知道你的名字，但是我從你的眼中看到了一種狂熱，那是我佩服的，但是也是我擔心的。憑藉著這熱情，你可以勇往直前，但是也正是這熱情，會讓你萬劫不復。粟陽是無法擋住修羅兵團的腳步的，明月如今的兩大軍神，一個是通州的梁興，一個就是即將到來的許正陽，現在許正陽造反，梁興也必然起兵，年輕人，明月已經沒有希望了，等這十天一過，援軍一旦到達，我給你一個通行文書，走吧，不要再待在這個沒有希望的國家了！」

年輕人沒有回答，他眼光複雜地看著白縉，久久無聲。

白縉猛然醒悟不應該這樣說，看看身後的年輕人，那英俊的面龐帶著一種軍人特有的剛毅。這是一個很有前途的年輕人，他心裏想道。

白縉說道：「年輕人，我身爲一城主帥，在這個時候說這樣的話，也許不應該，但是這是事實，你還年輕，從你眼中，我看得出你是一個有才華的人，可惜白縉眼拙，粟陽有這樣的人物卻不知道，如果早些發現你，我會重用你，但是，現在重用你，就是讓你送死！防守這十天，不是爲了我白縉，是爲了這粟陽的百姓，我懇求你！但是十天以後，你就離開吧，這是我命令你，我已經開始命令疏散百姓，十天後援軍到達，這粟陽城就只有軍人，沒有百姓，那時，我心中也就再無半點牽掛！」

那將領始終沒有說話，看著白縉，點點頭。白縉也沒有再出聲，他看著遠方。

時間一點一滴過去，兩個時辰過去了，修羅兵團依舊沒有半點的蹤跡，白縉心中好生奇怪，看看城下集結的軍隊，除了最初那些守衛在城樓的軍士依舊保持著高昂的鬥志以外，其他的部隊由於兩個時辰的緊張守候，已經疲憊不堪，他心中有些不忍，天色將黑，看來修羅兵團就算是來了，也不會馬上攻城，「原地休息！隨時待命！」白縉說道。

又一個時辰過去了，白縉真的有些懷疑那探馬所言，好奇怪呀，他心裏念著，扭頭剛想讓城下的軍士解散，突然他聽到有人喊道：「看！修羅兵團！」

白縉急忙回頭，夕陽殘照下，南方的大路上塵土飛揚，在滾滾煙霧中，一支白色的幽靈鐵騎迅速地向粟陽飛奔而來。

「警戒！警戒！」白縉喊道，再沒有方才的儒雅風度。城下的軍士紛紛站起，雜亂不堪，沒有半點陣形。

白色的幽靈鐵騎如同洪水一般瞬間湧到了城下，來勢洶洶，沒有半點減速的意思，徑直朝城門襲捲而來。

「放箭！」白縉大聲喊道，但是沒有人理會他，原先站在城垛前的軍士突然調轉頭來，嗡的一聲，箭矢如雨點般向城內的守軍射去。

一陣慘叫聲起，沒有半點防備的粟陽守軍突然遭到己方的攻擊，頓時亂成一團，這時緊閉的城門緩緩地打開了。

慘叫聲突然將白縉驚醒了，多日來讓他不安的原因在這一刻清楚了，就是從涼州退敗下來的軍士，雖然他們來到粟陽時衣衫破爛，但是眼中卻充滿了昂揚的鬥志，這不是一支敗軍所應該擁有的。

奸細！他腦海中剛閃過這兩個字以後，冰冷森寒的刀刃已經架在了他的脖子上，一直在他身旁的年輕將領朗聲說道：

「白大人，多謝你的好意，在下修羅兵團驍騎營都指揮使向北行感謝大人的厚愛，粟陽已經在我修羅兵團的控制之下，我看大人還是放棄抵抗，我會命令下屬對粟陽百姓分毫不犯，不然正如大人所說，倒楣的將會是那些百姓！」

純正的青州口音，白縉苦笑道，這麼純正的青州口音自己竟然沒有聽出來，沒有想到，早在蘇寶衡出兵之時，粟陽已經注定失敗了！

看了看城樓下奔跑慌亂的粟陽守軍，白縉更加心冷，那白色的洪流已經湧進了城中，重騎兵那強大的衝擊力在這一刻發揮得淋漓盡致，由於根本沒有停留，長距離的奔襲，讓重騎兵的威力完全發揮了出來，一直在城下守候的粟陽守軍在受到城樓上突然的打擊以後，本來就慌亂不堪，再加上被那如幽靈一般的強大重騎兵攻擊，根本沒有半點的還手之力，他們哭喊著四處奔逃，似乎在尋找什麼庇護。

鮮血飛濺，肢體橫飛，重騎兵強大的衝擊慢了下來，不是因爲他們停止了，而是因爲在城門前已經堆滿了屍體，他們不得不慢了下來。

這時，一個清朗的聲音在粟陽上空迴盪著：「粟陽守軍聽著，你們的城守大人已經在我手中，粟陽已經在我修羅兵團控制之下，放下你們手中的兵器，否則格殺勿論！」

「放你媽的屁！」一個粗獷的聲音響起，兩騎快馬從粟陽守軍中殺出，他們高聲喝罵，向修羅兵團的重騎兵衝去。白縉認出來那是自己的親衛，白陽、白火兩兄弟。

「不要！」白縉喊道，他已經知道他們會有什麼樣的結局，想要阻止。

「小子，你真是不知道好歹！」從修羅兵團的隊伍中飛出兩騎，將兩兄弟擋下，其中一人手執開山大鉞，白縉認識，那是原來鐵血軍團的先鋒火獅子房山，房山手中大鉞一掄，手腕在空中輕輕抖動，大鉞帶著沉雷向白陽劈去，白陽手中大桿刀向外一封，口中大喝一聲：「開！」

「開你個頭！」房山粗獷的笑道。只聽一聲巨響，喀嚓，白陽手中的大桿刀被劈成兩段，開山大鉞威勢不減，一聲慘叫聲響起，伴隨著馬匹淒慘的嘶鳴，白陽連同他的坐騎被房山劈成了兩半，血花四濺。

就在白陽斃命的那一刻，修羅兵團另一員將官大喝一聲：「滾輪斬！」手中那巨大的潑風板門刀刀勢圓轉，化成一團光芒，一聲淒厲慘叫連綿不絕，刀芒幻滅，白縉被眼前的景象給驚呆了，只是瞬間的功夫，白火已經成了一具空有骨架的屍體，他被活剮了！

「白大人，如果你再不下令投降，那麼在下只好下令屠城！」一旁的向北行冷冷地說道。

「粟陽將士聽著，我們敗了，投——降——！」白縉大聲喊道，那投降兩字說的是那樣艱難。

粟陽守軍本就已經沒有戰意，聽到白縉的命令，他們連忙將手中的兵器放下，跪倒在地。修羅兵團瞬間將粟陽佔領。

大步走上城樓，房山呵呵笑道：「四將軍，辛苦啦！」

向北行微微一笑，「房將軍，多爾漢將軍辛苦！」他拱手答道，然後他轉過頭來，「白大人，雖然你我敵對，但是向北行還是感謝大人的厚愛，大人愛民如子，向某佩服。放心，我修羅兵團此次起兵乃是我明月正統，絕非是想要造反，弒君者乃是高飛，而非是我家主公，這個我相信大人也有感觸。向某不和大人多言，將來我家主公自會向大人訴說這其中的原由，請大人耐心等待，我家主公最是愛才，如大人這等人物必將受到重用，大人請先去休息，向某不送！」

白縉苦笑著，他不知道應該如何是好，搖搖頭，欲言又止，轉身走下了城樓。

「傳令下去，凡動粟陽百姓分毫者，殺！」向北行對身邊的親兵說道。

正在走下城樓的白縉聽到了這句話，身體微微一抖。

「此次如此輕鬆將粟陽拿下，主公真是神算呀！」房山看到白縉下去，長嘆道：「我房山征戰多年，就是在跟隨鐵血軍團之時，也沒有打過這樣的仗，簡直就是一個字，爽！呵呵，四將軍，我們下面應該如何去做？」

沉思了一會兒，向北行看著房山，「粟陽的求援信已經送出，想來就快要到達獨松關了，主公說在到達建康前的四關中，獨松關最爲重要，因爲那裏有可以調動四關的虎符，如果我們能夠拿下那獨松關，四關就盡在我們手中。所以粟陽淪陷於我們手中的事情要嚴密封鎖，兩城門戒嚴，不得有半點的放鬆，沒有我們的將令，任何人不得出入！」

房山點點頭，「那麼四將軍，我們應該怎麼拿下那獨松關？」

向北行臉上露出一絲詭異的笑容，輕聲說道：「這個嘛，獨松關接到粟陽的求援以後，必定會全力增援，獨松關防守勢必空虛，呵呵，我們在途中埋伏，放過獨松關援軍，直襲獨松關，我已經命令我的屬下兩千人秘密前往獨松關了，呵呵，想來現在也已經快要到達了，那時獨松關防守本來就是空虛，再加上我軍的內應，呵呵，這一仗我們勝定了！」

房山心悅誠服地點點頭，「四將軍果然心思縝密，房山佩服！」

「房將軍，你以爲這是我的計策？哈哈，向北行還沒有這個本事，這乃是主公早就安排好的，你我只是依計行事，呵呵，北行向來自認熟讀兵法，但是和主公一比，卻又覺得差了好多！」向北行笑道。

「四將軍打算如何做呢？」

「房將軍，你我兩人，帶領三萬重騎兵明日凌晨啓程，在獨松關援軍必經的道路上埋伏，待獨松關援軍過去之後，你我星夜襲擊獨松關，拿到虎符後，將常州和五牧城的守軍也調動起來，主公的意思是讓對手疲於奔命，在運動中將敵軍消滅之！」

「只是我們一旦離開粟陽，粟陽只剩下了不到五千守軍，多爾漢能否守住，這粟陽現在有俘虜近兩萬人，一旦鬧將起來，恐怕……」房山憂慮地說道。

「呵呵，放心，主公率領大軍將在五天後到達，獨松關的援軍最快也要在十天之後才能趕到，那時，他們面對的就是主公率領的大軍，你我還有什麼可以擔心？」向北行笑道。

「呵呵，不錯，那四將軍，我立刻點齊兵馬，準備出發！」

向北行點點頭，他手扶城垛，看著粟陽城中錯落有序的房屋，心中突然升起一種驕傲，等待多年的時刻就要來臨了！

常州兵馬總指揮嚴武騎在高頭大馬之上，看著身後雄赳赳的隊伍，心中就有一種莫名的自豪，這是他一手打造的一支雄兵，雖然無論從人數和規模建制上，都無法和南宮飛雲當年的鐵血軍團相比，但卻是他的驕傲。因爲他嚴武從一個士兵到伍長、百夫長、千夫長，到現在手中握有三萬大軍的將軍，這是一個多麼不容易的事情。

明月軍隊中的將領，大部分都是世家子弟出身，而自己從一個沒有任何背景的平民，走到了今天的這一步，這中間是何等艱辛，其中的甘苦只有自己知道。當年和自己一起加入軍隊的夥伴，如今只有自己活了下來，一場場的仗，一刀一槍地拼，走到了今天的位置，可以說自己是用命打出了今天的局面，從軍四十年，歷經惡戰七十六場，竟然沒有戰死，這在整個明月中都是罕見的。

有人在私下裏偷偷地稱呼自己爲嚴不死！呵呵，這是何等的光榮。手下的這三萬將士，都是跟隨自己多年的兄弟，三萬個兄弟，說起來那是何等的自豪，恐怕明月沒有一個人能夠和自己相比！

前兩天接到獨松關總兵的虎符將令，調自己常州的兵馬前往獨松關協防，他馬上意識到又一個機會就要到來了。因爲這次的對手是有修羅之稱的許正陽，僅僅十幾天的功夫，他就將險峻的粟陽拿下，這是一個厲害的對手，嚴武感到自己的血液在沸騰！

嚴武早就聽說了許正陽起兵的事情，而且如今整個明月都已經傳遍了高飛弒君的消息，對於這個，嚴武不感興趣，他要的是戰鬥，只有在戰鬥中，他才能體會到生存的樂趣。

其實，他從來就不相信許正陽弒君一說，因爲他曾經在三年前見過許正陽一次，那時自己作爲常州的守備去迎接過境的修羅兵團，和許正陽曾經有一面之緣，他看出許正陽是一個梟雄，這樣的一個人，怎麼會突然弒君，而且還會被人抓住把柄，這個他絕對不相信。但是他不想去理睬這些，因爲這些都是皇家的事情，政治上的事情，不是自己一個粗人可以瞭解的。自己是一個軍人，軍人的天職就是服從，既然朝廷說許正陽是叛逆，不論他是否是，也要堅決地服從。這是他之所以能夠成爲一個將軍的原因，更重要的就是，朝廷需要的是一個可以去替他們殺戮的機器，而不是一個會思考的人物，多少名將最後慘死，不就是因爲他們太會思考了嗎？

但是他之所以如此的興奮，是因爲他想和許正陽鬥上一鬥，因爲他感到了許正陽無以倫比的力量，嚴武曾經多次想，和這樣的一個人戰鬥，那會是多麼暢快的一件事情呀！想到就要和明月的名將交鋒，嚴武的心高興得都要跳了出來。

正在想到出神，一匹快馬自前方絕塵而來，飛快地來到了嚴武的面前：「將軍，不好了！」

嚴武看著眼前的探馬，眉頭一皺：「什麼事情？」

「獨松關於十天前已經失守！主帥風良傑率兵救援粟陽，被修羅兵團主帥誘殺於粟陽城，修羅兵團先鋒向北行和房山兩人更是趁著獨松關防衛空虛，伺機佔領！如今向北行等人率領兩萬重騎兵，於十里外的松山要塞駐紮！」探馬一口氣說完。

嚴武腦子裏面亂成了一片，他脫口說道：「不可能，我明明是接到了風將軍的虎符，怎麼會……」話沒有說完，他已經反應了過來，仰天長笑道：「好厲害的許正陽，你竟然能夠將這兵法用到如此的地步，我不如你！哈哈哈！」

「將軍，我們是不是回師常州，憑藉常州天險和許正陽決一死戰？」身邊的副將說道。

嚴武苦笑著，看著身邊的副將，緩緩地說道：「沒有想到你比我的腦子還不靈光！嘿嘿，我相信常州在我們出發的那一天就已經落入了敵手，眼前的兵馬絕對不會是他們的什麼先鋒，那一定是修羅的主力！十天，我們的消息竟然如此閉塞！」

「將軍爲何如此說？」副將不解地問道。

「許正陽以奇詭著稱，兩年前，他以奇兵出擊，佔領開元，如今他又是以奇兵偷襲，我敢說，必是粟陽貿然出兵，結果被許正陽趁機佔領，接著，他調動獨松關守軍支援，又偷襲獨松關，接著，他以虎符將我調出，但是他們兵馬早已經守在路上，待我出擊以後，奪取了常州，然後又將他的主力屯紮於前，誘我軍攻擊，好趁機將我們完全消滅，這連環計環環相連，我們誰也沒有逃出他的算計！」嚴武緩緩地說道。

「那我們怎麼辦？」聽了嚴武的分析，副將心中有些慌亂。

「就地屯紮，伺機突圍！」想了一下，嚴武斬釘截鐵地說道，「同時派人回常州打探，看是否已經被佔領！」說著，自己不由得露出諷刺的笑容，「呵呵，明知道是不可能的，心中還是抱著一絲希望，人就是這樣！」

我坐在中軍大帳之中，看著帥案上面的地圖，此次進軍十分順利，甚至有些超出了我的預料。通往建康道路上的四塊石頭已經被我搬掉了兩塊，想來現在第三塊也已經去掉了，剩下的就只有五牧城。按照我的計畫，十五天以後，五牧城應該也會被拿下了！呵呵，這樣的話，我將可以準時到達建康要塞，與梁興等人會師了。說實話，我也真的有些想念梁興了，分別三年，我們只是依靠書信傳遞訊息，現在終於可以見面了！

帥帳中安靜異常，我輕輕地翻閱著戰報，自我起兵至今，一個月的時間連拿三關，整個明月人心惶惶，再加上我透過青衣樓在明月傳遞的訊息，更是讓整個帝國震動，許多原先向高飛臣服的諸侯都停下來觀望，我現在唯一擔心的就是武威，這是一個讓我感到心焦的變數。

「啓稟元帥！」錢悅這時衝進了大帳。

我眉頭一皺，帶著一絲責怪的口氣說道：「錢悅，我已經告訴你多少次了，不要這樣慌慌張張的，士兵們會以爲發生了什麼事情而慌亂，現在大帳是沒有別人，如果有其他的將官在，我一定打你軍棍！」

錢悅有些不好意思，撓撓頭說道：「元帥，屬下知道了！」

看著這個越來越像我的英俊小夥子，我實在是有些哭笑不得，「好了，說吧，有什麼事情？」

「元帥，常州兵馬在十里以外的風凌口駐紮了下來，不再前進！」

我聞聽，眉毛微微一挑，「哦？沒有想到那嚴武還是有些本事的，呵呵，原想將他誘入我的口袋，但是看來他不上當呀，這個老傢伙果然是不同凡響，我有些佩服他了，憑藉軍功走上這個位置的人，比那些世家子弟果然強了許多！」

「元帥，那我們現在該怎麼辦？」錢悅問道。

「呵呵，其實他現在如果立刻逃逸，我倒是不會將他怎麼樣，但是他心中還是存著一絲希望呀！立刻命令各部火速移動，將他包圍，萬不可讓他逃跑了，這一路上我們幾乎沒有怎麼打，兄弟們都有些著急了，正好借這個機會練兵，不要到了建康之時，我們的將士們都手腳生疏了，呵呵！我要會會這個嚴武，這個老傢伙很有些意思！」我笑著說道，接著低頭看著地圖，仔細地思考著。

錢悅沒有立刻退下，他靜靜地站在一邊，因爲他知道如果我沒有說讓他下去，那麼就是還有事情要安排。

我的手指在地圖上面細細地尋找，這個嚴武當真是一個不簡單的傢伙，短短的時間，他就已經找到了一個絕好的地點來駐紮，我緩緩地點頭，風凌口是一個背水依山的山丘，他守在這裏，恰好是我前進的路線，如果我要強行突破，那麼勢必造成極大的傷亡，不划算！我搖搖頭，否決了強攻的想法；如果繞行，那麼又會使我大大的延長時間，這個嚴武，真的是厲害，就是那麼簡單——駐紮，卻給我造成了很大的麻煩！

我眉頭深鎖，感到有些頭疼。閉上眼睛，我腦中急轉，這個嚴武，沒有任何的背景，從一個小小的士兵，成爲一個將軍，聽說此人極爲好戰，每逢大戰，必然衝於陣前，六十歲的人了，脾氣卻比年輕人還要火爆。

突然，我睜開眼睛，好戰！好，我就和你戰上一戰！我提起桌案上面的毛筆，伏案書寫，寫好以後，將信裝入一個信封之中，「錢悅，著人立刻將這封信送往嚴武大營！」

錢悅微微一愣，接過信件轉身出去。

我靠在大椅之上，輕輕地出了一口氣，嚴武，你不是好戰嗎？我就讓你戰個夠，你以騎兵爲主，我就告訴你要用步兵和你決戰，你個暴躁的老傢伙，我就不相信激不起你的火氣！

我在大帳中等待著，時間就這樣慢慢地過去了。……

第二章　建康大戰

傍晚時分，錢悅匆匆地走進了我的大帳，他的臉色陰沉，一臉的怒氣。

我正在和兵團的將官商量以後的行軍安排，看見他那陰沉的臉色，我奇怪地問道：「錢悅，出了什麼事情？陰著一個臉，好像誰欠了你錢一樣，呵呵！」

我話音剛落，帳中的眾將不由得大笑起來。

錢悅恨恨地說道：「笑，你們還笑！」

我聽到他的話語，更加奇怪地問道：「好了，錢悅，說吧，到底發生了什麼事情？」

「我們前往嚴武那裏送信的人回來了！」錢悅依舊黑著臉說道。

「哦，在哪裡？」

「就在帳外！」

我心頭一動，莫非……

「讓他進來！」我說道。

錢悅點點頭，對帳外高聲喊道：「將他抬進來！」

兩個士兵抬著一副擔架走進了大帳，擔架上躺著一個人，看不清面孔，因爲一塊黑色的布巾蓋在他的身上。

我起身走了過去，將那布巾掀開，只見那擔架上的人滿臉的血污，鼻子、耳朵都已經不見了蹤跡，我看罷大怒：「錢悅，這是怎麼一回事？」

「這是前往嚴武大營送信的軍士，那嚴武也太過猖狂，他不但將送信之人的鼻子、耳朵割去，而且還將他的舌頭也割了，所以就是這個樣子！」

「爲什麼這樣？」

「不知道，軍士送回時已經昏迷，還有這封信！」說著，錢悅將手中的一封信件遞給了我。那信上沾滿了血跡，上面寫著幾個大字：無知小兒，示以薄罰！來日松山陣前，嚴武決戰修羅！

我看到短短數語，頓時明白了其中的原由，必是這個軍士在嚴武面前大放厥詞，才惹得嚴武將他的耳鼻舌割去，這突然也給了我一個警示，我修羅兵團是否有些過於驕傲了？至少有了一個驕傲的苗頭，甚至我也是，月餘時間，我連破三城，這是不是說明了我修羅兵團真的是無敵了？如果這樣下去，不用對手，恐怕是我們自己打敗了自己！

帳中的眾將本來都是氣憤異常，但是卻發現我始終沒有出聲，不由得奇怪地看著我，我抬起頭，看著眾人，緩緩地說道：「各位，我們應該感謝嚴武，他讓我們避免了一個大錯誤！」

眾將譁然，我緩緩將理由說出，所有的人都沉默了，甚至連錢悅也不再氣憤。我說道：「這個軍士在敵人面前的無禮，只會讓我們的敵人輕視我們，錢悅，將他送回涼州，好生照顧，讓冷鏈安排一個活計給他，畢竟他是為了我們的軍團！」我頓了一頓，看著眾將：「但是在座諸位，戒驕戒躁，我們都應該共勉，嚴武這個醒提得好！」

眾將無語。

就戰術而言，騎兵在炎黃大陸上的千年戰爭中，始終佔有主導地位，相對而言，步兵卻始終作為一個配角出現在戰爭之中。真正將步兵變成戰爭的主角，是一個偉大的事情，這次變革，是由夜叉梁興發起，然後由修羅許正陽興起。閃族草原的大戰如果是一次開始的話，那麼松山要塞的決戰，應該說，使步兵的威力正式為整個炎黃大陸所重視。

修羅、夜叉兩個炎黃大陸歷史上絕佳的拍檔，將步兵的角色做了一個完全的轉變，他們之間的配合與創新，使得整個炎黃大陸的戰爭有了一個翻天覆地的變化。戰神兩字，用於許、梁兩人的身上，不但不為過，甚至有些委屈。奇正結合，虛實相應，炎黃大陸上，再也沒有一個人能夠將兵法的奧妙用到如這兩人一般，即使是大魏帝國的太祖皇帝曹玄也不行！

松山要塞前，我率領兩萬重裝步兵來到這裡，按照著五行方位將步兵擺好陣形，我單人獨騎站在陣前，等待著嚴武的到來。

卯時一過，遠處塵土飛揚，一隊紅色的兵馬出現在我的視線之中，為首一員老將，鬚髮皆白，卻顯得精神奕奕，我一眼就認出正是嚴武。

我和嚴武曾有一面之緣，當時我並沒有對他留下什麼印象，但是給我的記憶，是這員老將傲骨錚錚，當我從別的關隘過時，守將無不對我吹捧，但是只有這個嚴武，只盡了一些地主之誼然後就離去了，絲毫沒有那小人的嘴臉，所以我至今仍然記得！

兵馬在我三百步外停了下來，嚴武一勒韁繩，伸手將身後的鐵騎止住，那鐵騎整齊排列，絲毫沒有半點的混亂，顯示出嚴武治軍的嚴謹。我暗暗點頭，輕輕一拍座下的烈焰，許久沒有和我一起出征的烈焰，依然保持著和我特有的默契，腳步輕快地向前竄了幾十步，停了下來！

我拱手朗聲說道：「在下修羅兵團許正陽，見過嚴老將軍，三年不見，嚴將軍的風采依舊，許某心中十分快慰！」

一提座下馬匹的韁繩，嚴武向前走了兩步，但是馬匹再也不肯前進一步，他知道那是因為烈焰的原因，只得立在那裏，拱手向我說道：

「國公大人費心了！前些日子有得罪之處，嚴某向國公大人賠罪！」

我恭敬地欠身一下，「老將軍客氣了，其實正陽十分感謝老將軍，軍中連戰，難免有些驕橫，正陽自己身在其中也無法查知，這裏還要多謝老將軍的提醒，正陽甲冑在身，無法行禮，老將軍莫要責怪！」

嚴武眼中流露出一絲異彩，有些欣慰地說道：「國公大人虛懷若谷，嚴某更加的佩服，說實話，嚴某從來都不相信國公大人會弒君殺父，前些日子看了大人的告明月百姓書以後，更是相信大人是冤枉的！但是嚴某是一名軍人，我只能和大人一戰，這中間沒有什麼政治原由，只是由於你我都是軍人！」

看著他花白的鬚髮，我突然感到這個老人十分可愛，我說道：「老將軍既然知道這其中的原委，爲何不站在正陽一邊，你我共同爲朝廷效力，正陽更是可以時常請教老將軍，這是一件何其爽快的事情，你我都是一樣的人，生存就是爲了戰鬥，何必爲了那無德的高飛而流血，正陽保證，若老將軍能夠站在太子一邊，官位不會低於正陽！」

「呵呵，國公大人這話就錯了！不過老兒還是要謝謝國公大人的看重。如果是別人這樣對我說，我一刀就將他劈了，但是國公大人不同，你我都是生活在戰場上的人，嚴某知道大人此話出自肺腑。但是大人也許有所不知，嚴某早年從軍，就是在鐵血軍團效命，南宮大人更是在戰場上救我數次，我說的南宮大人不是南宮飛雲，而是他的父親。南宮大人視我如手足，臨終之前囑託我要照顧南宮飛雲，我答應了。所以，我忠於的不是朝廷，這個朝廷早已經不值得我來效忠，我所忠於的是我的諾言。南宮飛雲成了今日的樣子，嚴某有負當日南宮大人所託，如果不是膽子小，早就自刎了，呵呵！」嚴武看著我，緩緩地說道。

我對這個老人更加敬佩，雖然我並不贊同他的死板，但是卻不能不敬佩，我拱手欠身：「正陽亂語，老將軍勿怪！」

「哈哈哈，好了，國公大人，今日是否如你所說的，只要我這三萬鐵騎戰勝了你這兩萬步兵，你就放我等過去？」

我點點頭，「老將軍，只要你能勝，我不但放你們過去，而且我會將常州奉還，你我再在常州城下決一雌雄！」我緩緩地說道：「但是，如果老將軍敗了，正陽沒有別的要求，就請老將軍來我這修羅兵團，你我同爲明月出力！如何？」

嚴武說道：「好，一言爲定，嚴某就見識一下國公的無敵步兵！」

我一拍烈焰的頭顱，烈焰轉身向後，我大聲喝道：「步軍入陣！」說完，我扭頭笑道：「老將軍，可以開始了，正陽就不參與其中，在一旁觀陣了！」

我話音未落，烈焰在空中劃過一道紅光，轉眼間離開了戰場，停在遠處的山坡之上。

一陣淒厲的牛角號響過，三個步軍方陣閃出，陽光之下，但見白衣素甲，行伍整肅，矛戈刀劍像一片閃亮的森林。隨著戰鼓的節奏，三個方陣在陣前隆隆聚合。號聲大作，方陣驟然啓動旋轉，旗幟紛亂穿插，不消片刻，便變成了一個大大的圓陣。

松山要塞地處三熊山中間的開闊地帶，雖說是一處山谷，實際上並不是兩山對峙的死谷，而是品字形山頭之間的丫字形谷地，與周圍山原相連暢通。但是如今，我的步卒恰恰卡住了前邊的兩條通道，後邊的退路也已經被封死，嚴武的三萬騎兵事實上已經被壓縮在中間的谷地，攻不破我的圓陣，便只有全軍覆沒！

嚴武一揮手中的令旗，三萬騎兵井然有序地退後三里之遙，列成衝鋒梯隊。這是騎兵發動大型攻勢所需要的最短距離。嚴武將令旗猛然向下一劈，常州騎兵兩側戰鼓聲大作，號聲齊鳴，嚴武一揮手中的大槊，高聲呼道：「將士們，給我殺！」兩翼各自飛出五個千騎隊，就像是層層紅色的巨浪，呼嘯著向白色的陣地捲來。

這是早年南宮飛雲的父親南宮行，爲明月騎兵制定的基本陣法——騎步決戰，騎兵不可全軍而出，只可以能夠展開殺傷隊形排定梯次兵力，否則亂作一團，反而會降低騎兵的戰力。南宮行爲此定下了一條軍規：「敵步過萬，則半數擊之」。嚴武對南宮行奉若神明，當然遵從了他的戰法，以一萬騎兵做第一輪衝擊。

我站在遠處的山坡之上，看著嚴武衝擊而去的隊形，對身後的眾將說道：

「嚴武這樣做倒是沒有什麼錯誤，但是他性格過於暴躁，沒有發現我一開始就已經設下了陷阱！南宮行是一個軍事奇才，如果不是短命，倒也是一個對手，他所創造出來的騎兵法則絲毫沒有錯誤。但是這裏地勢狹窄，限制了騎兵大規模的衝鋒，如果嚴武一開始就全軍衝鋒，勢必加速滅亡。但是這個樣子，也只是延緩了他的時間。我敢說，用不了一個時辰，嚴武定然會開始大規模的自殺衝鋒，如果他能夠保持冷靜，另外選擇地點，那麼我們就不會這樣輕鬆了！所以你們在以後的作戰中，要嚴記冷靜二字，萬不可輕身涉險！」

眾將連連點頭。

就在我評論的時候，紅色的浪頭已經閃電般壓向白色圓陣。白色圓陣卻靜如山嶽，鴉雀無聲。紅色浪頭到百步之遙時，白色陣地戰鼓驟起，第一道銀白色盾牌牆後驟然站起層層弓射手，箭如驟雨飛蝗，勁急呼嘯著射向紅色騎兵。瞬息間，人喊馬嘶，騎士紛紛落馬，紅色浪頭驟然受阻大亂。修羅兵團的強弓硬弩卻絲毫沒有停息，箭雨封鎖了整個衝鋒隊形。

在常州騎兵被這聞所未聞的箭雨壓得抬不起頭時，一陣尖厲的牛角號響徹雲霄。五千盾刀手吶喊殺出，三人一組，對亂了陣形的騎兵分割廝殺。騎兵一旦被步兵衝亂陣形分開纏鬥，便相互難以為伍，併攏靠近反相互受到牽制。步兵卻恰恰相反，三人結組，縱躍靈便，一人對馬上騎士，一人對地下戰馬，一人左右呼叫掩護，大是得力！

這是梁興兩年前在閃族大草原創造出來的戰法，憑藉這樣的戰法，他們曾經戰敗了較常州騎兵更加狂野的閃族鐵騎。我當時看到這個戰法後，覺得這是一個騎步決戰時絕佳的步兵方法，於是就引進了修羅兵團之中。

不出我的意料，不到半個時辰，常州騎兵第一次衝鋒的一萬騎兵，丟下了幾千具屍體潰退。

白色步兵在和紅色騎兵的搏殺中，始終和圓陣主力保持一兩百步的距離，只殺眼前騎兵，絲毫不做追擊。見紅色騎兵潰退，白色步兵反而立即撤回，嚴陣以待。

這是我事先佈置好的方略：一擊即退，逐次殺敵！我很清楚，只要嚴武來到了這個地方，那麼他無論如何也不會逃脫，這是他軍人絕不臨陣脫逃的秉性。所以他不衝殺就要投降，只要修羅兵團步兵陣地巍然不動，常州騎兵不是瓦解投降，就是全軍覆沒，完全不需要急於攻殺。

嚴武此刻也明白，從他答應了我的挑戰之後，就已經落入了我的陷阱。他突然笑了，臉上的陰雲轉眼消失，他朗聲笑道：

「修羅呀修羅，人說你用兵奇詭，我看還是小看了你，你從一開始就將我的性情算盡了，哈哈哈！能夠和你交戰，是我嚴武一生中最爲快活的事情，作爲軍人，我沒有白活了！國公大人，許正陽！炎黃大陸今後是你的天下了！」說完，他扭頭看著自己身後的兵士，笑著問道：「孩子們，你們怕嗎？」

「不怕！」兩萬多騎兵同時高聲喊道，他們的臉上露出了笑容，如同嚴武臉上的笑容一樣燦爛，沒有半點的恐懼之色，他們看著嚴武，眼中充滿了對他的尊敬。

嚴武的聲音清楚地傳到了我的耳中，還有他那兩萬鐵騎必死的決心，我馬上明白了嚴武的意思，大喊：「老將軍，我不要你歸降了，你可以走了！」

但是嚴武沒有理會，手中大槊一揮，臉上的笑容依舊，大聲喝道：「孩子們，拼死一戰，不要丟了我常州騎兵的名聲！殺！」說著，他自己一馬當先，風馳電掣一般衝殺出去。

兩萬多騎兵一聲吶喊，排山倒海般壓了過去。

我閉上眼睛，不用再看，已經知道會是什麼樣的結果，我沒有想到嚴武會如此的性烈，這樣一個結果，絕不是我想要的。

「元帥，嚴武發瘋了嗎？」一旁的錢悅小心地問道。

我搖搖頭，「錢悅，看到了嗎？這就是軍人，一個真正的軍人，不，是一群真正的軍人！尊嚴、名譽遠遠大於生命，當他們在面臨尊嚴和生命的選擇時，他們選擇了尊嚴！這樣的一支鐵軍，我許正陽卻無法納為麾下，莫非真的是我許正陽福薄？」

沒有人反駁，我身後的人大都是征戰沙場多年的將軍，他們明白我的話，在這一刻，錢悅似乎體會到了什麼，他緩緩地點頭，幼稚的面孔之上露出了一絲成熟的悲哀，在這一刻，他真正的明白了什麼是軍人！

白色陣地一陣戰鼓，一通號角，步卒們驟然縮進事先挖好的壕溝，彷彿突然從地面神奇消失了一般。嚴武發覺有異，想勒馬叫停，但是已經來不及了。這騎兵大陣一旦發動，急難驟停，這就是其所以需要騎馬縱深的原因。此刻衝鋒的潮頭已經迫近了步兵陣地，前面縱然是刀山火海也要捨身衝鋒，否則，前停後衝，必然自相踐踏。

剎那間，紅色的浪頭已經覆蓋了白色的陣地，刀劍劈下，卻砍不到一個人。整個壕溝地面卻是一片銀白色盾牌，戰馬踩踏過去，猶如捲地沉雷！前鋒堪堪衝到，紅色巨浪已經全部覆蓋了白色陣地。

就聽見鼓號齊鳴，白色步兵萬眾怒吼，挺劍持盾從壕溝中躍起，吶喊著插入騎兵縫隙廝殺！常州騎兵素來習慣於原野衝殺，何曾見過這樣怪異的戰法，一時間，兩萬多騎兵和兩萬步卒便密密麻麻地分割糾纏在一起。常州騎兵大是驚慌失措，稍有不留神便馬失前蹄，栽進壕溝，馬上就人頭落地。慌亂之下，人喊馬嘶，自相踐踏，一片混亂。而修羅兵團的步卒卻是有備而來，三三兩兩，各組爲戰，殺得痛快淋漓！

片刻之後，常州騎兵銳減一半，卻也清醒過來。壕溝此刻也被五六萬人馬踩成了坑坑窪窪的平地。戰馬腳下陷坑消失，頓時靈活起來。渾身是血的嚴武奔馳衝突，將所剩的騎兵聚攏起來，與修羅兵團的步卒展開了浴血拼殺。

猛然，一聲尖厲的呼哨聲響徹雲霄，修羅兵團的步卒一起後退，後陣數千名步卒驟然舉起強弓硬弩，向聚攏成陣的騎兵猛烈射出密集的箭雨。與此同時，前陣的步卒一起扔掉手中的厚背短刀，每人手中驟然出現一支白光森然的大頭兵刃，左手鐵盾，右手兵器，一聲吶喊，盾牌排成城牆一般，步伐整齊的向常州騎兵推進。

常州騎兵在箭雨激射之下正在後退，又面對這轟轟而來的怪異兵陣不知所以，一陣慌亂之間，嚴武大聲喝道：「馬批鐵甲，殺！」

只聽一陣叮噹聲響，常州騎兵突然放下了馬頭鐵甲面具，洶湧巨浪般衝殺過去。

兩軍轟然相撞，展開了一場炎黃大陸有史以來從未有過的騎步搏殺。

修羅兵團步卒手中的白色短槌，就是修羅兵團日後威震天下的「碎首大槌」！乃是我在一次看到葉家兄弟玩耍時使用這種兵器，對於這種取材方便，使用簡單、威力奇大的步兵武器讚賞有加，便命令步兵人手一支，務必演練純熟。葉家兄弟也就成了教頭，辛苦訓練，使得每一個步卒都運用自如。今日上陣，果然是威力勢不可擋！

推進的步卒每遇到騎兵，左手盾牌抵擋騎士，右手便一槌猛擊馬頭。饒是常州騎兵馬頭戴著鐵甲，也被砸得鮮血飛濺，撲倒在地。渾身鐵甲的騎士轟然落馬，不及翻身，便被隨之而來的大槌砸得頭顱開花，腦漿飛濺。常州騎兵驚駭之中，吶喊一聲，回馬便撤，但是衝殺期間，強弓硬弩已經將退路封死，退回者一律被射落馬下，無一漏網。

一陣鳴金之聲響起，步卒瞬間退下，嚴武的身上已經插著無數的箭支，他用大槊拄地，戰馬早已經被射殺，他站在戰場之上，一手執著長劍，笑著看著滿地的屍體，僅僅兩個時辰，三萬鐵騎無一生還，這些都是他一手帶起的人馬，可以說都是他的孩子，可是現在，孩子都已經睡了！他感到驕傲，因爲他的子弟兵沒有一個是怕死的，從頭到尾，三萬鐵騎沒有一個退縮，沒有一個求饒，這是他的驕傲，他的自豪！

烈焰飛馳而來，我來到了戰場，看著猶自驕傲地站在那裏打量戰場的嚴武，我有些哽咽地說道：「老將軍，你這是何苦呢？」

嚴武呵呵笑了起來，臉上沒有一絲的憤恨之色，緩緩的他說道：「傲國公，許大人，你告訴我爲何高占封你爲傲國公？」

我一愣，我還從來沒有想過這個問題，看著嚴武，我搖搖頭。

「呵呵，大人，你沒有想過，但是我想過！軍人最自豪的就是他永遠無法摧毀的驕傲，永遠的使命就是戰鬥！高占想讓你和戰國公永遠是他高家的狗，忠實的狗！哈哈，可惜你自己還不知道！」嚴武歡笑道：「你勝利了，但是有一件事情我要告訴你，你的先鋒在拿下常州以後，一定去搶奪五牧城，我可以講，五牧城是你的了，但是連續的勝利會讓你先鋒輕敵，驕傲，他會繼續前往下一個目標：建康，在那裏，他會遭到從來沒有過的大敗，你可知道爲什麼？因爲如今的建康已經屯紮了三十萬大軍等著你，東京已經將它一半的兵力放在了建康，下面，就看你的表演了！如果你能夠在五十天內拿下了建康，那麼東京就是你的，如果你拿不下，就是你的失敗，因爲五十天後，武威的大軍將要到達東京，那時你即使勝利，也是再無力量！」

我愣住了，看著渾身是血的嚴武，緩緩地問道：「爲什麼告訴我這些？」

「爲什麼？呵呵，我嚴武做了人家一輩子的狗，我不想你再做狗！」嚴武笑得有些癲狂，他平靜下來，「許大人，如果你想感謝我這些消息，那麼就請你將這些戰士埋葬了，他們都是最好的戰士，最好的軍人！」說著，他的話語中有些哽咽，眼中充滿了淚水，掃視著戰場上的屍體，「他們都是我一手帶起來的戰士，我不能將他們扔下！」他抬起頭，看著我，「許大人，嚴武不能遵守我們的誓約了，呵呵，嚴武一輩子沒有食言過，今天就食言一次又如何！我已經忠於一個人一輩子，我不想再去效忠誰了，那太累了！」說著，他突然看著我的身後，神色怪異。

我連忙扭頭看去，什麼都沒有，我馬上意識到了，扭過頭來，只見嚴武手中長劍一揮，血光迸現，身體緩緩地倒下。

「老將軍！」我縱身從烈焰身上飛撲而去，一把將嚴武的身體摟住，哽咽地說道：「老將軍，你這是何苦呢？」

他緩緩睜開眼睛，用沙啞的嗓音說道：「許大人，我和這些孩子一起多少年了，他們走了，我不能活著，我害怕他們迷路，我要去帶著他們輪迴，下輩子我還是一個軍人，倒是我要再和你打一場，看看是誰勝誰負！」

我的淚水在眼眶中打轉，哽咽著說道：「老將軍，正陽一定不是您的對手！」

「哈哈哈，那是當然！」嚴武驕傲地笑道：「我一定會打敗你，修羅！」說著，頭一歪，氣絕身亡。

修羅兵團的將領不知什麼時候站在了我的身後，他們神色肅穆地看著嚴武的身體，沒有人出聲。

「來人，鳴炮，爲老將軍和這些軍魂送行！」我將嚴武的身體放在地上，放在他心愛的兵器旁邊，放在他的子弟兵旁邊。

三十六聲連環炮響起，表達著我們的哀思。

沒有太多時間去悲傷，我扭頭對身後的向家兄弟和其他將領說道：

「老將軍說的對，向四將軍和房山連續大勝，很有可能會繼續進發，今天是七月十二，距離我們會師的日子還有二十四天，我們必須等待大軍到達會師以後，才能夠對建康發動攻擊，向四將軍和房將軍貿然出擊，很有可能會有危險，必須要將他們攔阻！我率領修羅之怒三萬鐵騎和楊勇的神弓營一萬弓騎兵火速追趕向四他們，估計他們還要在五牧城被阻攔一段時間，應該可以追上，向東行將軍聽令！」

「末將在！」

「在我離開期間，由你全權負責兵團事務，留下一千軍士安排這些屍體的埋葬，然後立刻起程，星夜前往五牧城！」說著，我一揮手，錢悅手捧烈陽雙劍來到我的身邊，我接過來遞給了向東行，「著你持烈陽雙劍，有違抗命令者，斬！」

「末將遵命！」

我跨上烈焰，點起兵馬，飛馳電掣般的向五牧城方向疾馳，一邊走，一邊想：「北行，你萬不可衝動呀！」

如我所料，常州已經落入我手，守城的只有兩千兵卒，他們告訴我，在三天前，向北行和房山已經率領大軍北上，直襲五牧城。

我心中有些憂慮，五牧城有守軍兩萬，如此貿然攻擊，很有可能落入對方的陷阱，向北行等人連戰連勝，心中難免驕橫，這樣未免過於危險。於是沒有停留，我率眾連夜啓程，飛奔五牧城。

令我吃驚的是，五牧城城守趙淩在得知三城失守以後，非但沒有加強防備，反而棄城逃走，副守備徐玉榮沒有做半點的抵抗，當向北行等人率兵到達時，立刻開城投降，五牧城兵不血刃地落在我的手中。但是向北行在拿下五牧城以後，留下五千重騎兵防守，星夜直撲建康，這卻正是我最爲擔心的事情。

建康駐紮了三十萬大軍，高飛當然知道建康的重要，所以必然派遣大將鎮守。算起來，高飛手下能夠和我對抗的，也只有一人，那就是南宮飛雲。向北行兩人這樣冒失出擊，憑藉兩萬重騎兵就想和建康三十萬大軍對抗？實在是以卵擊石，危險萬分！如今他等於是孤懸在外，大軍預計要在十天以後才能趕上，我心中默念：「北行，你衝得有些過於快了！」

看看身邊的楊勇和錢悅，他們都在看著我，我知道即使我此刻出擊，也已經無法阻止向北行兩人了，甚至會將我也深陷其中，但是如果北行有什麼問題，那麼我要怎麼向向寧交代？他也是我的兄弟呀！我長嘆一聲，心中矛盾萬分，救或是不救，我陷入了兩難。

「楊勇、錢悅，我不能隱瞞你們，四將軍如今十分危險，除了兵力懸殊以外，還有，他的對手如果是南宮飛雲，那麼連房山都會不可靠。當年房山在我強勢之下歸順於我，但是現在，當他面對南宮飛雲的時候，是否還能保持對我的忠誠，這很難說！所以我已經決定前往建康，你們如果不想去，就在這裏等待大軍前來，然後和我在建康城下會合，我決不責怪你們，因爲此去凶險過大，我也沒有什麼把握。不單是你們，包括修羅之怒和神弓營的弟兄們都是一樣，如果誰不願去，也不要勉強，畢竟這只是去送死而已！」我沉吟了許久，下定決心，看著兩人緩緩地說道。

「主公，你身繫修羅兵團命脈，萬不可輕易冒險，不如讓我帶領一支人馬，看看能不能將四將軍救回！」楊勇聞聽我的話，劍眉一揚，立刻出聲阻止。

我搖搖頭，看著兩人，「這次救援，不是軍事上的行動，你們無需和我一起送死！我和四將軍有世交，不能讓他有半點危險。這次乃是我個人的行爲，你們，包括那些弟兄們都沒有必要和我冒險！」

「主公，當初我父親讓我在您的帳下效力，就曾經說過，務必要緊跟主公。如今主公您爲四將軍涉險，我則是父命難違，主公總不能讓我成爲一個不孝之人吧！」好半天，錢悅突然和我說出這樣一番話語，讓我無法反駁。

「主公，楊勇漂泊半生，一事無成。自跟隨主公之後，屢立戰功，呵呵，如此大功放在眼前，如果我們能夠將四將軍救下，主公，你至少要將我升爲將軍！」楊勇也呵呵笑著說道。

他們的話讓我感到哭笑不得，也讓我十分感動。看著兩人，我突然笑了，「原以爲世上只有我這一個傻子，沒有想到還有你們兩個和我做伴，呵呵，好！我們一齊殺向建康，看看我們如何將這赫赫的戰功立下！」我頓了一下，接著說道：「不過，你們還是和弟兄們說一下，不要讓他們陪著我們一起送死！這樣吧，給你們一個時辰辦理這件事情，一個時辰以後，我們出發！」

兩人笑著點點頭，扭身出去。

我坐在五牧城的城守府中，仔細地擦拭誅神和噬天，看來用不了多久，就要再來上一場血戰了！我心中感嘆不已。看看一直伏在自己身邊的烈焰，我輕輕地撫摸著牠那火紅的毛髮，「兒子，我們就要開始了，很久沒有和你一起作戰，如今想來，真是有些懷念呀！」

烈焰似乎明白我的意思，低聲地嗚嗚一聲，將牠的大腦袋放在了我的腿上，看著牠那撒嬌的模樣，我突然笑了。

我整裝走出城守府，跨上烈焰，飛馳出五牧城。楊勇和錢悅早在城外等候，在他們的身後，整齊的排列著修羅之怒和神弓營的戰士，他們白衣飄飄、精神抖擻地看著我。

「主公，沒有人願意留下，他們將和我們一起前往建康！」錢悅上前說道。

我看看眼前這些和我一起去送死的將士，心中突然有一種遲疑，爲了向北行，我卻要這麼多的好男兒和我一起送死，我究竟做得對嗎？就在這一刻，我猶豫了。

我躬身向眾人施了一禮，翻身跨上烈焰，沒有再多說什麼，手中噬天一揮：「弟兄們，出發！」

我一馬當先的衝了出去，身後跟著四萬陪著我一起發瘋的將士，真是不知道究竟還有多少人能夠回來！我嘆息道。

炎黃曆一四六四年七月二日，我終於趕到了建康，遠遠的，我可以看到建康城的影子。

我跨騎著烈焰，和楊勇、錢悅站在青楊河南岸的高山頂上，翹首北望青楊河水劈開群山峻嶺，那滾滾的河水，在萬里無雲的碧藍天空下，就像一條閃亮透明的緞帶，溫柔纏綿地纏繞著雄峻粗獷的千山萬壑，那景色顯得壯麗異常。

我手指著河北的紅色旗幟和灰色城堡，對身後的錢悅說道：「錢悅，看到了嗎？那就是建康城，那是一把懸在東京頭上的利劍，只要拿下了建康，那麼就等於將利劍放在了東京的脖子上！」

沒有人回答，我們都在看著那建康城，我感到我的熱血在燃燒，建康，我來了，東京，我又回來了！但是這次回來，我是否有些錯誤？我不禁苦笑，也許這次回來，我將把我的性命留下！

我低聲地問道：「探馬回來了嗎？」

「回來了！」

「可曾打聽到四將軍的消息?」

錢悅遲疑了一下，緩緩地說道:「四將軍和他的部隊被圍困在青楊河上游的一座孤山之上，大約有十萬大軍將他們圍困，已經有三天了!」

我感受到了錢悅的遲疑，扭頭看看錢悅，輕聲笑道:「怎麼了，還有什麼消息一齊告訴我吧，呵呵，既然已經到了這裏，我想還有什麼不能說的?放心，再壞的消息，也不會讓我吃驚!」

「主公的猜測是正確的，如今鎮守建康的，就是南宮飛雲父子，圍困四將軍的主將正是南宮飛雲的次子南宮雲!三天來，他們只是將四將軍困在山上，也沒有發動攻擊!」

呵呵，沒有想到，真是沒有想到!我這張烏鴉嘴還真是準呀!如果說如今明月帝國中最瞭解我的將領，那一定就是南宮飛雲，我們交手數次，他已經將我的性格摸透!

我苦笑著，搖搖頭，緩緩地說道:「這個南宮飛雲還真是瞭解我呀!居然知道我一定會前來營救北行!嘿嘿，張好口袋等著我來鑽呀!」

「還有一件事情……」錢悅吞吞吐吐地說道，但始終沒有說出口。

我扭頭看看他，突然笑著說道:「好了，你不用說了，我已經知道了。一定是房山背叛，重投故主麾下，呵呵，這個本來就在我意料之中!當初他在強勢之下歸順於我，如今他又在強勢之下背叛我，沒有什麼！」我說著，向遠處看去，突然語氣陰冷，「不過，他很快就會知道背叛我到底是一件多麼錯誤的事情！」

沒有再出聲，錢悅看著我，眼中露出敬佩的目光。

「主公，我們現在應該怎麼辦？四將軍千里奔襲，一定沒有帶多少的乾糧，三天了，他不知道還能不能支撐！」一旁的楊勇擔憂地說道。

我又仔細地看了看河南的方位和地形，沉吟了半晌之後，我扭身對錢悅說道：「錢悅，我命令你帶領一萬修羅之怒和五千弓騎兵在此守候，等待我的奔雷箭響，就從後突襲，記住只能佯攻，不可貪進；我和楊將軍兩人率領其餘之人伺機攻入，救出北行，然後在我兩聲奔雷箭響時，立刻回軍反攻，你我內外夾擊，救出向北行！」

錢悅點點頭，扭身領兵下去。我看看身邊的楊勇，「楊將軍，你帶領五千修羅之怒和本部五千弓騎兵，在敵軍背後找一個隱秘的地方，鼓動軍馬，製造狼煙，迷惑對手，待我兩聲奔雷箭響，配合錢悅，合力攻擊！」

「那主公你……」

「放心，我自帶一萬五千修羅之怒衝入敵陣，和北行會合，只是不知道他手下還有多少可用之兵！」我有些憂慮地看著遠方。

我站在一處土丘之後，看著遠處的那山丘，不禁微微皺眉，到處都是紅色的盔甲晃動，滿眼都是赤色，看來南宮飛雲真是下了功夫呀！北行不知道如何了，我想了一想，不能再拖延了，抖手發出奔雷箭。

一陣急促馬蹄聲起，大地微微顫抖，所有的人都感到一種排山倒海的湧動。果然紅色的營地中馬上有一隊隊人馬殺出，白色的修羅之怒衝到了營地之前，瘋狂地和建康的人馬廝殺起來，經過了長時間的訓練，他們的戰力決不是普通的軍士可以達到的，沒有多久，建康軍士越來越多，白色的修羅之怒一看勢頭不好，立刻轉身逃走。

剛才吃了大虧的建康士兵怎麼會放過，立刻緊追不放，這樣一追一跑。我撓撓頭，手中大槍一揮，烈焰率先衝出，身後的修羅之怒緊隨我身後，猶如一支利箭一般，向建康的軍營殺去，也許是由於剛才的騷亂，建康軍營中並沒有太大的反抗，我揮動手中的大槍，迅速地衝過大營，衝上那座孤山。

這是一座好生荒涼的山丘，修羅兵團的士兵雖然已經被包圍了三天，但是卻依然保持著高度的警覺，早在建康大營混亂的時候他們已經察覺，當我率領著修羅之怒衝上山丘的時候，眼尖的人已經認出了，失聲喊道：「是元帥來了！」

頓時山丘上歡聲雷動，一個副將連忙走了上來，拱手向我施禮。我沒有太多的時間和他談論，急急地問道：「四將軍呢？」

他臉上露出一絲憂慮，緩緩地說道：「元帥，四將軍兩天前和房山拼鬥，雖然重傷了房山，但是卻也受了重傷，目下正在山上！」

我有一絲不好的預感，「快帶我去！」我急急地說道。

匆忙中，我跟隨著副將來到了山頂簡陋的營帳之中，徑直走進大帳，帳中簡陋異常，向北行躺在行軍床上，面色慘淡，沒有半點的血色，哪裡還有半點鬼狐子的風采，我幾乎不敢相認。

看見我來，他掙扎著起身想要坐起，我連忙上前將他按住，「北行，不用動！」

「主公，北行無能，貪功冒進，三萬重騎兵，僅剩下一萬餘人，北行愧對主公，更令主公涉險前來，死罪呀！」向北行面色悲痛，卻還帶著羞愧。

一股柔和真氣在向北行的經脈中緩緩運行，充滿盎然生機的清虛心經瞬間讓向北行精神一振，臉上也出現了一些紅潤，我緩緩地說道：「北行，莫要自責，都是爲兄沒有估算好，才造成今日的局面，沒有關係，爲兄這就帶你走！」

「可恨房山，竟然臨陣變節，不然我們也不會損失如此慘重……」

我制止他繼續說下去，「北行莫要多說，隨我一起殺出重圍，房山變節，自有惡報，但是現在最重要的，就是你我先帶領弟兄們脫離險境！」

向北行點點頭，我扭頭對衛兵說道：「來人，將向將軍扶起，我們準備殺出去！」

衛兵連忙上前，將向北行攙起，跟在我的身後，向帳外走去。

帳外，早在我上山一刻，山上的重騎兵已經開始集結，我剛要發令，卻見我的親兵匆匆來到我的身邊，在我耳邊低聲說道：「主公，不好了，敵軍已經重新將我們圍困，我們被包圍了！」

我心中一愣，這麼快？匆匆來到山邊，向下望去，這一看，卻讓我不由得心中一緊：隆隆鼓聲響起，建康大軍已經重新集結，只是一會兒的功夫，我剛才殺出的一條通路已經合攏，陣形整齊，絲毫沒有我衝上來時的散亂！

我不由得苦笑，一生算計他人，到了最後，卻是被他人算計，南宮飛雲，你好奸詐呀！

從山坡向下看去，密密麻麻全部都是建康的士兵，整個大軍分成了三個大陣，每一個大陣均有騎步兩個方陣。六個方陣有序分列，騎士和戰馬全數戴著紅色的甲冑面具，步兵的盾牌短刀和強弩長矛彷彿一道冰冷的鐵壁，森森閃光。旌旗飄搖，劍光閃爍，十萬大軍靜如山嶽，清一色黑森森的面孔，竟沒有半點的聲息。

我看得出來，僅僅憑這紋絲不動的屹立於山風中，南宮飛雲對這支軍隊是下了狠功夫的。看這個架勢，南宮雲是不打算再等待了，他馬上就要開始進攻了！

這場鬥智中，我敗給了南宮飛雲，但是我敗得心服口服，現在就看錢悅和楊勇兩人了，如果兩個人聰明的話，就應該立刻趕回五牧城，糾集援軍，火速前來救援，我在這裏還可以堅持一段時間。如果兩個人要強行攻擊，那麼結果只有一個，那就是全軍覆沒！

沒有猶豫，我厲聲喝道，「修羅之怒成員立刻下馬，準備步戰！重騎兵壓陣兩翼，修羅之怒組成中軍，弓箭上弦，準備戰鬥！」

瞬間功夫，整個山頭動了起來，修羅之怒和重騎兵按照我的吩咐排列成陣，我坐鎮中軍，看著山下的建康軍士，心中也難免有些擔憂！這孤山之上，無險可倚，一馬平川的山道，我是否能夠抵擋他們的進攻呢？

不過，如果對方以步兵攻擊，那麼我可以調動兩翼重騎兵借勢衝擊，我自孤山之上向下衝擊，重騎兵強大的衝擊力再加上地勢的配合，絕對沒有問題；如果對方以騎兵向上攻擊，那麼我借助步兵的防禦大陣，勝負也還是未知，但是南宮雲是將門之子，絕不會這樣簡單，我相信他們一定有更加厲害的方法向我攻擊！

山下的三個大陣依然是靜如山嶽，但是自中間的大陣中升起了一架雲車，雲車之上，站立著幾個人、手中黑白大旗飄擺，這應該就是他們的令旗了！我心中暗想。

根據我的想法，南宮雲應該首先向我叫陣，不論誰是主將，我都可以趁機將高飛弒君殺父、南宮飛雲助紂爲虐的罪行告知建康守軍，那麼即使不能讓對方混亂，也可以暫時造成他們士氣下降，我不一定能夠率領眾人突圍，但是卻可以借此機會拖延時間，不論怎樣，情況都會對我有利一些。

哪知建康大軍絲毫沒有給我這個機會，我耳中突然聽到戰鼓聲大作，牛皮大鼓以行進節奏「咚——咚——咚——」整齊的響起，聞鼓而進，只見雲車之上令旗飄揚，不知道多少戰鼓同時雷鳴轟響，這是建康軍隊發動的第一次進攻！

山下三個大陣兩翼塵土飛揚，旗幟翻飛，兩軍騎兵以排山倒海之勢向孤山發起了衝擊，就在騎兵動的時候，排成方陣的步兵各從兩個方向移動，以側翼迂迴之勢發動進攻，這樣沒有試探性的攻擊，一開始就全力進攻的架勢，在炎黃大陸之上，還很少聽說，看來南宮飛雲已經吸取了當年在東京時吃過的虧，絲毫不給我機會，一上來就全力攻擊，兩個大陣快速移動，中間的大陣絲毫不亂，依舊靜如山嶽，看來那是南宮雲的中軍大陣了！

兩個大陣人數加起來有六萬之多，而這孤山之上，除了我帶來的一萬五千修羅之怒的成員以外，就只有一萬重騎兵，加起來的人數還沒有三萬，而且如此倉促迎戰，我從一開始就陷入了弱勢！

看著呼嘯而來的建康軍士，我心中沒有害怕，相反卻有了一種難以言表的衝動，我的血液在沸騰，感到自己全身都在燃燒，也許我天生就是一個生存在殺戮之中的人，看到這千軍萬馬的奔騰，我只有一種暢快的興奮！

「騎兵對步兵，步兵佈陣，弓箭手在外，甲士縱深六層！」我不慌不忙地喝道，聲音遙遙壓過了那隆隆轟鳴的戰鼓，清晰地傳到了每一個人的耳中。頓時孤山之上士氣高漲，兩翼的重騎兵狂風暴雨般的壓向距離較遠的步兵方陣，中軍的步兵則急速變幻，瞬間變成了一個大大的圓陣，周邊是三千強弩弓箭手，內陣以縱深排列六層，形成了一個強大的防禦陣形！

修羅之怒雖然以騎兵爲主，但是從一開始訓練，我就注意將我這個親兵隊伍訓練成爲一個馬上、馬下全能的軍隊，所以，除了馬上的廝殺以外，每一個修羅之怒的成員都配有步兵的一切裝備，就是爲了防止在失去騎兵優勢的時候運用，相比較而言，我手下這三萬修羅之怒的成員對於戰陣的熟悉和步兵器械的運用，絲毫不弱於正規的步兵，從一開始，我就教育他們什麼叫做英雄，只有生存下來的人才是真正的英雄，所以他們沒有排斥過任何的步兵訓練，沒有想到，這平時防備萬一的訓練，在這一刻真的用上了！

但見中軍周邊的強弩疾箭如雨，四面原野上的鐵甲騎士紛紛中箭落馬。不容強弩手裝上第二輪長箭，鐵甲戰馬便四面呼嘯著捲入步兵陣地。頃刻之間，強弩弓箭手立即變成了左盾右刀，縱深的甲士則一刀一矛兩人一組，與建康的騎兵展開了激烈的搏殺。我跨坐在烈焰身上，沒有參加衝鋒，親自指揮。建康騎兵的目標是突破中央，想要將我擒拿。因爲他們知道，只要主將一失，步兵的方陣不攻自破，失去了首腦的方陣，又怎麼能夠抵擋住他們騎兵強大的攻擊。我坐鎮步兵，對抗騎兵最危險的中央陣地，對於修羅之怒的防禦而言，是最嚴酷的考驗！

短短瞬間，步兵大陣已經被騎兵撕開了五六道缺口，幾次向我所在的方位發動攻擊。我的四周是一個千人隊，他們是修羅之怒中精英中的精英，他們佈成一個圓陣，將我牢牢地守護在中心。我冷冷地看著將要逼進我的騎兵，一手將身邊的帥旗抓在手中，大吼一聲：「兒子，是我們出動的時候了！」兩腿一夾烈焰的小腹，烈焰發出一聲震耳欲聾的吼叫，我一手持噬天奇形大槍，一手揮舞帥旗，烈焰如同一道紅色的閃電，穿插在大陣當中，噬天帶著六尺長的槍芒在建康騎兵中揮灑，但見血肉橫飛，人喊馬嘶，噬天發出詭異的厲嘯，奪走了無數人的生命。

看到了帥旗飄揚，看到我大展神威，修羅之怒的步兵方陣立刻士氣高漲，他們在我的激勵之下，重新拼命地廝殺，我一邊在敵軍中縱橫，一邊大聲地喊道：「長矛刺人，短刀砍馬！殺！」

在我的激勵之下，一個個的缺口重新合攏起來！我回到中軍，微微有些氣喘，這些建康騎兵當真是兇悍，也不知道南宮飛雲如何訓練出來這樣一批不怕死的傢伙，衝殺起來毫不惜力，完全是捨命搏殺。

「元帥，不好了！」我身邊的一個親兵喊道。我順著他手指的方向看去，一隊騎兵突破外圍縱深，捲著巨大的煙塵，向我暴撲襲捲而來。

我陰沉地看著來勢洶洶的建康騎兵，手中帥旗一抖，縱聲長嘯，烈焰在我胯下也發出震天吼叫！隨著我的嘯聲乍起，我身邊的千人隊暴喝一聲，如同是暴風一樣，向對手襲捲而去，他們手中驟然出現了一支大槌，丟掉了盾牌，右手大槌，左手大刀，吼叫著撲向馬隊之中，將馬隊三三兩兩地分割困殺！

大槌長約三尺，細身大頭，專門砸向戴著鐵甲面具的馬頭，正是我首創的「碎首大槌」！他們欺身於馬前，左手隔擋對手的進攻，右手大槌對準正好發力的馬頭猛然一擊！馬頭的面甲對於尋常的刀劍確實有很好的防禦效果，但是面對這猛力砸來的大頭木槌，卻是沒有半點的效果。

一旦被大槌砸中的馬頭鐵甲，戰馬無不嘶鳴倒退。縱然有神駿異常的戰馬躲過，另一面的大頭木槌又縱躍跟進，立即從另一個方向猛烈打砸！這種奇異的兵器，奇異的打法，建康的騎兵從來沒有見過，他們躲閃不及，不停地閃躲，立刻騎士們的砍殺戰力減弱大半。前仆後繼的大槌與鐵甲騎兵反覆糾纏了整整兩個時辰，兩萬多騎兵硬是沒有突破兵力弱於自己的步兵大陣。

此刻，重騎兵借著強大的衝擊力量，將攻上來的建康步兵撕扯成碎片，雖然只有一萬名重騎兵，但是按照傳統的作戰方法，他們可以將三倍於自己的步兵衝垮。此刻，他們正在這樣暢快淋漓地做著！

也許是發現了勢頭不妙，一直穩守在山下的方陣有些騷動，他們沒有想到，憑藉著如此大的人數優勢，卻不能將弱勢的敵人消滅，特別是他們引以爲傲的騎兵，在我的步兵大陣中完全沒有半點的威力可言，他們有些動搖了！

大鑼鳴響，建康軍隊的第一輪攻勢結束了，他們在孤山之上留下了數千屍體，急急撤退，我沒有趁機衝出，如果只是我一個人，憑藉我強大的武力和我胯下的烈焰，掌中的噬天，我可以衝出敵陣，但是我身後的這些將士還有多少人能夠活著？我不能那樣做！敵陣中還有一個方陣一直沒有動作，那就是爲了防範我突然的襲擊！

召集回我的將士，清點人數，雖然在第一輪的攻擊中，我們殲滅了建康敵軍六千多人，但是我們也付出了將近三千人的死傷，這只是一個開始，我們後面還要面對更大的考驗，我不知道我們還能夠堅持多久，心中有些擔憂！一面命令士兵將傷兵放到後面調治，一面打掃戰場，收集箭支，現在，武器是我們唯一可以信賴的夥伴！我不知道是否能夠拖延到救兵到來，但是我必須要這樣。可是我大軍此刻恐怕剛到五牧城，來到這裏至少還要有數天的功夫。

第三章　血戰孤山

接下來的兩天裏，孤山面臨最大的考驗，我們在山道之上挖出了無數的壕溝，用來阻止建康的騎兵，同時用一些簡單的設備構建了防禦工事，南宮雲不愧是南宮飛雲的兒子，他很明白時間的寶貴，幾乎沒有給我們多少時間來休整，建康大軍以萬人爲組，輪番向孤山發動攻擊，而我則是組織人員，寸土不讓，將有限的資源充分利用，將山石製成檑石，將大樹砍成滾木，趁著短暫的休整時間，挖掘陷阱，將士們以五千人爲一組，騎步配合，輪番上陣守護孤山的防線，我更是徹夜不眠，除了指揮作戰，還要上陣搏殺，而且還要爲向北行運氣療傷，如果不是我龐大的真氣支撐，也許我早就沒有了力氣，就算是如此，我依然感到了無比疲憊。這是我這二十四年裏面臨的最大的一次考驗，除了武力，更是一場意志和恆心的考驗。

援兵渺渺，炎黃曆一四六四年七月初四，我率領著殘軍在孤山之上已經困守了三天，三天裏，我用盡了心思，整個孤山之上的樹木被我砍伐一空，山石被我採掘告盡，箭枝已經用完，器械殘破，一萬五千修羅之怒只剩下了五千人，而重騎兵幾乎已經全軍覆沒，也僅僅剩下了一千五百人左右，其中還有大部分人都帶著傷，我真的已經是山窮水盡了！

三天的防禦，將士們已經沒有了半點力氣，但是從他們的眼中，我依然看到了無比的鬥志，因爲雖然我們損失慘重，但是建康方面絲毫不見得比我們小，三天下來，他們估計已經在孤山之上扔下了四萬多具屍體。

天色陰沉，我站在山頂，看著山下依舊密密麻麻的建康大軍，他們依然保持著整肅，三天來，南宮雲不停地攻擊，雖然損失嚴重，但是從來沒有露過面，我知道他一直在注視著我，沒有半點的鬆懈！他的身後就是建康要塞，可以不斷地向他提供支援，他不需要擔心，不過我有一種感覺，他就要露面了！三天的攻擊沒有半點的收穫，他心中的焦慮比我更甚，他知道每拖上一天，他的勝算就少一分，所以他會親自出現的！我相信，同時我也在等待，等待機會的到來！

我盤膝坐在一個土丘之上，緩緩地調息，體內的噬天真氣緩緩地運轉全身，我感到精神有了一些恢復，沒有停止調息，我緩緩地閉上眼睛，天地在這一刻靜止了，風是那樣的輕柔，雲是那樣的圓轉，天地之間的神秘似乎在這一刻給了我一分奇妙的提示。

「大帥，敵人開始進攻了！」一個士兵跑到了我的面前。

我睜開了眼睛，這是新的親兵，他原本是修羅之怒的一員，但是三日來，我的親兵紛紛戰死，短短三天，我就已經換了十個親兵，他是第十一個！

我站起身來，示意他前面帶路，來到陣前，山下紅色暗流湧動，這次的進攻竟然提前了。我用沙啞的聲音說道：「上馬結陣！」

雖然沒有多少的力量，但是修羅之怒依舊迅速地結好了陣勢，嚴陣以待，看著不斷在山下調整的建康軍士。

「主公，向北行請戰！」向北行站在我的身後低聲地說道，經過我兩天來不停地用真氣爲他療傷，他的傷勢已經好了大半，雖然中氣還有些不足，但是比起我剛見到他時，已經好了許多！

「北行，不要著急！你去整備所有的重騎兵，在山上等候我的命令，看來我們是要決一死戰了！」我低聲地說道，這些天來的指揮，我的嗓子已經沙啞，說話也不敢大聲，否則就會疼。

「遵命！」向北行扭身向後走去，走了兩步，他突然停下了腳步，「主公，都是北行連累主公！」他低聲地說道。

我扭過身子，看著他微笑道：「北行，你我兄弟，何必這樣客氣，如果是我陷入了危險，我相信你也會毫不猶豫前來營救，呵呵，等我們到了東京，你請我喝上一頓花酒好了！」

「只要主公不怕樓主責怪，北行怎會有半點的推辭？」向北行突然對我笑道。

兩句短短的玩笑，似乎一下子將山上的沉悶吹散，連我身邊的親兵都偷偷地笑了！

我笑著轉過身來，翻身上了烈焰的背上，抓起噬天，看著山下的敵軍。要下雨了！

戰鼓隆隆響起，建康軍士突然閃開了一條通道，一個年齡和我相差不多，長相英俊的年輕人在眾人的拱衛下衝到了陣前，手中的長槍直立，朗聲說道：「南宮雲請見許大人！」

我微微一笑，果然來了，一拍烈焰的腦袋，我走出大陣，輕聲笑道：「許正陽恭候！」聲音雖然小，但是在我內力的傳送之下，卻清楚地傳到了南宮雲的耳中。

「三天來，我攻，你守！南宮雲對大人真是敬佩不已！修羅兵團如此的堅韌強悍，實在是出乎南宮雲的意料！今日我就要發動全力攻擊，但是，我還是想與大人說上兩句！」南宮雲儒雅地立馬橫槍說道。

我點點頭，沒有出聲。

「大人和南宮雲年齡相仿，但是卻勝過南宮雲百倍！說實話，當年東京血戰，南宮雲就已經視大人爲偶像，雖然兵敗，卻沒有半點的怨恨！這一點望大人知道。今日你我之戰，非是私人恩怨，而是各爲其主，今日即使南宮雲勝，也決不是南宮雲比大人厲害，而是占了先機，換言之，如果南宮雲站在大人的位置之上，現在必然已經敗了，所以無論勝敗，南宮雲還是欽佩大人你！可惜你我敵對，不然必與你喝上兩杯！」他爽朗地說道。

頓時，我對南宮雲感覺大有改觀，我哈哈大笑：「少將軍，我欣賞你！你很直爽，直爽得可

天的煞神降世，我毫不猶豫地撲向敵軍，那寒熱相合的真氣帶著兩種截然不同的氣流，只要是被這氣流沾住的人，立刻肢體飛射，瞬間變成一團血肉，強大的真氣，配合無敵的招式，我在建康大軍中狂野地殺戮，所過之處，只有一堆堆不成人形的血肉，人喊馬嘶聲中，血肉飛濺，殘兵亂射，我如入無人之境。

但是我感到了無比疲憊，連日的征戰已經讓我的體力透支，如此威力宏大的招式更是耗費真氣，再次騰空而起，我飛落在與我配合默契的烈焰身上，喘著粗氣，我大喝一聲：「修羅之怒，撤！」

白色的利箭跟隨我的身後，瞬間殺回孤山之上，就在剛才那短短的搏殺，已經讓建康大軍有些恐懼，他們看著我們迅速地退回孤山，卻沒有追趕。

清點了一下身邊的將士，五千修羅之怒在一個時辰中就喪生三千之眾，餘下的人也都是遍體傷痕，我知道他們已經沒有了再戰之力，難道我許正陽今天真的就喪生在這孤山之上？我心有不甘，仰天大吼！

雷聲轟鳴，大雨接天連地，似乎在感受我心中的不甘。

突然間，我隱約聽到了一聲淒厲長嘯，嘯聲震天，撕天裂地，瞬間淹沒了萬馬奔騰。我心中一顫，那嘯聲好生熟悉，但又有一些陌生。身邊的一個軍士突然指著建康大軍的後陣說道：「大帥，快看！」

順著他手指的方向，透過漫天的雨幕，我看到建康大軍隱隱地騷亂，遠處一片黑色的巨浪席捲而來，其間更有一些人赤膊坦胸，口中發出陣陣的嘶嚎，如同野人一般，雪亮的馬刀，揮舞之間，帶起陣陣的血舞。

夜叉兵團！

我心中快樂得要叫了出來，梁興，你這個混蛋大哥，再來晚一些，我就要和你來生再見了！

我扭身大喝道：「兄弟們，我們的援兵到了！」

孤山之上一陣歡呼，瞬間眾人精神抖擻，疲憊的眼神中流露出無比的鬥志。沒有猶豫，我大喝道：「北行，率領重騎兵，給我衝！」

一聲長嘯，向北行手中大戟一揮，兩千重騎兵排山蹈海般地向敵陣衝擊下去。

我扭身對身後的眾人說道：「修羅之怒，你們還能戰嗎？」

「能！」一聲暴喝，修羅之怒成員重新上馬，我長長地吸了一口氣，暴喝一聲，「給我衝！」

隨著我的喝聲，烈焰再次發出一聲怒吼，遠處一聲獅吼響起，似乎在回應烈焰的吼聲，我知道，那是飛紅的吼聲，不待我動作，烈焰似乎要和分別三年的夥伴見面，牠有如一道紅色閃電般飛一樣殺出，衝向山下。

遭到了這突然打擊的建康大軍頓時混亂起來，論起馬戰，天下間，又有誰能夠和那無敵的閃族大軍相抗衡，瞬間的功夫，原本整齊的隊形散亂了起來，他們四散奔逃，想要躲避閃族鐵騎的蹂躪。

我看見南宮雲在拼命地指揮建康大軍重新整合起來，抵抗這突如其來的打擊，但是已經散亂的軍心又豈是那麼容易歸攏的？這時，一道紅色閃電從黑色的洪流中殺出，赤髮飄揚，彷彿是馭電而來的煞神，手中奇形大槍空中揮舞，劃出詭異弧線，帶著淒厲嘯聲，向南宮雲殺去，幾個建康的副將想要上前阻攔，大槍輕擺，只聽數聲慘叫，幾個副將身體倒飛而出，身上帶著深可見骨的致命傷痕，正是梁興！

梁興也不說話，揮槍向南宮雲砸去，南宮雲毫不示弱，大槍一擺，迎著梁興的來勢向外一封，只聽一聲巨響，南宮雲座下的馬匹一聲暴嘶，向後連退數步，前膝一軟，將南宮雲掀下馬來，梁興也不怠慢，揮槍就要取南宮雲的性命。

我連忙高聲喊道：「鐵匠，留下此人！」

梁興槍勢微微一頓，大槍做輕刺，南宮雲立刻被那勁氣擊昏，飛紅向前大跨兩步，梁興一探手，將南宮雲抓起，放在獅背上，轉身向我衝來，我心中的興奮難以言表，一催烈焰，兩頭烈火獅在空中一個交會，輕輕落在了地上，頭顱相交，口中發出陣陣嘶吼。

完全不理會身外的殺伐之聲，我和梁興相互看著，誰也沒有說話，三年不見，梁興更加的成熟，更加的穩重，膚色黝黑，嘴邊已經長出了濃密的鬍鬚。

我們兩手在空中相交，緊緊地握在一起，我感到了他手上的力量，這個傢伙看來三年不見，也大有長進。

「阿陽！」梁興的面孔依舊保持著平靜，但是話語微微有些顫抖。

「大哥！」我叫道。

突然間，我們兩人大笑，笑聲中帶著無比的喜悅，笑聲中要將三年分別的思念宣洩，雖然依舊是萬軍廝殺，但是卻沒有影響到我們半分。

「兄弟，讓我們再次並肩殺敵！」梁興爽朗地說道。

「好！今天就讓這些建康賊眾來做我們兄弟重逢的祭品！」我大聲地說道。

雄獅再吼，勁氣縱橫。

夜叉兵團臨時建起的帥帳之中，我舒服地坐在柔軟的虎皮大椅之上，喝著人參茶，精神感到恢復了很多，多日的疲勞似乎在瞬間消失。

梁興坐在我的上首，帳中都是夜叉兵團的將領，很多都是熟人，鍾炎、仲玄、鍾離師，都是當年和我一起征戰東京的老人。還有幾個人我不認識，特別是那幾個身著閃族服裝的人，他們在戰場上表現出的戰力讓我吃驚不已。

原來梁興等人按照時間起兵南進，沒有想到，一路上幾乎沒有遇到多大的阻力，斬將奪關，沒有費什麼力氣，也許是受到我招討書的影響，幾乎所有的關隘沒有怎麼做抵抗就放梁興等人過去。所以他比原定的會師時間提前了一天到達。一到達建康，就聽說我被圍困孤山之上，所以他立刻率領他的手下前來救援。

聽完他的話，我笑了，「大哥，如果你再晚來一會兒，我恐怕就要自盡了，呵呵。」

梁興也笑了，他罵道：「像你這種禍害，恐怕不是那麼容易就會死的，閻王也害怕你去和他爭搶位子，所以讓我前來救你，哈哈！」

大帳中頓時一片笑聲。大家說笑了一會兒，梁興臉色一正，他看著我說道：「阿陽，按照我們的計畫，應該在明天早上大軍會師於建康城下，但是青州軍至今沒有消息，我們不能一直等待呀，下一步我們應該怎麼辦？」

梁興話音一落，所有的人在看著我，等待我拿出主意。

沉吟半晌，我先將嚴武自盡前的那番話語告訴眾人，所有的人臉色更加地凝重，我緩緩地說道：「如果嚴武所說的是真的，那麼我們已經無法等待青州大軍前來，時間對我們來說，已經十分緊迫，五十天的時間已經過了二十天，三十天內我們必須要將東京拿下，是否能夠成功，就看這建康城何時能夠拿下！」

所有的人都緩緩地點頭。

「那麼，主公可是已經有了腹案？」鍾離師臉色有些陰沉地問道。

我看著鍾離師，突然笑了，「鍾離，我所說的話，絕非是針對你的，呵呵！武威方面的難處我心中十分明白，絕對不是責怪，鍾離先生落在高飛手中，鍾離世家有難處我是明白的，所以我必須要在武威大軍到達之前，將東京拿下，就是避免和武威對抗，這一點，鍾離也要體諒，因爲一旦攻城，我恐怕很難再顧慮鍾離國師的安危！」

鍾離師緩緩地點頭，臉色有些緩和，「主公儘管放手，我相信爺爺也是這樣希望的！」

安撫了鍾離師，我又看看眾人，「將地圖拿來！」

親兵聽到了我的吩咐，立刻將地圖鋪在大帳的地面之上，我來到地圖之前，對眾人說道：「大家請看，建康乃是東京的大門，只要拿下了建康，東京就在我們的手中！」

眾人紛紛地圍攏上來。我用誅神的刀鞘在地圖上比劃，「諸公請看，建康就在青楊河北，青楊河在這裏被兩山夾峙，河面狹窄，水流湍急，在河面之上，只有一座石橋，這是過河的唯一通道。從位置上而言，建康要塞東北兩百里，就是青楊鎮；東南二百里，就是平陽鎮，兩鎮與建康相距不遠，更兼之東京距離建康也僅僅有三四百里，如果建康勢危，三地必然增援，所用時間不過十餘天，所以我們必須要在十天之內拿下建康，並且在五天之內到達東京，時間是我們最大的敵人！」說罷，我看看眾人，大家的臉上都露出了若有所思的神情。

沉默了片刻，對於南宮飛雲而言，建康只是他的後援基地，我相信光是這青楊大河，就會是我們的第一個絕大障礙，他一定會在河北屯駐重兵，阻止我們順利過河，而且我在數天前曾經觀察他們的營地，南宮飛雲佈兵十分老辣，在建康要塞之前有三個山頭，南宮飛雲就是將他的大軍分別駐紮在這三個山頭之上，那裏距離大河很近，如果大河的第一道防線出現問題，他可以在一天之內就發兵趕到支援，另外三座山頭呈品字形分佈，互成犄角之勢，我們即使突破大河防線，還要面對南宮飛雲在那裏屯紮的重兵，如果能夠快速突破這兩道防線，建康就在我手中，如果一旦在十天之內無法拿下，那麼我們即使突破了第二道防線，我們還要面對三地的援軍在建康對我們的瘋狂阻擊！」

「阿陽，那麼你的計畫是怎麼樣呢？」梁興輕輕地說道。

我面對地圖沉吟不語，久久沒有說話，好半天，我搖搖頭，看著梁興說道：

「我不知道，我不熟悉水戰，按照我的想法，讓向叔父來解決這第一道防線，畢竟青州靠近東海，叔父長期和東瀛作戰，對於水戰熟悉，但是叔父那邊至今沒有消息，我也不清楚發生了什麼事情，所以，這個難題就要靠我們自己來解決了！」

我話語一出，眾人臉色極爲難看，梁興在我耳邊輕聲說道：「你曾祖的手記上面沒有記載當年他是如何拿下建康的嗎？」

我搖搖頭，輕聲說道：「大哥，曾祖手記之上，只是很簡單地記載了他當年是依靠當地的百姓才快速拿下了建康，但是究竟如何拿下，他只是一筆帶過，沒有詳細記載。而且當年的建康守將較之南宮飛雲，根本不是一個級別，我想他一定也會有所防範，所以早在我們來之前，他就已經實行了清野的行動，建康附近的百姓已經全部遷移至河北，說實話，我現在當真是沒有一點點頭緒！」

梁興撓撓頭，輕拍我的肩膀，「阿陽不要著急，我們還有時間，待到三軍會合，我們再做打算，明日我們前往河邊一探，看看究竟應該如何！」

我點點頭，沉默不語。

這場討論最後沒有任何的結果，我們都滿懷心事各回大帳休息。

第二天，我剛一醒來，就有親兵來報，修羅兵團已經到達，眾將目前都在帳外等候。我連忙起身，走出大帳，只見向東行等人整齊站列在帳外，向北行更是被五花大綁，赤著上身跪在我的帳前。

看到我走出來，眾人整齊向我躬身施禮，「修羅兵團諸將向大帥報到！」

我微一皺眉頭，看看跪在地上的向北行，向向東行問道：「向大哥，你這是唱的哪齣戲？」

向東行再次躬身向我施禮，單膝跪下，「主公，驍騎營都指揮使向北行貪功輕進，致使先鋒營三萬重騎兵全軍覆沒，更使得主公涉險，險些遭遇不測！修羅之怒損失過半，如此大罪，其罪當誅，特將向北行綁縛大帥帳前，請大帥發落！」

一旁的向北行此刻已經淚流滿面：「主公，向北行該死，請主公將北行斬首，以正我兵團軍規！」

此刻，梁興等夜叉兵團諸將都已經聽說，來到我的帳前，看著我。梁興走到我的身邊，輕聲說道：「阿陽，此時要謹慎行事，我軍尚未開戰，先斬大將，恐怕對軍心不利呀！」

我有些苦笑不得，我本來就沒有想處置向北行，但是向東行如此一來，我想不處理都難了！看著向東行，我突然有了一種想要踢他的衝動，這個傢伙不是給我找麻煩嗎？

我上前將向東行扶起，「向大哥，你我兄弟，何必這樣，我從來沒有想過要處置北行，他還年輕，難免有些衝動，這個我們都是可以理解的，快快將北行送回大帳，他本來身上有傷，這樣對他反而不好！」

「大帥！」向東行流下兩行清淚，「東行與北行本是兄弟，更加疼惜這個小弟，但是他犯了如此大錯，造成近五萬將士喪生建康，如果不處置，那麼如何正兵團軍規！」

「是呀，父親曾經說過：功必賞，過必罰！當年大帥馬踏麥田，也曾親斬坐騎代首，我修羅兵團才能夠無敵於天下，我等和北行親生兄弟，心中更加的悲傷，但是如果不處理，當年大帥所定下的軍規就要廢掉，那樣，我向家兄弟更是罪人呀！」

一向都是粗獷的向南行突然說出這些話，讓我感到吃驚，看著他滿臉的淚水，我無言以對。

我看著向北行，「北行，你可認罪？」

「末將罪該萬死！」向北行以頭觸地，痛哭失聲。

我長嘆一聲，「向北行貪功輕進，造成五萬將士慘死建康，其罪當誅！但是向北行連奪四城，為我大軍開闢了前進通道，其功也不小，功過相抵，向北行背刺五十，奪其驍騎營指揮使，官降千騎長，帳下聽令，戴罪立功！」

「主公，北行之罪……」向東行還要說。

「向大哥，我知道你是為我兵團考慮，但是北行功勞確在，三哥也說功必賞，過必罰！就這樣決定！」我斬釘截鐵地說道。

親兵上來，將向北行拉下行刑，看著眾人，我緩緩地說道：「向北行犯下如此大過，其過在我，由於沒有給他足夠指示，造成五萬大軍覆沒，許正陽更應受罰！」

此言一出，不僅修羅兵團諸將失色，連夜叉兵團的將官都是臉色大變。自古刑不上大夫，我身爲一等國公，卻要受罰，這是他們沒有聽說過的！

「主公！」眾人失聲喊道，向家兄弟更是雙膝跪倒，連連磕頭，「主公，萬萬不可，你身爲一軍主將，怎能受罰，北行立功，全靠你計謀成功，將功勞放在北行身上，我們已經感激不盡，如果主公要罰，東行願意以身代之！」

「住嘴！」我厲聲喝道，「本帥認罰，乃是爲了我兵團軍規，如果誰要再勸，就是居心叵測，亂我兵團軍規！」

看到眾人閉嘴，我大聲說道：「許正陽指揮不利，累使五萬將士喪生，背刺一百，立刻行刑！」說完，我脫下上衣，對身邊的親兵說道：「行刑！」

親兵含淚行刑，大棒打在背上，發出沉悶的響聲，我沒有運功抵擋，心中默默念道：「北行，望你以後振作，不要再犯同樣錯誤，我今天這頓棒子也算沒有白挨！」

我和梁興站在高山之上，向遠處眺望。昨天我當眾受刑，兵團震動，甚至連夜叉兵團的將領也感受到我的良苦用心，修羅兵團十萬大軍和夜叉兵團二十萬大軍軍心大振，他們等待著我的命令！

站在山頂，遠遠可以看見建康要塞前的南宮飛雲的大營，旌旗飄擺，隱隱聽見戰馬嘶鳴。

那三座山峰，各自相隔二三里，中間是一片開闊的谷地。四面山原地勢低緩，南宮飛雲完全是居高臨下，那是一片易守難攻的營地！

「阿陽，你看是否可以動一下南宮雲的腦筋？」看著對方的營地，梁興臉色更加陰沉，緩緩地說道。

我搖搖頭，「大哥，南宮雲乃將門之子，絕不是那麼容易屈服的！我和他打過交道，我知道他這樣的人物，性格極爲驕傲，和你我一樣，難！」

梁興負手向前走了兩步，「那麼阿陽，你說怎麼辦？」

沒有回答，一直以來，我也在思索這個問題，該怎樣拿下這建康？

河南岸的夜叉兵團大營依舊燈火連綿。我帶領著修羅兵團將隊伍分成三支，在三天前悄然無聲地開出大營，沿著隱秘的山道急行。在兩位採藥老人的帶領下，在七月初九子時到達了三鹿山的背後，步兵散開隊形，開始登山。

天交四鼓時分，楊勇、向南行、向北行和巫馬天勇帶領四萬騎兵摘去馬鈴，包裹馬蹄，馬口銜枚，秘密行進到三鹿山正面的山谷裏埋伏下來。

我站在後山頂上，遙看山下的建康大軍軍營，軍營中的軍燈在山上閃爍，就像天上遙遠的星星。隱隱約約的刁斗聲混合著隱隱約約的青楊大河的濤聲，在山風之中，就好像山河嗚咽。天交五鼓，正是最爲黑暗的時分。茫茫山原，盡皆融入無邊的暗夜，是一個殺人放火天！我輕輕拍著烈焰的大腦袋，示意牠不要亂動，我等待著，等待著。

建康大軍軍營中的刁斗悠長地響了五下！我將白金修羅面具戴在臉上，一拍烈焰的大頭，手中大槍一揮，「給我殺！」聲音在我的真氣催動之下，在天地間迴盪，烈焰於此同時發出一聲震天的怒吼！

突然，彷彿天塌地陷，三座山頭的戰鼓驟然間驚雷般地炸響，山頂突然湧出連天的火把，把整個大山照得通透！修羅兵團的將士們呼嘯著，吶喊著衝入了山腰處的建康大軍的營寨！

建康大軍後山本來就沒有設防，只是簡單地設置了一些攔截野獸的鹿角木砦，就是這些簡單的障礙，也早已經被我的士兵偷偷地挖掉了，整個後營成了沒有任何障礙的山坡。我率領著士兵俯衝下來，幾乎沒有半點的阻攔，簡直就像是滾滾的山洪爆發，勢不可擋！

建康大軍由於在河北大橋屯紮了重兵，他們根本不相信我們會這麼快就突破過來，更沒有想到我會透過秘道暗中偷渡，自後山掩殺，所以沒有任何的防備。我帶領大軍在黎明的沉沉睡夢中突襲強攻，建康大軍立刻陷入了一片混亂！

修羅兵團如同下山的猛虎，衝進大寨之中，手中的火把到處燃放，營寨成了無邊的火海，建康的軍士們在沉睡中被驚醒，到處逃竄，自相踐踏，完全潰不成軍！慌亂之中，便如同蝗蟲一般湧向了山口的寨門，僅僅半個時辰，三座大營的殘兵，便狼狽地湧進了正面的谷地之中。

突然，又是一陣雷鳴般的戰鼓聲，薄薄的晨霧中，楊勇、向北行、向南行和巫馬天勇率領的四萬鐵騎自兩翼展開，堵截在谷口！

衝在最前面的，就是幾天前被我責罰的向北行，只見他白衣飄飄，手中大戟瘋狂地斬殺，在狼狽逃竄的亂軍之中勇猛異常，我笑了，知恥而後勇，如今的向北行，恐怕是一隻無人能夠阻擋的老虎！

短短的兩個時辰，三座大寨中的建康守軍再無一人抵抗，看著如此多的俘虜，我不禁感到頭疼，向東行來到我的身邊，「元帥，這些俘虜應該怎樣處理？」

遠方傳來陣陣的喊殺聲，估計梁興也已經發動了總攻，剛才的廝殺始終沒有看到南宮飛雲露面，看來他應該不在大營之中，我微皺眉頭，這麼多的戰俘，的確是一個很大的麻煩，我還要從後面偷襲敵人，放著這麼多的戰俘，實在是危險。我嘴角流露出一絲冷酷的微笑，從嘴裏迸出一個冷冷地字：「殺！」

向東行一愣，以爲聽錯了我的命令，「什麼？」他問道。

「就地斬殺，不留俘虜！」我冷冷地說道。

殺字一出口，只聽一陣淒慘的嚎叫、叫罵聲響徹整個三鹿山，頓時瀰漫著一股濃郁的血腥之氣！那個發佈命令的人，就是向北行。

看著向東行有些不忍的表情，我緩緩地說道：「向大哥，如果我們不處理這些俘虜，那麼一旦我們和從大河退下來的守軍搏殺，這些人都會是我們的隱患！」

「可是，那些俘虜足足有十萬人呀！」向東行臉上肌肉抽搐著說道。

我聞聽，心中一陣顫抖，十萬人！我沒有想到居然有十萬俘虜，但是命令已經發出，絕對不能再收回，十萬！就讓我許正陽來背負這個名聲吧！

不能讓眾人感受到我心中的不安，我說道：「一萬人也是殺，十萬人也是殺！爲了勝利，我就是一百萬人，也要殺！」

眾將無語。

那淒厲的慘叫聲足足在山谷中迴盪了一個時辰。我一揮手中的大槍，高聲喊道：「將士們，你們還有再戰之力嗎？」

「有！」聲音震天，迴盪在山谷之中。

「向東行，楊勇，向西行聽令！」

「末將在！」

「著你們三人帶領五萬將士，立刻殺向建康，將建康奪取！」

「末將遵命！」

「錢悅聽令！」

「末將在！」

「著你帶領一萬人馬就地收拾戰場！」

「遵令！」

「巫馬、向北行、向南行！你們跟隨本帥率領四萬鐵騎，截殺南宮飛雲！」

「遵令！」

鐵騎帶著狂野的呼嘯，瞬間撲向大河。此刻，天色已經是正午時分！

此刻，大河兩岸，南宮飛雲已經無法再阻擋夜叉兵團的攻勢，他這才明白，三天來，梁興一直沒有拿出實力與自己相拼，自昨晚五更起，夜叉兵團突然發動了狂野的襲擊，除了在大橋上面的攻擊，梁興更是命令五千善於泅渡的人秘密泅渡過河，每人都帶有長索，密密麻麻的軍士從河面悍不畏死地衝擊河北！更加可怕的是那光赤著上身、臉上抹著灰土的閃族鐵騎，他們更是不知道什麼叫死亡，捨命對大橋發動一波波的攻擊。

身後的三鹿山大營，傳來陣陣的喊殺之聲，南宮飛雲知道自己再一次落入了圈套之中，屯紮在大河的十萬大軍已經是人心惶惶，這一戰，他又輸了，還是輸在那兩個人手中。南宮飛雲此刻所能夠寄託的，只有身後的十五萬大軍能夠將偷襲的敵人消滅，但是他知道，那很難，因爲從五更夜叉兵團發動攻擊開始，他心中的另一個大敵修羅兵團始終沒有露面，那麼也就是說，偷襲三鹿山大營的，很有可能就是修羅兵團！

看著已經有些散亂的建康大軍，南宮飛雲命令緩緩後退，就在這時，他感到了地面在顫抖，如同洪流咆哮一般的馬蹄聲自身後傳來，原本穩定的後軍也有些慌亂了。

他扭頭看去，只見一片白色的洪流向自己狂野地衝來，爲首的一人，手持奇形大槍，胯下一隻兇猛的雄獅，那大槍在人群中肆虐，那雄獅在吼叫！正是他最爲擔心的大敵，修羅許正陽！

我發出一聲驚天的長嘯，遠方一聲長嘯與我遙相呼應，我知道，梁興已經開始發動最爲狂野的閃族鐵騎攻擊！果然，建康大軍中混亂異常，一群如同厲鬼般的閃族鐵騎在亂軍中肆虐，我仰天大笑，手中噬天更是發出淒厲鬼嘯，帶著丈餘長的芒尾，噬天好像是閻王的勾魂筆，暢快地吞噬著敵軍的性命。我左突右衝，遙遙地看到南宮飛雲手持大槍，一身紅色的盔甲，也在亂軍中廝殺！

我大笑道：「南宮將軍，三鹿山大營已經落入我手，此刻建康也恐怕是插著我兵團大旗，你大勢已去，還是早些投降吧！」

在亂軍中聽到我的聲音，南宮飛雲將身前的一個夜叉兵團的將領刺下馬去，厲聲說道：「正陽小兒，你偷襲得勝，有何值得炫耀？」

我手中沒有半點遲疑，噬天帶著長長的芒尾，將身前的數員大將斬殺，笑道：「兵者，詭道也，虧得南宮將軍也是一個名將，卻要許某交給你這兵法之要嗎？快快投降，許某留你一條性命！」

「南宮飛雲堂堂男兒，要你饒命？為大將者，自當戰死疆場，東京城前潰敗，是我一生恥辱，今日就讓南宮飛雲和你一決生死！」南宮飛雲憤然高叫。

「好！不愧是我許某敬重的敵人！」我遙指南宮飛雲，「你還有六萬將士，就讓我用這四萬鐵騎一個時辰內將你殲滅！」說著，我大喝一聲：「夜叉兵團後退，就讓修羅兵團得這一次大功！」

梁興的聲音遙遙傳來，「夜叉兵團結陣，不許讓一個敵人逃跑！阿陽，就讓我看看你無敵的修羅兵團如何殲滅六萬建康大軍！」

就在梁興聲音傳來，南宮飛雲大聲喝道：「許正陽，你欺我太甚，一個時辰全殲，狂妄至極，若你能夠成功，我南宮飛雲立刻自盡於你馬前！列陣！」

我不再答話，手中大槍一揮，向北行大喝一聲：「殺——！」便閃電般衝出，緊隨其後的，還有向南行和巫馬天勇，四萬鐵騎自動展開，分成三路狂風驟雨般捲向敵陣。

騎步平川決戰，步兵本來就處劣勢，加上現在建康守軍已經被殺得心驚肉跳，再聽說三鹿山十五萬大軍覆沒，建康失守，還有那虎視眈眈的夜叉兵團將自己團團包圍，士氣已經沮喪到了極點，如何經得起我修羅兵團挾大勝之威的狂野鐵騎衝擊？一個衝鋒，建康守軍便被分割成小塊被擠壓在一起，完全成爲我兵團的劈刺活靶！

南宮飛雲雖然勇猛，但是打仗畢竟不是兒戲，大將無論如何勇猛，又怎麼能夠抵擋住山呼海嘯般的千軍萬馬！仗是依靠全體的士卒一刀一槍的整體拼殺。南宮飛雲身經百戰，如何不明白這簡單的道理！他看到自己的六萬步卒在修羅兵團白色風暴衝擊下潰不成軍，根本沒有還手的機會，他知道這是自己一生中最後一戰！

修羅兵團的騎兵訓練別出心裁，五騎一伍，小陣形的配合廝殺，決不做單純的個人比拼。看到南宮飛雲勇猛，便有十個騎伍五十名鐵甲騎兵輪番攻殺，將南宮飛雲牢牢地困在陣中，他們個個騎術精通，風車般地圍著南宮飛雲飛馳，根本不給南宮飛雲施展長槍的機會。不到一個時辰，被包圍的六萬步卒竟沒有一個能夠再站立起來。唯有孤零零的南宮飛雲，渾身的血跡，如同石雕般立在陣中。

我一催烈焰，衝到了陣前，對那五十名鐵甲騎士說道：「退下去吧！」我拱手向南宮飛雲說道：「南宮將軍，不到一個時辰，你輸了！還是投降吧，你的兒子南宮雲在我手中，他還等待父子團聚！」

南宮飛雲神色淡漠，他看著我，突然笑了，「許正陽呀許正陽！你麾下兵團天下無敵，再加上一個夜叉，我佩服你！嘿嘿，說實話，我從來沒有記恨過你，你比我強！我南宮飛雲一生戎馬，從來沒有見到過如你這般強悍的人！如果大人開恩，就請留我兒一命，我南宮飛雲跟錯了人，高飛雖然厲害，但是卻遠不是你的對手，如今我女兒出走，長子命喪東京，次子也落入你手中，我敗了，敗得淒慘，但是卻也敗得痛快！許正陽，天下是你的了！」說完，他拔出長劍，一劍刎頸，沉重地栽倒在地上！

我面無表情，扭頭對身邊的人說道：「馬革裹屍，這是他最好的宿命！妥善安置南宮將軍！」說完，對向北行說道：「封鎖道路山卡，莫使消息走漏出去！」

向北行領命轉身而去。

此時，梁興跨坐飛紅，緩緩地來到我的身邊，「阿陽，好騎兵！」

我嘆息一聲，扭頭向戰場看去，此刻殘陽籠罩，十萬建康大軍的屍體將整個山野覆蓋，青楊河水變得赤紅，在夕陽血紅的籠罩下更顯淒涼。

我扭頭對梁興說道：「大哥，這就是戰爭，一將功成萬骨枯！你我真的就逃不出殺戮的命運嗎？」

梁興無語，他看著戰場，長長地嘆息了一聲。

坐在建康的帥府大廳中，我仔細地看著戰報，三鹿山大戰，建康三十萬守軍盡數被殲，沒有留下一個降卒，我想這將會是我今後政治生涯中非常血腥的一筆。

梁興坐在我的對面，他臉色陰沉，看著我，半天沒有說話。從他聽說我在三鹿山斬殺十萬降卒的那一刻起，就是這個樣子，後來看到滿山遍野的屍體，臉色更加凝重，來到帥府中以後，他就這樣坐在我的面前，始終不曾說話。

過了好久，他緩緩開口道：「阿陽，看你這樣子，好像沒有半點感覺，你斬殺如此之多的降卒，卻若無其事，你知不知道，你整整殺了十萬降卒呀！」

我的視線從地圖上收回，看著梁興脹得通紅的臉頰，慢條斯理地說道：「知道，我當然知道殺了十萬人，加上在混戰的時候，一共十五萬人全部被我殺掉了！」

「你，你，你怎能毫無愧疚，那五萬人不說，他們是死在混戰之中，但是單單那十萬，他們也是爹生娘養，你只是輕聲一句殺，十萬人就沒有性命！你雖然叫修羅，但是你是一個有血有肉的人，怎麼如此的殘忍？」梁興大聲地說道。

「殘忍？你知道什麼叫做殘忍？」我再也無法忍耐，我心中也在爲那十萬降卒的生命愧疚，但是我卻不能表露出來，原以爲梁興會給我一些安慰，但是他卻這樣在我面前黑著臉大聲的指責，我心中雖然有些愧疚，但是轉眼已經煙消雲散。

看著梁興，我氣憤地站起來：「你知道什麼叫做家破人亡？我許家上下數百口，他們犯了什麼罪責，卻被全部斬首，至今我許正陽依舊背負這一個叛逆的名聲，連自己是許家的後人都不敢說！這叫做殘忍！我自小被關押在奴隸營中，童大叔離我而去，夫子死在他人箭下，高山被高飛他們活活折磨而死，他就死在我的面前，你知不知道那才叫殘忍！」

我大聲地吼道，門外的衛兵聽到大廳中的爭吵，都好奇地伸頭向裏面觀瞧。我厲聲喝道：「看什麼？沒有見過吵架呀！」

衛兵的頭立刻縮了回去。

梁興神色有些黯淡，他看著我，緩緩地說道：「阿陽，你變了，變得沒有半點的人性，變得那麼嗜血！夫子在世之時教給我們以德報怨，我們和誰有仇恨，我們只需要面對我們的仇人，但是那十萬士兵，卻是活生生的人，他們從一個嬰兒長到這麼大，難道容易嗎？阿陽，我和你說的不是我們的仇人，而是那十萬個可憐的士兵，他們本來也許只是被脅迫當兵，已經向你投降，你怎麼能夠再去斬殺他們？阿陽，我們的仇人是飛天，是那些飛天的狗賊，可是不是這些苦哈哈！」他的聲音越來越高亢。

我冷冷一笑，「嘿嘿，夫子讓我們以德報怨，但是自己卻落到一個慘死；高山手無縛雞之力，平時連殺個雞都要祈禱，可是又是什麼結果？大哥，你還是沒弄清楚，我們的仇人不是什麼飛天，我們的仇人是這個賊老天，明白嗎？就是那個說什麼眾生之父的賊老天，什麼貴族，什麼平民，都是狗屁！就是因為這個天下所有的權力集中在一個人的手中，說什麼天子，老天給他的權力，他可以為所欲為，他掌管天下人的生殺大權！他可以隨時的讓任何人去死！我就是要和賊老天鬥，什麼天賦皇權，我就是要將那天下的大權自己爭取過來，我不靠天，不靠地，靠我自己！所有幫助賊老天的人，我都要讓他們死！當年在天京，明亮大師說什麼血手佛心，我告訴你，什麼叫做佛心，我的心就是佛心！不要說十萬人，就是一百萬人，他們只要和我作對，我也不會手軟，只要是擋在我面前的人，我都會毫不猶豫將他們殺掉！」我厲聲地喊道。

「你，你！阿陽，你已經走火入魔了！」梁興氣得站起來，指著我大聲地罵道。

「哈！」面對氣得發顫的梁興，我毫不在意地笑了一聲。

「混蛋！」梁興閃身來到我的面前，啪的一聲給了我一記耳光，絲毫沒有防範，沒有想到他會打我，我頓時愣住了，好半天，我指著他說道：「你敢打我！」

梁興也有些後悔，但還是硬著頭皮說道：「我就是打你，我比你大，夫子不在，我就要讓你以後不走歪路！」

「你混蛋！」我怒聲罵道，身形暴起，在空中三個迴旋，雙掌一合，龐大的氣場自我身上發出，鎖住梁興的氣機，我暴喝一聲，空中以詭異角度發出一拳，如同萬馬奔騰，一往無前，帶著強絕的勁氣向梁興撲去，真氣與空氣摩擦，發出詭異厲嘯。

「想打？好，我就奉陪，讓我看看你究竟有什麼進步！」梁興也怒喝了一聲，身體隨著輕晃，如同一縷輕煙般詭異向我迎來，雙掌一分，一股龐然恢宏的勁氣向我襲來。

一聲轟然巨響，帥府有些輕晃，整個大廳都在顫抖。我和他各自後退兩步，這個傢伙進步不小，沒有想到竟然能夠硬接我八成功力的一擊，而且和我平分秋色，我冷冷地問道：

「你什麼時候達到了渾淪境？」

「一年前我就已經達到！」梁興也冷冷地說道。

「好，那就讓我見識一下你的神功！」說著，我雙手瞬間赤紅，發出迫人熱浪，梁興也毫不退讓，雙手如玄玉般潔白，發出襲人寒流。

我長嘯一聲，右掌揮起，左掌掀動漫天罡氣，帶著一片刺耳之極的呼嘯風聲，身體如同蒼鷹九轉，飛撲梁興。

梁興也不示弱，身形奇詭莫倫的左右晃閃起來，隨著一時之間，只見勁力迴旋，恍若大漠狂風，人影閃耀晃走，又似巨蜈隨風蜿蜒，千百掌影漫天而起，層層不絕，間或挾雜著幾聲沉喝厲叱。因爲我們兩人學藝相同，對於對方都瞭若指掌，再加上梁興功力已經突破渾淪境，真氣之渾厚，已經和我不分伯仲。一方炙熱，一方冰寒，兩股性質截然不同的真氣在空中相遇，發出滋滋的響聲，整個大廳都有些不堪承受那龐大勁氣，塵土紛紛落下。

「我說怎麼這樣囂張，原來功夫又有精進！來而不往非禮也，阿陽，你也來接我這招！」梁興大吼一聲，散髮披面，臉紅如火，身形奇快無比，左晃右閃，雙掌雙腿揮動得急如浪濤翻湧，身形好似一隻碩大無匹的蒼鷹，真氣頓時變得炙熱難耐，向我飛撲而來！

我一皺眉頭，看來這招是他自創的，我沒有見過，但是卻依然沒有脫出修羅斬的範疇。我毫不擔心，冷哼一聲，身形猝然前縱，飛沙旋舞中，一股凌厲無匹的勁力也怒捲而出，就在這片狂猛的勁氣中，我身形驀然迴旋飛起，真氣陡然逆轉，炙熱掌力變得凍人肺腑，掌勢腿影如漫天捲雲，在瞬息之間，發向梁興全身四周。

兩股龐大勁氣再次在空中相交，發出轟然巨響，我大吼一聲：「一招定勝負！」

梁興毫不示弱，「好，就一招！」說著，雙手陡然變成一赤一白畫圓太極，向我擊來；我冷冷一笑，這乃是我自創的散手阿難震天，在我面前顯露，未免班門弄斧。真氣運轉全身，雙手同樣的顏色，我淩空飛撲而去，真氣再次交會，但是此次卻沒有發出任何聲響，大廳中暗流洶湧，大廳再也無法承受如此大的勁力，磚瓦塵土四射而飛，我和梁興空中一個倒翻，同時落在地上，我的一身白衣沾滿了塵土，而梁興也是衣冠淩亂！

我們喘著粗氣，相互依舊虎視，突然間，我們兩個都笑了，指著一身塵土的梁興，我罵道：「死鐵匠，你等著，這一巴掌我遲早要找回來！」

梁興呵呵一笑，「恐怕不是那麼容易吧，哈哈！」他笑道：「這一巴掌算是爲那十萬人打的，下次你要是再濫殺，看我怎麼收拾你！」

「好，鐵匠，就衝你這一巴掌，我還要再殺十萬！」我也笑道。

「你敢！」梁興虎目圓睜，看著我吼道。

「你們兩個這是在幹什麼？」一個清雅的聲音在我們耳邊響起。扭頭看去，只見向寧滿臉疑惑地站在帥府大門外，看著我和梁興狼狽的樣子。身後還跟著一群同樣疑惑的將領！

「沒事，鬧著玩！」我連忙說道。

梁興狠狠地看了我一眼，也笑著說道：「是呀，鬧著玩！」

向寧搖搖頭，呵呵笑道：「你們兩個鬧得實在動靜有些大了，好好的一座帥府，硬是讓你們給拆了，你們在搞什麼鬼？」

我們呵呵地笑著，誰也沒有說話。將向寧請入了偏房，我恭敬地給他倒上茶水，「叔父，什麼時候到的？」我問道。

「剛到，就看見你們在比武，你們兩個都是絕頂的身手，但是不要這個樣子，萬一誰傷了誰都不好！」向寧狠狠地對我們兩個說道。看到我們都沒有說話，他緩緩接著說：「我按時在青州起兵，但是一路上諸多的阻力，各關隘死命攔截，我這一路上拼殺，連過七關，方才趕到建康，沒有想到你們居然已經將南宮飛雲斬殺，還奪下了建康，哈哈，真是將門虎子！」說著，他臉上露出欣慰的笑容。

我們將奪關的經過向向寧說了一遍。向寧看著我們兩人，臉色有些凝重，「我得到消息，武威大軍已經逼近東京，我們的時間已經不多，怎麼辦？」

我一聽，感到有些驚訝，「叔父，武威大軍不是要二十多天後才能趕到嗎？」

「高飛以鍾離勝爲要脅，強令武威大軍火速救援，武威軍無奈之下，星夜進發，向東京趕來，根據我的探馬消息，估計在十天後就要到達東京！」

什麼？我心中大吃一驚，十天後，那就是我剛到達東京城下之時，看來與武威大軍的這一場大戰是少不了了！我擔憂地看了看梁興，果然，他的臉色極為陰沉，這也難怪，夜叉兵團當年成立的骨幹就是以武威大軍為主，這次和武威大軍對陣，那麼受到影響最大的，恐怕就是他麾下的夜叉兵團。

我緩緩地問道：「叔父此次帶來的青州兵有多少？」

向寧嘆了口氣，說道：「近日東瀛對青州接連發兵，青州雖然有三十萬兵馬，但是卻只能調動二十萬，而這一路上廝殺，也有傷亡，所以目下在建康的只有十萬！」

我看了一眼梁興，梁興說道：「不用看我，此次我自通州起兵，共有三十萬人馬前來，除了從閃族拿來的十萬大軍以外，另外就是以武威大軍為主的二十萬人馬！」

我心中不停地盤算著，突然抬頭對向寧問道：「叔父，武威此次出兵共有多少？」

「大約在十五萬左右！」

十五萬，再加上東京還有二十萬大軍駐守，那麼兩方相加，就是三十五萬人馬！我反覆地思量，抬頭對梁興說道：

「大哥，武威的二十萬大軍絕對不能帶往東京，如果他們在陣前發難，我們很難收拾，所以除了十萬閃族大軍以外，其餘夜叉兵團要繼續留守建康，不但如此，鍾離師也不能帶去，我想讓他留守在建康，同時派鍾、仲兩位老將軍在此監軍，一旦發現鍾離師有不軌舉動，就地格殺！」

「這，這樣是否太過明顯？如果鍾離師知道，恐怕今後我們很難再共事！」梁興有些爲難的說道：「鍾離師是一個人才，不但精通兵法，而且辯才無雙，這樣恐怕會冷了他的心呀！」

我點點頭，梁興說的也有道理，我緩緩地在屋中走動，突然，我抬頭說道：

「建康東北和東南兩方還有青楊和平陽兩處軍事重鎮，如果我們攻打東京，兩鎮勢必會前去救援！最有可能的，就是他們襲捲建康。我軍攻打東京的糧草輜重全部都囤積在建康，建康一旦失守，我們就等於失去了糧道，只要東京死守，我估計需要很長的時間才能夠攻下，當年曾祖打到東京，只圍不攻，其中的意思是將東京資源耗費一空，如今東京城防較之六十年前，絲毫不弱，我們必須要做好長久的準備，所以建康就非常重要。派鍾離師和鍾、仲兩位副帥鎮守建康，就是爲了保證我糧道不絕！同時要讓他們在建康加強防守，修築堅固的堡壘長圍，阻止兩鎮援兵，這樣的理由是否充分？」

梁興和向寧緩緩點頭，看著我笑了，「這個藉口，恐怕也只有阿陽能夠想出來，呵呵！」梁興笑著說道。

「嗯，這樣的話，我們就解決了後方的問題！」我堅決地說道：「那麼就由叔父率領十萬青州大軍，大哥帶領十萬閃族大軍，我則帶領十萬修羅兵團，合計三十萬大軍，休整兩日，發兵東京！既然武威大軍已經到達，那麼我們就不需要再趕時間！好好休養兩天，我們就和高飛在東京城下一決勝負！」

「好，東京城下，一決勝負！」向寧和梁興同聲說道。

炎黃曆一四六四年七月二十五日，我和三處兵馬共三十萬兵臨東京城下，遠遠我已經看到東京巍峨的城牆，東京，讓我們開始我們最後的決戰吧！

第四章　長蛇大陣

東京城，在短短的三年時間裏面，經歷了兩場大戰！一場是已經發生過的，那次我以勝利告終，另外一場，就是即將到來的，我不知道會是什麼樣的結果！

來到了東京城下，遠遠看見那東京血色的城牆，那曾經記載了我的光榮，但是現在？我不知道。令我感到驚奇的是東京城城門緊閉，在城外兩里的地方，駐紮了一隊軍馬。看旗幟好像是武威的兵馬，他們來的真快呀！我心中感嘆道。

不過，這武威的大軍並沒有在城外駐紮，相反倒是在城外擺了一個十分奇怪的陣勢：陣勢一字擺開，兩頭以鐵甲重騎兵為兩翼，中間以步兵組成步兵方陣，陣勢連綿不斷，十五萬大軍在城外連綿數十里，如此的將大軍擺開，倒像是一條巨蛇橫臥在城外，將我們的去路擋住。

沒有貿然地發動進攻，因為我搞不清楚武威大軍到底是要唱哪一齣戲，命令大軍在十里外駐紮，我和梁興兩人跨坐烈火獅向武威大軍靠近。

「敢請通報一聲，就說修羅兵團統帥許正陽和夜叉兵團統帥梁興求見武威元帥，請陣外答話！」看到武威軍士戒備的眼神，我和梁興在武威營寨外一里處停下，我朗聲說道。

那軍士的臉色頓時大變，他看了看我和梁興，轉身跑進了大營中，我扭頭對梁興說道：「大哥，這武威大軍不比南宮飛雲的建康軍士要好對付呀！」

梁興點點頭，還是疑惑地看著武威大軍擺出的陣勢，「阿陽，他們這是要做什麼？打仗要用這麼大的陣勢嗎？」

我也疑惑地搖搖頭，看著梁興苦笑道：「大哥，你不知道，我怎麼會知道？咱們學的都是一樣的東西，你沒有學過，我也沒有呀！」

笑了笑，梁興細細地觀察陣勢，沒有說話。

馬蹄聲響，從武威大營中衝出一群人馬，爲首之人鶴髮童顏，卻是我熟悉的鍾離宏，我拱手向他朗聲說道：「鍾離長老，我們又見面了！」

鍾離宏臉上有一絲愧疚之色，看看我和梁興，也拱手說道：「兩位國公大人好！」

我呵呵一笑，「鍾離長老，你我已經許久未曾見面，一向可好？」

「有勞國公大人費心，鍾離宏更加慚愧！今日與國公大人對決疆場，實在不是鍾離世家所願，家主說國公大人必能夠體諒我們的苦處，但鍾離宏還是要說一聲：抱歉！」鍾離宏此時面色通紅。

我和梁興對視一眼，爽朗一笑，「鍾離長老何必如此客氣，武威大軍出兵的原由，正陽心中十分清楚，其實是正陽要說聲抱歉，當日在皇城未能將國師救出，實在是正陽無能，否則今日你我應該是共討妖孽，何來這兩軍對陣！」

「大人如此說，更加讓鍾離宏慚愧，其實家主已經被救出，但是和高飛一干人等的交換條件就是合力將大人阻攔於東京城下，當日鍾離世家向大人效忠，自然不能答應，所以只能答應我們在這東京城下擺出大陣，若大人能破，武威大軍立刻退兵，若大人不能破，那只有對不起大人了！」鍾離宏拱手說道。

我眉毛輕挑，看著鍾離宏身後的大陣，微笑著問道：「長老所說的大陣，可是身後的這座大陣？」

「正是，鍾離世家多年鎮守武威，憑藉此大陣，多次將來犯之敵擊潰，由於鍾離世家內部對於幫助大人一直還有分歧，所以家主的意思是，如果大人能夠將這個陣勢破掉，將更增加我鍾離世家的決心，如果大人不能破掉，那麼說明大人還不足以擔當大任！」

心中的怒火不斷上升，好一個鍾離勝，枉我也曾經想盡方法營救你，你這樣來對付我，難道我沒有你鍾離世家的幫助，就不能一統炎黃，嘿嘿，我就讓你見識一下修羅的本色！強壓住怒火，我爽朗地笑道：「請長老轉告貴家主，許正陽必將這勞什子陣破掉！」

「還有，家主要我轉告大人，這陣乃是千年前文聖梁秋所創的十大陣之一，威力非同小可，大人萬不要掉以輕心！還有，平陽、青楊兩地軍馬已經向建康集結，若大人不能將陣破掉，還是早日退兵！」鍾離宏感受到了我心中的怒氣，但是他卻無法多說什麼，十分無奈地說道。

「多謝國師的關心，請轉告國師，建康我已經屯紮二十萬大軍駐守，領兵之人就是貴家族未來的家主。至於這陣勢，嘿嘿，只是不知道如何才算破掉？是要將武威大軍一網打盡嗎？」我冷冷地說道，說話也漸漸不再客氣。

鍾離宏感受到我心中的怒氣，沒有露出任何不滿的情緒，他看著我，一拱手，「我知道大人心中不滿，其實鍾離宏對家族的反覆也有些不滿，但是如今的鍾離世家已經不是大魏帝國時代的鍾離世家，多年的安逸已經讓他們感到自己十分的強大。所以鍾離宏由衷希望大人能夠將此陣破除，但是如果真的兩軍對壘，死傷必然很大，那樣徒然便宜了豎子！不如這樣，我們就以十天為限期，限期一到，如果大人能夠將此陣破法告知，那麼鍾離宏立刻領兵後退三百里，任憑大人攻城，城破之日，就是鍾離世家全體向大人效忠之日；若十天後大人無法將此陣破法告知，那麼就請大人兵退青楊河南岸，三月之後，再行攻擊！」

我微微一皺眉頭，讓我兵退青楊河南岸，那不就是讓我再次攻打建康？此次攻打建康，是我幸運，如果再打一次建康，我是否能夠成功？我不知道！可是如果真的讓我和鍾離世家作對，我恐怕也很難在東京城下完好無損，雖然手中有三十萬兵馬，但是是否能夠將武威和高飛兩支兵馬打敗，恐怕也非是易事，即使將他們打敗，我是否還有足夠的力量來壓制明月帝國其他各派勢力？一時間，我腦海中閃現出無數的念頭，久久沉思！

鍾離宏知道我心中正在做打算，也沒有開口，他只是靜靜地看著我，沒有打斷我的思路。我扭頭看看梁興，梁興此刻的臉色也是陰晴不定，我知道他也很難做出決定。抬頭看看眼前連綿十數里的武威大陣，我緩緩地問道：「敢問長老此陣何名？」

「此乃是千年前文聖梁秋在山野之中觀巨蟒搏鬥，而創出此陣，故名長蛇陣！」鍾離宏說著，臉上露出了無比的嚮往和崇拜。

又是梁秋，沒有想到，這個梁秋過世已經千年，居然還有如此的威望，我心中突然對他產生了一種嫉妒的感覺，但是又不得不佩服，做人能夠如梁秋一般，千年後還有人如此膜拜，真是大丈夫所爲！突然間，我心中豪氣頓生，「好，鍾離長老，我們就這樣約定，十日後，我來破掉你的長蛇陣，等著向我臣服吧！」

一拱手，鍾離宏臉上露出一絲笑容：「國公大人好豪氣！鍾離宏就在這裏恭候大人破陣妙法！」

第二日，率領三軍列陣於兩軍陣前，我排列出了一座八卦陣形，這陣勢本是我在曾祖許鵬的練兵紀要中習得，據說也是千年前傳下的一個大陣，我和梁興、向寧領著一隊的將官居大陣中央，四面各以五萬步兵守護，在這步兵中間，我還隱藏了兩萬五千騎兵於內，以做機動奇襲。整個大陣以騎步協作，按照八卦方位排列，陣中套陣，共有八陣，八陣在列陣之時散佈分列，在遇敵之時，復而合一，分合變化，奧妙無窮！我不甘心對手以長蛇陣拔了頭籌，所以也擺出了這樣一個陣形。

武威大軍一如昨日，陣勢連綿，宛如常山之蛇列於陣前。兩方大軍寂然無聲，只有旌旗在風中的招展聲不絕於耳！

從武威大軍的陣營中衝出一匹高頭大馬，馬上之人年齡和我相仿，眉清目秀，看面龐與鍾離師有兩分相似，但是卻比鍾離師年齡小一些，也秀氣一些，少了鍾離師的成熟穩重，看上去倒像一個女子一般。他來到了兩軍陣前，一拱手，「鍾離世家三代弟子鍾離華，有請傲國公許正陽許大人！」

我微微一愣，不是只是試陣，怎麼還要出去說話？鍾離世家怎麼有這麼多的毛病？看看梁興和向寧，兩人視若不見，我嘆了一口氣，誰讓我最小，受盡了他們的欺負，我一邊心中在嘆息，一邊一催胯下烈焰，八卦陣前陣讓出一條道路，我飛馳而出，烈焰更是存心賣弄，一個躍起，牠馱著我在空中輕輕一個迴旋，落勢驟急，卻輕巧地落在那鍾離華的面前，示威的大吼一聲！

那鍾離華座下雖然也是一匹良駒，但是面對這森然猛獸的示威，也不禁連著倒退數步，鍾離華連忙束縛坐騎，這才將牠安穩了下來。

我這上場的下馬威更是引得身後大軍一陣歡呼。鍾離華白皙的面龐脹得通紅，手中大刀點我，怒道：「許正陽，我聽我祖父說你是一代豪傑，所以特地前來向你討教，沒有想到你如此無禮，竟然讓你座下的猛獸驚嚇我的坐騎，哪裡有半點豪傑的風範！」

我不由得心中苦笑，輕拍烈焰的大腦袋，「烈焰，你這可是不對了，沒有事情叫什麼？讓你老子我也受到一頓訓斥！」

烈焰大腦袋微微一擺，似乎不甩我的抱怨，這個畜生，越來越有性格了。

我微微笑道：「在下許正陽，承蒙鍾離長老稱讚，實在是愧不敢當！至於這驚嚇一說，與許是我這烈焰看到閣下的卓絕風姿，心中仰慕，沒有想到將閣下坐騎嚇倒，實在是不好意思！」我話中連損帶捧，那鍾離華臉色更紅。

「你！」鍾離華氣得大叫，「你不講理！」好端端的一句話被他一講，卻有了九分的嗲味，哪有半點的陽剛之氣，我聽得渾身一顫，汗毛都不禁豎了起來。

緩緩平息了一下，鍾離華的臉色恢復了正常，「許正陽，你不要逞口舌之利，久聞你武功高強，鍾離華今天特來領教，還請不吝賜教！」

我頭有些暈，看著鍾離華，緩緩說道：「在下今日是來試陣，可不是來比武的。如果閣下有興趣，你我改日再好好親近如何？」

「誰要與你親近！」鍾離華的臉色又是一陣通紅，手中大刀一揮，「今日你打也要打，不打也要打！如果你不動手，那麼我就不帶你去試陣！」

我越聽越覺得有些怪異，這哪裡是要試陣，這是脅迫，不對！是強迫！我苦笑道：「那麼鍾離將軍想要怎樣比試呢？」

「你先讓我砍三刀，就算你剛才無禮的賠償，然後我們再比試，如果我輸了，立刻帶你前去試陣！」鍾離華古怪刁鑽地說。

我聞聽臉色一變，「鍾離將軍，兩陣搏殺，生死攸關，本來就是要費盡心思，鬥智鬥勇！何來我無禮之說？今日你在這裏無理取鬧，已經耽誤了半晌的功夫，快快開始我們的比試，然後我還要試陣！」

「不行，你一定要讓我砍你三刀，不然我就立刻回營，看你怎麼試陣！」鍾離華厲聲地說道。但是聽他的話語怎麼也不像在發火，反而讓我感到他是在向我撒嬌。

這鍾離宏唱的是哪齣戲，說好今天試陣，怎麼讓這麼一個不男不女的傢伙出來，讓我無從下手！但是我卻不知道爲什麼，始終無法板起面孔，只得無奈地說道：「好吧，那快快動手，不要再耽誤時間！」

鍾離華滿臉的喜悅，手中大刀一掄，刀帶風聲，一股炙熱真氣立刻向我湧來，刀勢詭異非常，如羚羊掛角，不帶半點的痕跡。看來這個傢伙說話怪裏怪氣，但是這手上的功夫卻著實是不弱！由於不能還手，我雙腿較力，夾住烈焰的身體，提氣騰空而起，身體在空中小幅擺動，向後退去！「第一招！」我朗聲說道。

鍾離華沒有答話，手中大刀落空，刀勢不停，胯下坐騎向前一衝，大刀橫掃，帶著尖銳厲嘯再次向我砍來。

這個傢伙還真有兩手，我心裏讚嘆著，看這刀法，這鍾離華的身手不輸於向家兄弟呀！無奈何，輕拍烈焰的腦袋，烈焰順勢伏在地上，我的身體貼著地面，飛掠而出，像一隻搏擊海面的海鷗，脫出他的刀勢範圍，身體也不停頓，一個倒飛，自他刀面飛過，手指輕輕在刀背上一敲，鍾離華橫擊的力量立刻消去。

「第二招！」

鍾離華似乎有些焦急，刀勢雖然被我破去，但是上撩，自下方向空中的我看來，那炙熱氣流更加凌厲，刀光一閃，竟然在瞬間幻化出一片刀影，刀光閃爍，向我襲來。

我微微一皺眉頭，這個傢伙好凌厲的刀法，不敢怠慢，借著剛才一敲之力，我再次騰空而起，飛掠在空中，在刀影幢幢中以極小幅度擺動，身形一閃，向鍾離華襲去。沒想到我如此快就脫出了他的控制，鍾離華連忙大刀回轉，向我的身形砍來。

我嘿嘿一笑，如同蒼鷹般盤旋，飛撲鍾離華，瞬間，我輕落在他的身後馬背之上，抖手將他攔腰抱住，左手輕擊他的玉枕，鍾離華輕倒在我懷中，但只是這瞬間，我卻感到他的身體綿軟，觸手之處柔軟而富有彈性，一股幽香流入我的鼻腔，好像，好像……

我身體立刻飛起，落在烈焰身上，十分尷尬的低聲說道：「對不起，姑娘，剛才在下失禮了！」

此刻鍾離華已經是俏臉通紅，一勒馬韁，轉身向陣中跑去，走了兩步，她突然回頭對我說道：「叫你的人來試陣吧！」說完也不回頭，飛奔回陣。

這像什麼！兩軍搏殺，搞得好像是打情罵俏一般！迎著眾人驚異的目光，我回到了本陣。梁興低聲問道：「你在搞什麼鬼？」

我沒有回答他，穩了一下心神，對身後的眾將說道：「誰願意為本帥試陣？」

「末將願往！」

原來是向北行，看著他企盼的眼神，我微笑道：「好，北行，給你一千人馬前去試陣！記得，我們是試陣，不是破陣，萬不可魯莽行事！」

「北行明白！」向北行向我躬身一禮，轉身領兵出陣！

只聽得戰鼓隆隆，靜止在那裏的長蛇陣突然動了起來，向北行率先攻向右陣騎兵，卻見那右陣的騎兵迎著向北行的來勢微微後退，也不應戰；左陣騎兵自向北行身後捲來，中軍步兵移動，瞬間將向北行包圍。銅鑼響起，長蛇陣恢復原狀，只是這短短時間，向北行一隊人馬好生狼狽地退了回來。

我臉色陰沉，微微一揮手，戰鼓聲再起，向北行整頓了一下軍馬，向長蛇陣中再次殺去，此次向北行選擇的是武威大軍的中軍核心！

只見武威大軍兩翼齊飛，中軍湧動，瞬間又一次將向北行淹沒在陣中。我命令敲響銅鑼，長蛇陣恢復原狀，向北行率領一千鐵騎灰頭灰臉地回到陣中，來到我的面前，「元帥，北行無能，兩次被敵軍圍困，請元帥降罪！」

我微笑著，輕拍向北行的肩膀，「北行，此戰非你之罪，我等只是在觀看這長蛇陣的變化，你兩次衝擊，引得敵軍大陣運轉，已經是不容易了！何罪之有？退下休息吧！」

接著，我對梁興和向寧說道：「我們還是回營再說！」

兩人點頭，我們緩緩退回營地。

大帳中，我坐在帥椅之上，眾將都坐在兩側。環視一圈，我緩緩說道：「今天的試陣大家都已經看到了，長蛇陣的變化，以防禦中的攻擊爲主，全陣分爲三塊，相互連接，相互救應，這就是奧妙所在！」

眾人緩緩點頭，我接著說道：「長蛇陣的變化在於攻其首，其尾至；攻其尾，其首至；攻其腹，其首尾皆至。武威大軍以步兵做其蛇腹，看似軟弱，但卻另有奧妙，雖沒有引入我兵團小規模的戰陣，但是卻不容忽視。長蛇敞開其腹，誘我深入，兩翼合擊，我軍在合圍之下，很難展開手腳；攻其首尾，我們同樣要面臨腹背受敵，這一點，北行應該深有感觸。若是依靠優勢兵力強行攻擊，也不是沒有可能將長蛇陣擊潰，但是我軍勢必傷亡慘重，元氣大傷之下，很難再與高飛一黨較量。所以，如何兵不血刃地破掉長蛇陣，是我等目前最爲關鍵的問題！」

大帳中一片寂靜，所有的人都在思考如何破解長蛇陣，沒有一個人說話！我緩緩端起一杯熱茶，長蛇陣，究竟這長蛇陣的破綻在哪裡？

今天已經是和鍾離宏約定的第九天了，我對於長蛇陣依然沒有半點的頭緒。每天，我對著長蛇陣的陣圖，苦思不已。

不知道從什麼時候開始，在我的大軍中開始流傳了一種說法，若我在十天之內無法破陣，就要向東京請降。所有的軍士殺到了東京，都是爲了能夠立下一番功業，但是現在，我們兩軍對峙，卻始終沒有開戰，軍士們心中開始疑惑了。

我知道我不能再等待了，鍾離宏果然是一個老謀深算的統帥，相較而言，南宮飛雲和他比起來，還顯得稚嫩了許多。鍾離宏其實將我逼到了一個絕路，如果我不能將長蛇陣破掉，那麼我根本沒有半點後路，所謂退回青楊河南岸，只不過是一個表面上的東西。一旦我退兵，那麼就將要威信大失，從屯兵東京城外的那一刻，我就已經落入了鍾離宏的算計，他表面不與我開戰，其實他也知道，如果開戰，真正得益的是高飛，他相信我也明白這一點。所以現在我們既不戰，也不退，兩軍對峙，他沒有停止行動，以謠言動搖我的軍心，如果一旦失利，這三十萬兵馬不攻自破！

我實在是無法理解鍾離世家到底是怎樣打算，一會兒向我效忠，一會兒又與我作對；一會兒對我好言相對，背地裏卻沒有停止過行動，這樣神神秘秘的一個家族，我突然對其失去了信心！

帳簾輕挑，梁興悄然走進大帳，他來到我的面前坐下，看著我緩緩地說道：「阿陽，怎麼樣，是否已經有了對策？」

我搖搖頭，看著梁興沒有說話。臉色陰沉著，梁興好半天才說道：「這鍾離世家到底是站在哪一邊？如此行爲實在是令人不解，今天我又抓到了一個在營中散播消息的奸細，那奸細坦誠他就是武威方面派來的，剛開始時，我還以爲是高飛在搗鬼，現在看來，卻是鍾離世家的人在散播這樣的消息，讓我十分不解！」

「哈哈哈！」我看著梁興那陰沉的面孔，突然笑了出來，「原來精明如大哥你，也有迷惑的時候，哈哈哈！」

「難道你明白？」梁興興奮地看著我。

我把頭搖得如同撥浪鼓一般，「不明白，一點也不明白！」

「那你笑得這麼開心，是什麼意思？」梁興有些氣憤，他有一種被耍弄的感覺，看著我，他橫眉冷目。

「沒有什麼，改變一下氣氛，呵呵，大帳中太沉悶了，所以笑兩聲！」我笑看著哭笑不得的梁興，「大哥，莫要心急，還有一天的時間，我們總能想出辦法來，實在不行，我們就和他們魚死網破，拼到底！」我耐心地說道：「還有大哥，建康那邊是不是要安撫一下，鍾離師這次被我們放在建康，想來也明白這樣的道理，你還是和他通一個信，讓他瞭解這裏的狀況，畢竟他也是鍾離世家的人，有決定鍾離世家事情的權力！」

梁興點點頭，悶聲不響地站起來向帳外走去。突然間，他猛然回頭，衝到我的面前，激動地說道：「阿陽，你剛才說什麼？」

我被他這突如其來的激動嚇了一跳，有些迷惑地看著梁興，「我說什麼了，我剛才說讓你把這裏的事情告訴鍾離師呀！」

「不是，你說的最後兩個字！」

「最後兩個字？權力！」我脫口而出，頓時我明白了梁興的意思，沒有錯，鍾離世家如此做，要的無非就是權力！他們不會真心去幫助高飛，因爲他們知道如果幫了高飛，那麼他們就是眾矢之的，高占雖然沒有什麼人心，但是明月崇尚古禮，講究孝道。如果他們幫助高飛，勢必將鍾離世家千年的清譽毀於一旦，這對於他們而言，是十分重要的！但是經過了千年的時間，鍾離世家已經不再如同千年前一樣，他們同樣要求權力，他們不想再單純爲他人做嫁衣！如今他們在東京城下將我們擊退，一來是爲了營救他們的家主，二來也是爲了向我展示他們足夠的實力，當我兵退青楊河南岸，無力理會高飛的時候，他們再出來幫助我，那麼就是天經地義的事情，畢竟他們是明月的開國元勳，只要能夠將高飛拿下，那麼他們就是功臣，那個時候，我修羅兵團和夜叉兵團也實力大損，只能依靠他們來爭奪天下，他們就有足夠的力量向我要求權力！

我冷笑著，不愧是老謀深算的鍾離世家，能夠千年不倒，是有道理的！要想將他們的氣焰打熄，那麼最好的方法就是破掉他的長蛇陣！我頹然坐下，繼續細看桌案上面的陣圖。梁興也沒有再說話，他靜靜地退出了大帳。

深夜子時，我依舊坐在大帳中，腦子裏面沒有半點的頭緒。已經是第十天了，如果今天內無法找到長蛇陣的破法，那麼我只有如約退兵，想到這裏，我心中就有些不甘。

「大帥，營外有人求見！」錢悅悄悄地來到大帳中，低聲對我說道。

我連頭都懶得抬，冷冷地說道：「不見！」

錢悅沉吟了一會兒，低聲說道：「大帥，來人自稱姓黃，說與你乃有世家之誼！」

「我說過了不見，我哪裡來的那麼多世家之誼！」我有些惱怒了。

錢悅躬身向外退去。

「慢著，他說他姓什麼？」我突然抬頭問道。

「姓黃！」

「男的女的？」我心中一動。

「是個男的！」錢悅低聲回道。

姓黃，我認識姓黃的只有一家，難道是他？我猛然站起來，「快快有請！不！我親自前去迎接！」

對於我的突然轉變有些不解，但是錢悅還是無聲地在前面帶路。

我們急急忙忙地來到了大營門口，只見月光下，大營寨口站著一人一騎，那人身高八尺，一身素白盔甲，就著月光，我看到了他的面孔，驚喜地喊道：「夢傑兄，怎麼是你？」

黃夢傑微笑著看著我，拱手向我施禮，「天京一別，國公大人還記得夢傑這個落魄弟子，不知道應該稱呼大人鄭兄亦或是許大人！」

我不由得笑了，多日來的憂鬱在這一刻有些緩解，快走兩步，我上前一把抱住黃夢傑，「夢傑兄多日不見，自我聽說天京出事，我就派人打探你的下落，可是卻沒有任何消息，真是把我急死了！」

沒有想到我會如此大的反應，黃夢傑顯然有些不習慣，他不自然地輕輕掙脫我的擁抱，「有勞大人掛念，夢傑還算過得去！」

我呵呵笑道：「快，快到我大帳一敘，好久沒有和夢傑兄暢談，心中著實有些掛念！」說著，我拉著他就向大營裏面走去，早有衛兵將黃夢傑的馬匹收好，我拉著黃夢傑走進大帳，親兵將茶水端上。

好半天，我看著黃夢傑緩緩地問道：「夢傑兄這些日子去了哪裡？小雨可好？」

「呵呵，鄭兄恐怕最想知道的還是小雨的消息吧！」黃夢傑依舊用著我們在天京時的稱呼，看到我面紅耳赤的樣子，他神色一緊，長嘆道：「鄭兄能夠對小雨如此掛念，也不枉小雨對鄭兄的情誼，不過我自安西兵團兵變，身受重傷，幸得我手下衛士拼死護衛，才得以脫險，脫險之後，我在一處隱秘之地養傷月餘，身體方好，就趕往天京打聽家中的消息，才知道我黃家全家遇難！小雨也是下落不明！我於是在飛天待了些時日，打探不到小雨的消息，就按照我祖父生前的密令前來找你，到了開元，才知道你已經起兵北伐，於是我連夜向東京前進，總算找到了你！」

沒有聽到小雨的消息，我心中有些傷感，看著黃夢傑，我不想再讓他回味家中慘事，緩緩說道：「夢傑兄放心，小雨福大命大，必然不會有事情！我會再安排手下，繼續尋找她的下落！夢傑兄今日來到了我這大營，不知道如何打算？」

黃夢傑低頭沉思了一會兒，「鄭兄，這是我最後一次叫你鄭兄，今日前來，是想請鄭兄為夢傑一家報仇，黃家世代飛天忠良，但落得如此下場，夢傑心中十分憋氣！所以夢傑想向鄭兄借一支人馬，南進飛天，將飛天的那些狗賊斬殺，為我黃家一雪恥辱！還望鄭兄能夠看在當日你我在天京的交情，幫助夢傑！」

我知道他話中的意思，長嘆一聲，「夢傑大哥，我一直視你為大哥，你我兩家交好，黃老先生更是對我視如己出，若是兩個月前，我尚未起兵之時，你向我借兵，我絕不會有半分的猶豫，一定盡起開元之兵，親自與你一起前往天京，但是現在，夢傑大哥，我自身難保呀！」

黃夢傑微微一愣，看著我說道：「鄭兄如何說此等話？目下鄭兄兵臨東京城下，東京指日可得，又怎會有這自身難保一說？」

「大哥你有所不知，正陽現在雖然兵臨東京，但是卻被那武威大軍所阻，武威大軍兵力強悍，如果先和他們打起來，恐怕我勝算不多。所以我們現在有了一個約定！」接著，我把和鍾離世家的賭約詳細地說了一遍，最後說道：「夢傑大哥，非是正陽推脫，而是如果不能破掉這長蛇陣，那麼正陽將陷入兩難呀！打，必然損失慘重，退，軍心渙散，數年苦功毀於一旦，正陽不甘心呀！」

好半天，黃夢傑起身長嘆道：「鄭兄，令曾祖真是一代人傑，夢傑此時對他心服口服！」

突然間提起了我曾祖，我有些疑惑地看著黃夢傑，不知道他話中的含意。

黃夢傑起身對我說道，「鄭兄，不對，叫順口了，真不知道該如何稱呼你了！」

「小雨稱呼我為正陽，大哥但請隨便，你我兄弟，哪裡有許多的規矩？」我爽朗一笑。

「好，正陽，當年你大鬧天京之後，我祖父曾將我叫到密室之中，和我徹夜長談，他說，令曾祖在仙逝前曾經對他說過：許黃兩家，如同左右手，只有相互幫助，才能夠有所成。當年令曾祖苦思這長蛇陣的破法，在天京天牢中已經想出。我祖父前往天牢探視之時，他詳細向我祖父講解了這長蛇陣的破法，祖父抄錄下來，在那天晚上交給了我。祖父還說，戰神曾說，今日將這破陣之法留下，終有一日黃家會以此法幫助許家，而許家也會借此機會脫離危險，幫助黃家。那時我沒有明白這話中含意，但是現在想來，令曾祖不愧是一代戰神，世間諸多事情，都逃不脫他的眼睛，一切都在他的算計之中！」

我渾身顫抖，口舌有些乾澀地說道：「那麼夢傑兄是否帶了這破陣之法？」

「貼身攜帶，一直未敢有半點疏忽！」說著，黃夢傑探手從懷中拿出一個信封遞給了我。

我躬身向黃夢傑一拜，「夢傑兄但請放心，待我處理了這東京事務，必將發我傾城之兵，和你一起前往飛天，爲黃家和許家復仇！」

黃夢傑點點頭，沒有再說什麼。

我高聲對帳外的親兵喊道：「立刻將向元帥和梁元帥請來，就說有重要軍情商議！」

親兵領命而去。

我請黃夢傑先坐下，接著緩緩打開那信封，裏面是一張發黃的信箋，我小心翼翼地打開那信箋，只見裏面寫道：

長蛇陣，武威鍾離世家的絕學，傳自文聖梁秋。梁秋當年在常山觀巨蟒搏殺，創出此陣。根據蛇的習性，長蛇陣共有三種變化。一、擊蛇首，尾動，捲；二、擊蛇尾，首動，咬；三、蛇身橫撞，首尾至，絞！觀此三種變化，長蛇陣運轉，猶如巨蟒出擊，攻擊凌厲！兩翼騎兵的機動能力最為重要，所以要破長蛇陣，最好的方法就是限制兩翼的機動能力，以使其首尾不能相顧。所以，最佳的方法就是：揪其首，夾其尾，斬其腰！詳細方法就是在步兵陣群中設置陷阱，以兩個步兵方陣協作，阻止對手兩翼騎兵運動，使其無法發揮機動靈活的能力，再以強悍重騎兵為主（大陸上最好的騎兵無非閃族鐵騎）。對其步兵發動強悍衝擊，使其陣形散亂，無序！一舉擊潰步兵方陣，將長蛇陣切割成為三塊，如此一來，長蛇陣各自為戰，無法再以三方配合作戰，陣勢不攻自破！

拿著手中發黃的信箋，我大笑，鍾離世家，你引以爲傲的長蛇陣已經無法對我構成威脅！你們等著對我臣服吧！

接到了我的信，鍾離宏沒有食言，據送信之人說，他只是仰天長嘆一聲，「家族自誤！」然後就再也沒有說什麼。在接到信的當晚，武威大軍無聲無息地悄然離去，按照當時我們的約定，他後退三百里，坐觀東京之戰！

我只是冷冷的一笑，沒有時間和他過多計較，武威大軍一撤，東京就落入我手，就看我何時張手，將這盤美食拿下。

大帳之中，我和向寧、梁興坐在大帳中央，其餘的各位將官都坐在兩列，坐在最上首的就是剛來軍營的黃夢傑，黃家在炎黃大陸上聲譽卓著，享有極高的名聲，而且此次一來，就立下大功，所以眾將對他都是十分尊敬，雖然他還沒有說要加盟我們，但是大家已經將他看成自己的一員。

掃了一眼眾人，我和梁興、向寧交換一下意見，方開口道：「各位將軍，我們經過千辛萬苦，總算打到了東京，眼下，我們已經是到了收穫的時候了，現在，我們就要商量如何拿下東京！」

「何須商量，將東京團團包圍，日夜攻擊，不容敵人有半點的喘息機會，我相信用不了多久，東京就會落在我們的手中！」身穿閃族服裝的子車侗未等我話音落下，立刻站起來說道，坐在他身邊的幾位將領，如向南行等人連連地點頭。

我看看梁興，他有些無奈地笑了。

我示意子車侗坐下，笑著說道：「子車族長，這東京我們勢必要打，但是我們要想辦法打得舒服、打得漂亮。我和梁帥都曾經指揮過東京的防衛戰，對於這東京的城防，我們最是瞭解。東京城牆高大厚實，不易強攻，而且自我們起兵至今，東京必然已經做了萬全的準備，防禦設施定然完備，如果我們貿然地攻擊，恕我直言，東京城下勢必屍骨遍野，我們也會元氣大傷！」

「打仗哪裡有不死人的？我們閃族別的沒有，有的就是無敵的勇士，他們全部都不怕死！」子車侗大聲說道。

這時，梁興笑著插口道：「子車族長，我也知道閃族的勇士不怕死，但是如果能夠兵不血刃拿下東京，我們何必要白白犧牲我們的戰士，閃族這些年連續和明月開戰，死傷也不在小數目，此次前來，子車族長也看到了，這十萬大軍我們耗費了多少的時間才組成！我們要儘量減少我們的損失，閃族容不得再死傷下去了！」

子車侗不再說話，他看著我們，眼中卻露出了一絲感激。

我笑著對他說道：「子車族長，我瞭解族長你渴望建立功業，但是兵法有云：上兵伐謀，其次伐交，其次伐兵，其下攻城。攻城之法，爲不得已。此話自有其中的道理。我們不要貿然就說什麼攻城，當年南宮飛雲的例子就擺在我們的面前，狂攻月餘，丟下三十萬具死屍於城外，卻沒有成功，前車之鑑，我們不能不引以爲戒！」

我的話讓帳中的眾人連連點頭，他們若有所思，似乎在想著什麼。

好半天，向南行忍不住問道：「大帥，那我們應該怎樣做才好？」

我微微一笑，命人展開了東京的城防地圖，緩緩說道：「東京城，一面靠山，共有三個城門，我們自三面將東京圍定，只圍不攻，三處輪流騷擾，讓對方無法瞭解我們的攻擊重點，以疲勞戰拖垮他們；另外，東京共有六處水源，其中最大的四處是在城外，我們將這四處水源斷掉，東京目前共有人口百餘萬，再加上十五萬士兵和馬匹牲畜，單單依靠城中的兩處水源，絕無法支持太久，時間一長，東京人心必亂，軍無鬥志，人無戰心。嘿嘿，那時候我們以精兵狂攻，他們又能夠支持多久？」

眾人不斷地點頭，看著地圖，大家都在思考我剛才所說的策略。「好了，我們現在要開始做的，就是養精蓄銳，等待東京自己露出破綻，然後我們再全力攻擊！」

眾將齊聲應是，轉身離開了大帳，帳中只剩下了我和梁興、向寧還有黃夢傑，我們四個人互相看著，突然一起笑了起來，東京已經在掌握之中。

接下來二十天裏，我們斷絕了東京城外的水源，將東京城的三個城門牢牢地包圍了起來，每天一到亥時，我軍營中必定戰鼓聲大作，東京城頭的守軍不得不日夜保持警惕，而我就是要他們這樣，因爲一張弓如果始終保持著緊繃狀，那麼遲早會斷弦的，我就是在等待那斷弦的時刻到來！

當年我曾祖許鵬也曾兵臨東京，那時他採取的方法和我現在一樣，同樣是圍而不攻，想來他的想法和我一樣。如今東京城中守軍並非是久經沙場的軍士，他們只是高飛在進京以後才組建起來的新兵，相對而言，他們的戰力和心理承受能力較久經沙場的老兵差了許多，長時間讓他們保持在高度的緊張狀態中，他們總有一天會承受不住這種非人的考驗；同樣，這次對於修羅兵團和夜叉兵團也是一次非常難得的考驗，這已經不再是一場簡單的攻防戰，從某種程度上而言，這已經成爲了一場對於雙方的耐力、毅力和心理的考驗，現在就看誰先無法忍耐！

不過，我還是十分佩服高飛，原來一直以爲高飛在軍事上主要是依靠著南宮飛雲，現在看來，他自己本身也是一個非常出色的將領，他懂得如何去激勵他的將士保持高昂的鬥志，每天我都可以看到高飛在城樓之上不斷地給自己的將士們打氣，並且，他的城防工事修整得異常嚴密，可見他早已經做好了這場攻防戰的準備。

每天，我都在看著從各地傳來的明月各勢力的動態，我心中也在著急，二十天了，東京始終沒有露出半點疲態，我不禁有些沉不住氣了，如果這樣下去，對我來講十分不利，看著每天城頭高揚的旗幟，我感到無法等待下去了。

圍困東京已經多日，我終於下定決心，開始對東京發動進攻，原因很簡單，雖然我並不想強攻，但是明月帝國的諸侯卻不瞭解我的想法，他們開始要行動了，我不能再等待了！以梁興自建康調來的十萬步兵爲主攻，攻擊東京西門；我率領六萬人馬攻擊北門，向寧率領六萬步兵圍困南門，三兵團相比而言，梁興所率領的夜叉兵團，攻擊力稍微顯弱，原因在於梁興的夜叉兵團是在閃族大草原與閃族鐵騎抗衡，騎兵遠遠強於步兵，城守攻防戰，步兵是攻擊的主力，所以只能在人數上開始對東京施加壓力！

二十餘天的休整，我們的將士得到了長時間的休息，他們各個都戰意高昂，我以騎兵壓陣，站在東京城的北門，這將是我有生以來第一次的大規模攻堅戰，看看身後的將士，我對錢悅說道：「擂鼓，攻城！」

當三百面牛皮大鼓開始雷鳴般的轟響時，第一輪進攻緩緩地拉開了序幕，我麾下的將士們緩緩地移向東京城，發動了最爲狂野的進攻。

修羅兵團的步兵組成了一個個的方陣，以百人爲一個方陣，配備一架雲梯，形成一個進攻的單元，每十個方陣組成一個獨立的方陣，東京城牆高厚堅實，在第一輪，我調集了二十個方陣共兩萬士卒，開始攻擊，然後在縱深則安排有四十個方陣，準備第二輪、第三輪的攻擊。在擋箭車的掩護下，一輪發石器的攻擊以後，東京城外的攻防戰正式開始了。

在密集的箭雨之下，將士們悍不畏死地向城門發動了攻擊，發石車不斷地向城門推進，配合強弩弓箭手，壓制城頭上如飛蝗般的箭雨，踩著身前的同伴的屍體，士卒們沒有半點的恐懼，他們在戰鼓的轟鳴下，瞬間衝到了東京城下，雲梯靠近了城牆，震天動地的喊殺聲和吶喊聲響徹了原野！

這時，一直被我方壓制住的東京城頭上，卻驟然站了一排人牆，滾木、檑石如雨點般向城下砸去，接著瓢潑的黑油順著城牆澆下，頓時火光沖天，在城頭豎起了一道烈火屏障，慘號聲，哭喊聲交織在一起，一場殘酷激烈的浴血攻防開始了。

我站在中軍眉頭微皺，沒有想到東京依舊保持著如此之大的攻擊力。城下的士卒不斷的倒下，但是身後馬上就又有人頂上向城牆衝擊而去。

在戰鼓隆隆的督促下，在鮮血和火焰的刺激下，所有的人都瘋狂了，他們身體內最原始的那份狂野和嗜血，在這一刻表現得淋漓盡致，火在燃燒，屍體在堆積，血液在流淌！這本是我最不想見到的一種場面，但是此刻我不得不面對。

看著第一輪攻擊的方陣已經漸漸散亂，我手中令旗一揮，一陣金鳴之聲響起，修羅兵團的戰士們如潮水一般退了下來。城牆下留下了兩千多具死屍。我心中沒有憐憫，對身邊的錢悅說道：

「第二組攻擊！」

當第一組方陣退回陣中以後，隆隆戰鼓聲再次響起，如同潮水一般，二十個方陣再次出擊，沒有想到如此快的就再次發動攻擊，東京城頭顯然有些準備不足，他們在慌亂之間向城樓下射擊，但是卻沒有對進攻的軍士造成太大的威脅。

於是喊殺聲不斷，東京城牆籠罩在一片火海之中。

這場攻防大戰整整持續了一天，從清晨一直到傍晚，東京城下倒下了無數的勇士，我看到已經無法再繼續強攻下去，再次鳴金，大軍緩緩地向後退去。

連續兩天，我們日夜攻城，東京在三年之後，再次經歷血與火的考驗。

深夜，在軍帳之中所有的人都是陰沉著臉，一天的狂攻，讓我們的損失不小，修羅兵團損失了八千人，青州軍損失了一萬人，而損失最爲嚴重的，莫過於梁興的夜叉兵團，他們在兩天的攻防戰中，一共丟掉了一萬五千人。

大家都沒有心情開玩笑了，帳中一片沉寂。

好半天，向寧惱怒地說道：「沒有想到這東京的守軍如此堅韌，他媽的一天狂攻，竟然還有精神唱歌，這高飛也不知道是如何調教他們的！」

沒有人回答，大家都沉默著。「媽的，如果讓我破了這東京城，老子一定要將這些鳥人殺光殺絕！」向北行難得罵出了一句髒話！

我猛然抬起頭，看著向北行，突然間，我腦中有了一個答案，不由得笑了。

大家看到我突然的發笑，都不禁有些奇怪，「元帥爲何發笑？」

「呵呵，我在笑我自己呆傻，竟然忘記了垂死掙扎這一說！」我笑道：「東京被圍，最擔心的就是這些士兵和百姓，因爲按照慣例，只要破城之後，必然會有一次大規模的燒殺，他們知道自己沒有退路。而我們將東京團團包圍，三個城門同時攻擊，沒有給高飛的手下半點的希望。東京被困死，高飛手下必然做困獸之鬥。枉我也號稱一代名將，卻連圍城必闕的兵家古訓都忘記了，實在是慚愧呀！」

困獸之鬥，這句話大家平時都十分清楚，此刻我一講，頓時眾人的臉上都露出了明瞭的神色。我走到掛在大帳中央的東京城防地圖前，仔細地看著，半晌之後，我環視帳中眾將說道：

「各位請看，東京城南門外二十里，就是青楊大河的支流汾水，過了汾水，就是高山，他們一旦躲進去，十萬人馬立刻無影無蹤，即使耗費百萬人力前去搜索恐怕也沒有結果，所以如果高飛突圍，那麼一定會選擇南門，搶渡汾水，逃進山中！所以，現在，我們就要開始重新規劃，從明天開始，向元帥率領所屬六萬青州兵和本帥一起攻打北門，梁帥率領的夜叉兵團繼續猛攻西門，在南門留下兩萬兵馬，象徵性地攻擊，如果有敵人強行突圍，那麼將他們放走！」

「難道就讓他們這樣逃走？」子車侗有些不太情願地說道。

「不，我們不能讓他們真正逃走，那樣對我們後患無窮，所以在汾水南岸，子車族長，請你帶領你的大軍埋伏，向南行！」

「在！」

「你率領兩萬麒麟軍在北岸守候，一旦看到自東京逃出的殘兵，就地圍剿！」

「末將明白！」向南行高興地拱手退下。

我看著地圖，沉吟了一下，「這樣，自汾水一線，我們埋伏了兩支人馬共十二萬大軍，但是為了防止萬一，向北行聽令！」

「末將在！」

我手指這地圖，對著向北行說道：「過了汾水，共有兩條路，一條是通往武威的小路，一條是前往西冷山的大路，我估計高飛不會選擇前往武威，必然是要進入西冷山，伺機對我後方擾亂，所以，我要你在西冷山的山口埋伏，自前兩道埋伏中逃出的人馬到了此地，必然已經慌亂，我給你一萬人馬，如果讓高飛逃跑，你提頭來見！」

「末將明白！」

我走回帥案，對帳中眾將說道：「好了，讓我們明天打起精神來，沒有了必死決心的東京守軍，我倒是要看看他們究竟還有多大的力量！」

第五章　大破東京

我跨坐在烈焰背上，看著洞開的城門和滿地的屍體，我笑了，我創造了一個奇蹟，僅僅用了六天的時間，我將東京攻下，呵呵，即使是我的曾祖也沒有做到的事情，我終於做到了！但是我也很清楚，這並不代表我真的就超越了曾祖，畢竟，如今的東京守軍和六十年前的明月守軍是無法並論的，不過，我還是有一種非凡的成就感。

「傳令三軍，入城後如遇到抵抗，一律就地解決，但不得犯百姓分毫，違令者，斬！」我大聲的對身邊親兵說道，接著，手中噬天一揮，「進城！」

三軍浩蕩，緩緩地開進了東京。

在六天前，我放棄了南門的攻擊以後，整個東京的防禦能力似乎一下子減弱了不少，在經過了六天的猛攻之後，終於東京西門率先停止了抵抗，接著北門也跟著停止，兩處城門豎起了白旗，我以極爲微小的代價，將東京握在手中，剩下來的就只有清掃城中的障礙了！身後留下了近兩萬具屍體。

東京城中冷清清的，街道上一片死寂，到處都是死屍和殘斷的兵器，一派淒涼景象，絲毫沒有往日的繁榮景象。家家戶戶都緊閉著門扉，大街上沒有一個人在走動！

沒有等我下達命令，身後的軍士立刻以百人一個分隊沿街搜尋，我率領修羅之怒直往皇城而去，那裏才是我最終的目的地！

皇城外，夜叉兵團的士兵整齊列隊，看來他們已經結束了戰役，金碧輝煌的午門被推倒，一群禁軍打扮的士兵在廢墟之上聚集，他們已經沒有了往日的高傲，一個個垂頭喪氣地蹲在那裏，像是鬥敗了的公雞，沒有半點的精神。

看到我率領人馬前來，一名千夫長打扮的人來到了我的面前，恭聲向我說道：「參見傲國公，皇城已經落入了我們手中，戰國公請您和向爵爺立刻前往金殿！」

我看著眼前的千夫長，感到十分眼熟，好半天，我笑著問道：「你可是解懷？」

有些意外，更多是驚喜，解懷連忙躬身回答：「末將正是解懷，沒有想到大人還記得末將！」

我呵呵笑道：「你這個傢伙升官了，這一身的打扮，讓我險些沒有認出！呵呵！這一向還好？看來過得不錯呀！」

「多謝大人掛念，末將如今已經是伍隗大人帳下的千夫長，三年沒有見到大人，大人還是風采依舊！」解懷有些受寵若驚地回道。

我習慣性地拍了拍他的肩膀，這是我西環的老部屬，在一起感覺是不一樣的。「我先去和你們梁帥見面，以後再和你聊！」我輕聲說道。

「末將恭送國公大人！」

我大步向皇城內走去，我已經不是第一次踏進這東京的皇城之中，但是此次當我踏進這皇城的時候，卻有一種莫名的成就感！因爲這次，我是以一個征服者的身分踏上這皇城的土地，不需要再惶恐，不需要再小心翼翼！

走進了大殿中，那空曠的大殿裏，此刻只有梁興一人，他站在龍椅旁，看著掛在龍椅後面的一塊紅色大布，絲毫沒有察覺我走了進來。我輕輕走到梁興身邊，咳嗽了兩聲，梁興扭過頭來，看看我，緩緩地說：

「阿陽，如果高飛和我們不是一個時代，他一定是一代雄主！」

我一愣，有些迷惑地看著梁興。梁興嘆了一口氣，向牆上的那塊紅布一指，「阿陽，還記得這個嗎？」

我抬頭看去，也不禁愣住了，那紅布有些陳舊，上面繡著一輪明月，在那輪明月邊上，則是七顆大小不一的星星，這不正是三年前我在高占的壽筵上所獻上的壽禮？怎麼還會掛在這裏？高飛和我誓不兩立，我以爲這塊紅布早已經化爲灰燼，卻沒有想到至今仍然掛在這裏，當年高占說是要懸掛於廟堂之上，可是沒兩天卻棄置一邊，沒有想到高飛又重新將它找到，而且就掛在自己的身後，讓每一個大臣抬頭就可以看見。

「高飛也是一個胸懷大志的人物，只是他的方法錯了，如果他多些寬容，少些陰毒，或者我們沒有出現，那麼明月一定是他的，甚至整個天下都會是他的！沒有一個皇者會將他仇人的賀禮這樣掛於廟堂之上，正陽，這個高飛是一個梟雄呀！」梁興緩緩地說道。

我點點頭，雖然沒有說什麼，但是心中卻同意他的說法，雖然和高飛打了多次的交道，甚至幾次險些讓他給害死，但是我卻不得不承認，高飛是一個人物，只有這樣的一個人，才能夠成爲我的敵人！

我用低沉的聲音問道：「鐵匠，高飛找到了沒有？」

梁興搖搖頭，緩緩說道：「沒有，當我攻下皇城時，聽宮中的太監說道，高飛已經帶領他的親軍從皇城退卻，根據現在的情況，他很有可能從南門殺出，向西冷山逃竄！」

「希望這次不要再讓他逃脫了！這樣一個人，終究會成爲我們的一大禍害！」我點頭說道：「對了，鐵匠，我一直沒有向你詢問，那趙良鐸你怎麼看？」

梁興沉吟了一陣，緩緩說道：「此人的來歷一直是一個謎。我也派遣細作打聽，卻沒有半點的線索，這個人看似豪爽，但是卻行蹤詭異，我看一定不簡單，甚至他會是我們下一個敵人！我們不得不防呀！」

我搖搖頭，輕聲說道：「鐵匠，我看還不一定，我們下一個敵人將會是飛天、東瀛、陀羅，還有拜神威！趙良鐸雖然行蹤詭異，但是從目前來看，他和我們還沒有任何利益衝突，我想在某些方面，他還會是我們的朋友，現在我們要考慮的，是如何面對下面的挑戰！」

梁興皺皺眉頭，還是無法完全同意我的意見，「趙良鐸這個人，我們還是不要對他放鬆警惕，不然，最後吃虧的將是我們！」

我剛要開口，這時向寧從大殿外大步走進來，他爽朗地笑道：「正陽，興兒，你們在說什麼呢，呵呵，讓爲叔也來聽聽！二十年了，我等待這個機會二十年了，我們終於可以和飛天的那些狗賊算算賬了！」說著，他來到了我們面前，「正陽，如果攻打飛天，爲叔願意爲馬前卒，好好和飛天算算這筆賬！」

聽了向寧的話，我的心裏不知道爲什麼，卻咯登一下，這大殿中一共有三個人，卻有兩個人都如此樂觀，他們認爲只要拿到了明月，就可以南進和飛天抗衡，這可不是一個好的預兆呀！只是在這個歡樂的時候，我沒有辦法將話講那麼明白，我還要好好的想想下一步的計畫！於是我點點頭，笑了笑。

「報！」正當我們三人在大殿中為下一步做計畫的時候，親兵跑進來說道：「三位元帥，向西行將軍求見！」

「讓他進來！」

沒有多久的功夫，向西行匆匆來到了大殿中，向我們躬身一禮，「啓稟主公，父帥、梁帥！我們剛才在搜索時，意外地發現了原先鋒營都指揮使房山，現在他已被捆綁在外，請三位元帥發落！」

梁興的臉上露出一絲厭惡的表情，我突然笑了，「好，向二哥，將房山收押天牢，告訴他不要擔心，要好好的休養，嘿嘿，我要讓他知道什麼是叛徒的下場！」我冷冷地說道，似乎感受到了我心中的殺意，向寧微微皺了一下眉頭，他張了張嘴，但是沒有出聲！

我吩咐錢悅等人維護東京的治安，和向寧、梁興在偏殿中討論今後的事宜，因為我們都知道，我們後面還要走很長的路。

高飛沒有出乎我的意料，他果然帶領親軍從南門殺出，一路廝殺，衝出了向南行和子車侗的包圍，企圖向西冷山逃竄，但是沒有想到向北行在這裏等候，一場火拚，高飛率領的親軍全軍覆沒，高飛更是被向北行活捉！

這個消息著實讓我感到高興，但是此刻我還不能將他處理，因爲畢竟高飛也是一個皇室中人，必須由皇室中的人來處置，我一面派人將高正母子接往東京，一面繼續收拾高飛一黨的殘餘勢力，於是在忙碌中，時間過得很快，轉眼間，我已經佔領東京七天了！

東京已經開始恢復了往日的繁華，街上的行人開始聚集，商販也開始沿街叫賣，人是最有忍耐力的一種動物，因爲，他可以很快將所有發生的一切忘記，於是東京再次恢復到了那燈紅酒綠、紙醉金迷的日子。

我沒有時間來理會這些，東京剛一平復，我首先派向西行率領三萬人馬前往建康換防，由鍾炎和仲玄各率領五萬人馬直襲青楊和平陽，在東京包圍戰中，這兩處地方多次襲擊建康，給我的後方增添了不少的麻煩，同時，我將鍾離師調往東京，因爲下面的事情就要由他來唱主角了！

我一直沒有忘記三百里以外的武威大軍，這十五萬人馬一天不控制在我手中，我心裏就一天不能安靜，我曾經多次和向寧、梁興討論過這個問題，對於鍾離世家，我們一致的意見是只能安撫，不能用過激的行動，不然很有可能會適得其反。我反覆地思考如何安置這鍾離世家，但是多日來一直苦思，卻沒有半點的答案。

深夜，我在燭下就著微弱的燈光，看著幾日來的公文，這些日子來，朝中的大臣紛紛向我表明立場，堅決擁護高正的皇位，對於這些朝三暮四的傢伙，我實在沒有太多的興趣，對我而言，如果要將明月控制在我手中，那麼就只有一個辦法，滿朝文武必須是我的人才行，不然，如果一旦有什麼風吹草動，就立刻改換門庭，這樣的人我不屑用之。如今我手下論起武力，已經十分充足，但是如果說治國，單靠冷鏈和孔方，還遠遠不夠，張燕雖然是一個人才，但是做一個軍師或許可以，卻沒有太大的功勞，如果將他提升為重臣，我麾下的這些將士便首先不依，所以，我必須要為今後的大局找到一個丞相，對於這樣的一個職務，我必須要仔細的琢磨！

突然間，我聽到一陣喧嘩，有些不滿地皺了皺眉頭，我走出了房間，「哪裡在喧嘩？」我向親兵問道。

「啓稟元帥，好像是從天牢方向傳來的！」

有些奇怪，天牢？那裏都囚禁著犯人，難道是有人前來劫獄？我不禁笑了，好大的膽子呀，那天牢中都是一些重犯，守衛森嚴，我更是將巫馬天勇派去鎮守，就是為了怕有人來劫獄，沒有想到還真的發生了！

「去打探一下，看看究竟發生了什麼事情！」

親兵領命而去，我站在房前，看著天牢的方向，心中思索著各種可能。天牢方向傳來陣陣的喊殺聲，隱隱還可以聽到兵器交擊的聲音，看來劫獄的人身手不錯呀，竟然能夠鬧出這麼大動靜，究竟是哪一個勢力的人物？我有些疑惑。

漸漸的，喊殺聲消失了，沒有多久，親兵飛快的跑來，手中還拿著一個黑乎乎的東西，他來到我的面前，氣喘吁吁地向我躬身一禮：

「啓稟大人，剛才有一個人前去天牢劫獄，試圖將南宮雲等人救走，後來被巫馬將軍發現，一場厮殺後，那人就退走了！」

「什麼？一個人？」我有些吃驚地問道，沒有想到一個人就可以將我的天牢鬧了個天翻地覆，連巫馬都沒有將他攔住，此人的身手可真是不錯呀！

「是的，只有一個人，巫馬將軍說，此人功力不在他之下，兩人拼鬥多時，那人看勢頭不妙，才急忙退走。這是巫馬將軍讓我給您帶來的！」說著，親兵將手中事物遞給我，原來是一把斷裂的長槍，他說道：「巫馬將軍說，也許大人看了這長槍，可以看出那人的來歷！」

我疑惑地接過長槍，轉身走進了房中。這個巫馬也是奇怪，給我一截斷槍幹什麼？就著屋中的燈光，我仔細地看著那斷槍，這是一把十分普通的精鐵槍，在槍頭三分處被人截斷，斷口平整光滑，似乎是被人一劍斬斷，這沒有什麼好看的呀！巫馬讓我看這個是什麼意思？只要有一把神兵利器，誰都可以將這長槍斬斷，我不禁疑惑地搖搖頭。

突然間，我的目光有些凝滯了，我發現那槍的斷面粗一看平滑無比，但是仔細看去，就可以感到斷面還是有些古怪，似乎含有兩股勁力，所以斷面有些扭曲，我皺著眉頭，越看越感到有些心驚，好快的一劍，我的腦海中漸漸地呈現出這一劍的面貌，如驚鴻般的一劍，劍勢奇快卻又連綿圓轉，帶著兩種詭異的勁氣，好驚人的一劍。

這一劍似乎有些似曾相識，但是我又無法說出是從哪裡見到的這一劍，好奇怪，在幾次交手中，好像只有崑崙派是使用長劍，但是崑崙派的劍法絕沒有這樣的凌厲，而且看這斷面，我似乎看到了我修羅斬的痕跡，除此之外，還有另外一種詭異劍勢含於其中，這種劍勢陰柔中卻有著凌厲的殺氣，我從來沒有見過這樣的劍法，這更加讓我感到奇怪，手指輕輕的在那斷面上撫摸，一種感覺告訴我，這勁氣蘊涵陰陽，而且純熟無比，兩種不同的勁氣於一劍斬出，這分明是我清虛心法的噬天勁，突然間我腦中閃過一個人影，難道是她？我不由得暗暗心驚。

東京戰事已經結束了一個月，所有的事情已經漸漸納入了正軌。鍾、仲兩位老將突襲青楊和平陽兩鎮，沒有遇到太大的抵抗。明月各地的諸侯已經向皇室表示了他們的忠誠，現在，我只剩下等待高正回到東京即位，明月的戰事就大致上算是停歇了，剩下的就只有開始休養生息，開始我們下一步的行動了！

但是我心中始終有一個隱憂，那就是鍾離世家始終沒有入京向我表示臣服，他們在想什麼？

我不知道，武威大軍依然駐紮在東京城三百里以外，我讓鍾離師前去打探，但是他回來時卻是臉色凝重，而且還有些尷尬，問起他話來，他總是在支支吾吾的，始終沒有說出個所以然，再逼問他時，他的臉色更加尷尬，說等鍾離宏等人進京時，我就知道了。我現在真的有些不能理解這鍾離世家究竟在想些什麼。

看著手中的一份簡報，我微微皺起了眉頭，據青衣樓密報，陀羅在一個月前，開始秘密徵調部隊，似乎要有所行動，其所指正是明月！我在偏殿中來回的走動，心中有些焦急，陀羅向來是由武威的鍾離世家所抵抗，如今武威大軍半數人馬駐紮在東京城外，鍾離世家遲遲沒有表態，如果陀羅發動攻擊，那麼武威是否能夠堅持住？武威一破，明月南大門將要洞開，那麼我只有將戰火在明月展開，這是我最不希望看到的事情。明月多年戰爭，已經是民不聊生，而且剛經過了高飛之亂，整個形勢剛穩定下來，如果再次開戰，那麼勢必要引發一次大的動盪，這實在是我不希望看到的！

正在思索時，門外錢悅興匆匆地走了進來，「主公，鍾離世家代表在皇城外求見！」

我放下手中的簡報，心頭的一塊大石似乎落了下來，立刻說道：「列隊，迎接鍾離世家！」

說著，我抬腳就要向外走去，走到殿門，我突然停下了腳步，沉吟一會兒，對錢悅說道：「不要興師動眾，讓他們前來覲見，就說我在偏殿等候！」

錢悅微微一愣，似乎沒有明白我為何突然改變了主意，但是他還是依言走出偏殿，前去傳令。

我轉身坐回偏殿中央，不能給他們太高的禮儀，畢竟他們曾經是我的敵對一方，不論是什麼原因，在沒有弄清楚他們的來意之前，我不能過於高抬他們，不然勢必會讓他們坐地起價，不知道會提什麼樣的要求。

我猜想著鍾離世家的來意，就在這時，鍾離宏帶著三個年輕人，在錢悅的引領之下大步走進了偏殿。我看著他們，沒有起身，只是微微地欠身，「鍾離長老好！」

鍾離宏身後的三人臉上露出一絲怒色，但是鍾離宏臉上沒有露出半點不快的神情，向我一拱手，朗聲說道：「國公大人好，鍾離宏率領鍾離世家長老會代表向國公大人問好！」

我微微點頭，示意錢悅上座，輕聲說道：「鍾離長老請坐！」絲毫沒有理會他身後所謂的長老會代表。

我的傲慢讓那三人更加不快，他們恨恨地坐在一旁。

我沉聲說道：「鍾離長老此次前來不知道有什麼指教？」

「鍾離宏此次前來，一來是向國公大人表示歉意，月前鍾離宏迫於無奈，阻大人於東京城外，此非是我鍾離世家本意，還請大人見諒！國公大人在短短十日間，將我鍾離世家流傳千年的長蛇陣破去，鍾離宏實在是佩服！」他爽朗地對我說道。

不想給鍾離宏難堪，畢竟這個老頭也是奉命行事，而且我一直對此人很有好感，當下我微笑道：「鍾離長老不用佩服，破去長蛇陣非我許正陽的能力所及，這是我曾祖在去世前研究的結果，當年他對長蛇陣也是十分的推崇，所以潛心研究多年，方有了這破陣之法，再說，即使有了破陣之法，正陽也未必能夠就輕易地破掉大陣，畢竟武威將士訓練有素，非是我修羅兵團可及！這敬佩之說，也就算了！」

鍾離宏感到有些高興，當然知道我曾祖是何許人，他點點頭，沒有再就這個話題多說，畢竟被戰神所破，心中多少有了一些平衡，他豪爽的大笑道：

「國公大人當真是妙人，將門虎子，國公大人也不用謙虛，雖然不是大人的主意，但是依然感到十分敬佩！」

他頓了頓，接著說道：「這第二件事就是我們的賭約，三年前，我們雖然有了一次接觸，在我大哥的推薦下，長老會已經接受了大人，但是卻始終沒有見到大人的真實實力，雖然後來大人巧奪開元，但是卻依然不能服眾，所以長老會就安排我在東京城下擺出了長蛇陣，一來是為了大哥的安全，二來也是想再考驗大人一次。大哥雖然不同意，無奈長老會已經決定，他一人也無力回天。我此次前來，大哥讓我向國公大人道歉！」

我點點頭，表示可以理解，但是卻沒有說話。

鍾離宏看到我臉色平靜，接著說道：「當日我在陣前和大人定下了賭約，如果大人能夠在十天內破掉長蛇陣，那麼我鍾離世家當向大人表示臣服，其實在一個月前我就想要來東京，但是由於長老會遲遲沒有決議，所以一直拖到了現在，這一點也請大人原諒！」說完，他對身邊的三個年輕人說道：「還是你們向國公大人說吧！」

似乎有些不滿鍾離宏對我的吹捧，其中一個年輕人站起身來向我一拱手，「在下鍾離世家三代子弟鍾離青，奉長老會之命，向許大人轉達我長老會的決議！」他的話剛一出口，鍾離宏的臉色就變得十分難看。

我皺了皺眉頭，心中對這鍾離青十分不滿，即使是鍾離宏對我也要畢恭畢敬，你一個小小的三代弟子，卻敢在我面前如此狂傲！嘿嘿，難道我真的要依靠你鍾離世家不成？壓住了心中的怒火，我剛要開口，就聽大殿之外一個粗獷的聲音響起：

「不必了，鍾離世家的決議並非對我等十分重要，我們輔助皇上平亂，心中只有皇上的決議，對於什麼鍾離世家的決議無須聆聽！」

眾人臉色一變，只見從大殿之外走進三人，為首兩人正是梁興和向寧，他們臉色陰沉，梁興黝黑的臉此刻如鍋底一般，他們的身後還跟著鍾離師，他也是一臉的陰沉。

進了大殿，向寧向鍾離宏一拱手，爽朗地笑道：「鍾離長老，你我已經多年沒有見面了，一向可好？」

向寧和鍾離巨集已經認識多年，上次在陣前，向寧並沒有露面，這次見面，當真如同老朋友一般，沒有半點的不快！

同是明月的公爵，鍾離宏也連忙起身拱手還禮。早有親兵給向寧等人擺好了座椅，梁興和鍾離師向鍾離宏躬身一禮，然後和向寧一同坐下。

梁興沉著臉，對鍾離宏說道：「鍾離長老，請恕梁興無禮，鍾離世家屢次刁難，實在讓梁興無法忍受！當年鍾離世家說五十天解東京之圍，本公和傲國公兩人在東京浴血五十天，但是武威大軍遲遲沒有出現，如果不是向將軍率兵前來解圍，東京早就落入了他人之手！此次爲了鍾離國師，武威大軍助紂爲虐，在下也可以原諒，但是請長老明白，我等順應天意，爲皇上平亂，爲我明月剪除叛逆，乃是受之天命，我等眼中只有皇上，沒有什麼長老會，如果要算起來，鍾離世家歷代受我明月恩寵，卻協助叛逆，這本來就是死罪一條，此刻卻讓我們來聽什麼決議？嘿嘿，梁興放言，如果朝廷下旨，梁興率領通州大軍挾閃族二十萬鐵騎兵臨武威，也絕非是妄言！」

「大膽！」鍾離青臉色鐵青，厲聲喝道。

鍾離宏剛想要開口阻止，但是一旁的向寧悠悠地說道：「你是什麼人?竟然敢在這裏大呼小叫？」

「我乃是鍾離世家三代弟子鍾離青！」鍾離青狂傲地說道。

向寧扭頭問了問身邊的鍾離師，冷冷地說道：「你可知這裏是什麼地方？你可知你是在和誰說話？」他頓了一頓，沒有等鍾離青開口，「這裏乃是東京，我明月的中心，和你說話的乃是我明月一等戰國公，夜叉兵團統帥，通州九城兵馬總督梁興梁大人，你是何等身分？竟然敢在這裏大呼小叫？此地哪一個人的身分不比你高，你卻敢以下犯上，依仗你鍾離世家，難道我就不能收拾你嗎！」說著，向寧的臉色陰沉，一股犀利殺氣自他身上發出，龐大氣場瞬間籠罩大殿，配合著殿中迴盪的陰沉聲音，氣氛瞬間變得好生嚴酷！

只是自幼受長老會長老寵愛的鍾離青，如何能夠抗衡向寧那久經沙場那龐大的殺氣，頓時臉色變得煞白，他嘴唇嚅動半天，卻說不出話來，身後的兩個年輕人早在向寧說話的時候，就已經感到了自己的手腳不再受控制，一時間也是瑟瑟發抖。

鍾離宏連忙起身，躬身向向寧賠罪說道：「伯爵大人請不要動怒，青兒無知，得罪了梁國公，鍾離宏向你們賠罪了！」

一旁的鍾離師也連忙起身請罪。向寧緩緩地收起殺氣，看著三人不再開口。

我坐在一旁，一直冷眼觀看，心中不由得感嘆，鍾離世家真的已經變了，竟然讓如此的無知小兒前來當代表，嘿嘿，不知道是怎樣的一種想法。

感覺到氣氛有些沉悶，我緩緩地開口道：「鍾離長老不用擔心，如果我等想要處置他，即使你阻攔也沒有用處！如此無知小兒，不給他一些教訓，他還以為他是老天，無人敢動，白白地丟鍾離世家的臉，我是為鍾離老前輩感到不值！」

鍾離宏有些尷尬地笑了笑，沒有說話，看著猶在瑟瑟發抖的鍾離青，我冷冷地說道：「鍾離青，給你一個教訓，不要如此的狂妄，要想狂妄，至少也要有一個狂妄的本錢！否則那就是自討無趣！」接著，我扭頭笑著對鍾離宏說道：「鍾離長老，還是請你來告訴我吧，這等無知小兒，我實在沒有半點的興趣理睬！」

鍾離宏咳嗽了兩聲，起身，神色嚴肅地說道：「國公大人，自長蛇陣破掉，我就已經派人飛馬趕往武威，將情況告訴了長老會，長老會最後決定，將支持大人的一切行動，武威三十萬大軍任由大人調遣，此次前來，就是向大人獻上我武威大軍調動的虎符令箭！」說著，他看了一眼身後的鍾離青，鍾離青連忙從懷中拿出一個小包，遞給了鍾離巨集，鍾離巨集向前走上兩步，神色莊重地將手中的小包遞上。

我連忙起身，走上前兩步，接過鍾離宏手中的小包，從此武威大軍就任由我來調遣，我心中的一塊大石總算放下。神色莊重地看著鍾離宏，我緩緩說道：「鍾離長老，正陽在此也向鍾離世家保證，鍾離世家俸祿將不會改變，以前種種你我一筆勾銷，從此你我就是共同的盟友，如有違背此言，許正陽天誅地滅！」說著，我大聲說道：「鍾離師！」

「末將在！」鍾離師連忙起身應道。

我走過去，將手中的虎符遞交給他，「從今天起，武威大軍虎符交在你手中，只要鍾離世家有任何需要，三十萬大軍任你調用！」

「主公！」鍾離師驚叫道。

鍾離宏也沒有想到我會將虎符交給鍾離師，如此就等於是將武威的兵馬重新交還給了鍾離世家。他看著我，好半天才激動地說道：「國公大人大量，鍾離宏佩服，鍾離世家當從此以後誓死效命於大人，如有違背，天誅地滅！」

我不禁笑了，虎符只是一個象徵性的東西，不代表任何意義，最多是向我表示鍾離世家的誠意，如果鍾離世家要反叛我，那麼即使我手握虎符，又如何？鍾離世家世代鎮守武威，即使沒有這虎符令箭，他們同樣可以調動兵馬，索性賣一個面子給他們，鍾離師是他們未來的家主，虎符在他手裏就和在鍾離世家一樣，他們還有什麼不放心呢？嘿嘿，這樣我既可以表示對鍾離世家的信任，讓他們對我死命效力，又可以安下他們的心，這筆買賣我是不會虧本的！

大家重新落座，大殿中的氣氛已經活躍了不少。鍾離宏看了看鍾離師，鍾離師的臉色瞬間變得通紅，他躊躇了半天，站起來對我說道：「主公，鍾離師還有一件事情要和主公商議！」

我笑著說道：「鍾離，你我兄弟，何須如此客氣？有什麼事情說吧！」

猶豫了半天，鍾離師緩緩說道：「是這樣的，主公是否還記得前些日子在陣前和主公拚鬥的鍾離華？」

我微微一愣，怎麼會不記得，吃了她的豆腐，我到現在還記得那時的尷尬，此刻鍾離師突然提起了她，我心中不由得有些緊張，不是要和我算帳吧。我有些苦澀地一笑，「記得，本公當然記得！」

「鍾離華乃是在下的小妹，也是叔公的孫女，她對國公十分仰慕，所以叔公委託我向國公提親，不知道國公意下如何？」鍾離師吭吭哧哧地說道。

我的頭真的有點大了，光是一個顏少卿，已經讓家裏的那個給了我好些天臉色，如果再出來一個，那還不把我給生吞活剝？我求援地向梁興和向寧看去，卻發現這兩人此刻一臉的笑意，看到我看他們，立刻轉過頭去，裝作沒有看到。

我心中惱怒異常，這兩個人擺明了是在看我的笑話！我臉上有些發燙，低聲說道：「這，鍾離，不知你的叔公是哪一位？」

鍾離師一指身旁的鍾離宏，沒有說話。此時鍾離巨集朗聲說道：「國公大人，華兒日前在陣前與大人拼鬥，非是我的本意，但是自她回去以後，就有些不對。老夫今日冒昧求親，望大人不要推辭！」

我心中不由得大急，這讓我如何同意？我吞吞吐吐的，有些尷尬地說道：「長老，鍾離小姐天人一般，正陽恐怕有些高攀不上。而且正陽家中已經有了兩門親事，再娶小姐，恐怕委屈了小姐呀！」

鍾離宏臉色一變，有些惱怒地說道：「大人在陣前和華兒拼鬥，其中的經過，幾十萬大軍都看在眼裏，這讓華兒以後如何做人？大人有兩房妻室，也不妨再多出一個，大家都是習武之人，哪裡有那麼多的講究，大人只需要答應，華兒那裏老夫自然可以說通！」

聽出了鍾離宏話中的火氣，我心中突然間感到爲難，這種場面比兩陣搏殺更加讓我感到爲難，一個處理不好，很可能造成麻煩。可恨此時梁興、向寧兩人視若不見，我狠狠地看了一眼梁興。

梁興感受到我眼光中無比的殺氣，強忍著笑意站了起來，對鍾離宏拱手說道：「長老不用著急，正陽臉皮單薄，心中雖然已經同意，但是嘴上卻說不出來，長老只管放心，這門親事就這麼定下，我和向元帥願意做這證人！是不是，向元帥？」

「沒錯，正陽叫我叔父，那麼我就做正陽的長輩，這件事長老放心，就這麼定下了！」向寧連忙開口說道。

「那麼多謝兩位，老夫這就將消息告訴華兒，至於這婚事的時間，我們以後再定，老夫告辭！」說著，鍾離宏向我一拱手，轉身大步向殿外走去，鍾離青三人連忙跟著他走出大殿。

看著眼前臉上帶著壞笑的三人，我腦子裏面一片空白，怎麼就這麼三言兩語就把這親事定了下來，我呆滯地看著他們，嘴唇顫抖著，半天說不出話來。

「啓稟主公，皇上和太后的鑾駕已經到了東京城外十五里！」就在這時，錢悅衝進了大殿，高聲稟報，然後又帶著邀功的語氣向我說道：「主公，梅樓主也來了！」

好似一個炸雷一般在我耳邊響起，我真的是傻了。

「你們做的好事！」我好半天才緩過勁來，有些氣短地看著梁興和向寧，還有那個一直在那裏偷笑的鍾離師，「這下好了，惜月已經來了，這個事情你們去向她解釋，我不去迎接了！」說完，我賭氣地坐在那裏。

此刻，向寧用一種少有的凝重神色看著我，低沉地說道：「正陽，不要生氣。現在鍾離也在這裏，我不怕隱瞞什麼。同意你和鍾離華的婚事是有考慮的！」

「是呀，是呀，考慮把我賣出去！」我不讓向寧說下去，插口道。

梁興嘿嘿笑了，說道：「阿陽，我們如今剛平定了高飛的叛亂，正需要有世族的支持，才能夠站穩腳跟。其實鍾離早兩天已經把這個事情告訴我了，我考慮了很長時間，如果我們要把持明月朝政，單依靠武力是不行的，高飛爲什麼能夠兩次險些成功，原因就是因爲他身後有明月的世族支持！鍾離世家本來就和我們有些交情，此次和我們敵對也是出於無奈，我想這一點你也可以原諒。前些日子鍾離和我說，雖然鍾離世家將虎符交出，但是長老會裏面矛盾重重，很難說沒有變化發生。我們要他們和我們一條心，只有和鍾離世家有一種利益與共的交情。鍾離宏在鍾離世家可以說是舉足輕重的人物，更加上他控制武威大軍多年，在軍中更是有很高的威望，這一點，即使連國師都比不上！如果能夠和他聯姻，那麼就能夠得到他全力的支持，有了他在鍾離世家的幫助，我想鍾離世家怎麼也不會和你鬧翻，你說對不對，鍾離？」說著，梁興扭頭看著鍾離師。

鍾離師點點頭，笑道：「主公，雖然鍾離師是鍾離世家的一分子，但是對於長老會裏面的種種，早已經看不過去了。既然我已經效忠於主公，那麼就決不會偏袒我的家族，其實我這樣想，也是爲了家族好呀！」

我看著梁興，好像有些不認識一般，這個傢伙三年不見，已經不是那個沒有半點政治頭腦的人了，他的話我絕對同意，世族在政治中有著舉足輕重的地位，而且那天我好像確實是吃了鍾離華一小口豆腐。但是對於他們輕易就將我賣出，絲毫沒有還價，我心裏總是有些不舒服。雖然心裏已經有些鬆動，但是我還是小聲嘟囔道：

「那爲什麼你不把你賣出去，爲什麼是我！」

「嘿嘿，第一，你大哥我已經是花落有家了，不能再拈花惹草；第二，好像吃人家豆腐的人是你，這個大哥實在是幫不上你的忙了！哈哈哈！」梁興說到最後，突然咧開了他的大嘴，張狂的笑了起來。

「你！」我如同洩了氣的皮球一樣，坐在那裏，看著梁興的嘴臉，心中突然升起了一種想要暴打他一頓的念頭。

看到梁興的那個樣子，向寧也笑了。扭頭對我說道：「怎麼樣，正陽，你沒有意見了吧！其實就是你有意見也不行，爲叔怎麼說也是你的長輩，呵呵，這個事情就這麼定下了！」

「那你們去和惜月解釋，我不去！」我小聲說道。

頓時，偏殿中的三個人臉色都陰沉了下來，他們互相看了一眼，臉色突然好轉，對我嘿嘿笑道：「行，惜月那裏就我們來說！」

我撓撓頭，似乎感覺到了什麼不對，但是卻說不出什麼道理，看看梁興和向寧兩人，我起身向殿外走去，「錢悅，全城準備，列出儀仗，迎接皇上和太后駕臨！」說著，我已經走出了大殿。

東京城外，一片歡騰的海洋，新皇回京，滿朝文武來到了城外迎接，他們在等待再一次被新皇所寵信，但是卻遺忘了在一旁觀看的我。我在一旁冷眼觀瞧，看著那些滿臉歡喜之色的臣子，心中卻已經下定了主意，一定要將這些見風使舵的傢伙清洗掉！

遠處，高正等人緩緩地向東京走來。高正，這個年僅十幾歲的少年皇帝坐在鑾駕之上，身後是神色端莊的顏少卿。

「皇上萬歲！太后萬歲！」立刻人群中響起了陣陣的歡呼之聲。

高正緩緩地向兩邊的臣民招手示意，他的神情已經告訴了我此刻他心中是多麼得意，也同時在提醒我，我還要忍耐，畢竟明月始終還是以高家爲正統，我還有很長的一段路要走，突然間，我想起了張燕和我在起兵之前說的一段話：廣積糧，緩稱王！此人的眼光確實長遠，如此清醒地看出高氏家族運勢未絕，此刻，我真的是很想和他好好談一談，聽聽他的想法，爲我的下一步做好打算！

此時，顏少卿在高正身後低聲說了一句什麼，高正似乎立刻醒悟，他大聲地說道：「傲國公、戰國公、定東伯何在？」

我和梁興、向寧搶上一步，跪伏於地面，恭聲地說道：「臣許正陽、梁興、向寧恭迎聖駕，吾皇萬歲，萬歲，萬萬歲！」

衆人閃開一條人縫，此時他們才想起來，今天真正的主角是我們三人。高正連忙走下來，向我們快步走了過來。來到了我們的面前，他臉上帶著笑容，「三位元帥快快請起，三位元帥此次平亂，功在社稷，乃是我明月的恩人，理應朕向三位元帥感謝才是！」說著，將我們扶起，躬身向我們一禮。

不知道是不是顏少卿教給他這些，如果不是，而是他自己想出來的這一切，那麼這個十幾歲的少年，將會是我未來最爲強大的敵人！我暗暗心驚，同時心中也升起了一種強烈的殺機！一定要在他成年之前，將明月拿在我的手中，不然如果等他成年，也許我也不是他的對手！

我臉上卻露出極爲謙卑的笑容：「聖上如此誇獎臣等，實在是讓臣等感到無地自容！未能及時發現亂黨陰謀，累得皇上流離，此乃臣等的罪過，還請聖上責罰！」

高正臉上露出親熱的笑容，拉著我的手，「元帥如此說就有些見外了，母后說如果不是元帥，朕就要落入亂黨手中，這救命之恩，朕真不知如何報答！聽母后說，元帥和我父皇甚是交好，更是太上皇的義子，算起來，朕還要叫元帥叔父，叔父武功高強，以後還要好好教朕呀！」

我心中的驚懼更加強烈，這個少年天子處理事情如此的老到，讓我簡直感到有些害怕，希望這一切只是別人教的，不然我只有將他……

我臉上依舊是謙卑的笑容，恭聲地說道：「聖上如此看得起臣，乃是臣的榮幸，如果聖上有意，臣又怎麼能夠不竭盡心力！」

高正滿意地點頭，對我的謙恭十分滿意。扭頭看看顏少卿，只見顏少卿微微地點頭，他拉著我和梁興大步走入東京，所有的臣公立時臉上都露出了羡慕的表情，卻不知我此刻心情卻是複雜無比，很難用一句話表達！

走進了皇城，我早已經吩咐手下親兵將龍息殿和坤月閣打掃出來，這裏是高占和高占的母親所居住的地方，此刻高正住進了這龍息殿，也就正式的向整個明月宣布，他已經成為了明月新一代的主宰！只剩下了登基大典。

從龍息殿中退出，我和梁興剛要離開，卻見到一個太監來到我的面前，恭聲說道：「國公大人，太后有請！」

我感到一陣頭疼，這個時候來找我，估計沒有什麼好事。回頭看看梁興，只見他笑嘻嘻地看著我，「國公大人呀，你還是去見太后吧，我先去和惜月談談，然後等你回來再說！」

我點點頭，跟隨著太監向慈寧宮走去。

顏少卿坐在大殿中央，看到我走進來，臉上露出一絲嫵媚的笑容，緩緩起身，微微揮手，兩旁的太監和宮女躬身退了下去。偌大的殿中只剩下了我和她。

我連忙躬身說道：「臣許正陽見過太后！」

她有些幽怨地看著我，長嘆一聲，「正陽，你的稱呼讓我感到好陌生，從你回到開元開始，你就在疏遠我，躲避我！爲什麼？」

我不知道應該怎樣回答，看著她幽怨的神情，我不知道那裏面到底有多少真誠。對於她，我始終有著一種難以說明的感情。更何況她如今是太后，一個可以左右高正的人，我必須要借助她的力量，才能走上權力的頂峰。但是在我的心中，卻始終感到有些彆扭。

我長嘆一聲，低沉地說道：「少卿，這是我最後一次稱呼妳的名字，從現在開始，妳已經是一國的太后，身分和地位與往日已經不再相同，妳我的一舉一動，都被整個朝堂的人盯住，一個不謹慎，就會給妳我造成麻煩，所以正陽只能如履薄冰般小心翼翼，這也是爲了皇上的將來呀！」

顏少卿沉默了，從她的眼神中，我看到她有些落寞，半晌，她抬起頭來看著我，「正陽，你會永遠幫助我嗎？」

我不知道應該怎麼回答，因爲我知道，總有一天我們會翻臉。好半天，我才說道：「少卿，妳放心，只要皇上做一個好皇上，那麼我就會竭盡全力的去幫助你們！」

顏少卿雖然不是很滿意，但還是點點頭，她看著我，咬咬牙，從懷中取出一個小玉盒，遞交給我：「正陽，這個是噬魂丹的解藥，三年前給你服用，是有些不放心你，但是現在，看來本宮也已經不需要這樣了！」

我愣了一愣，其實我根本不在乎這噬魂丹，我所修習的清虛心法乃是天下間最爲神奧的心法，本身就不懼萬毒，區區噬魂丹早已經被我煉化。但是此刻我接過噬魂丹的解藥，心中不知如何應對。

我沉吟了一下，「太后，說實話，噬魂丹根本無法傷及臣，臣在服用噬魂丹之後，已經將其煉化，但是爲了給太后信心，臣一直沒有稟報，是害怕太后對臣不放心，所以這解藥還請太后收回！」

顏少卿用幾乎無法聽見的聲音，自言自語道：「原來真的……」她抬頭看著我，臉上又一次露出嬌媚的笑容，「正陽如此坦誠，令本宮感動。那麼這解藥我就先收回。其實本宮此次讓正陽前來，乃是另有事情！」

「請太后吩咐，臣赴湯蹈火，在所不辭！」

「如今皇上初登帝位，根基尙不穩固，而且他還年幼，很多事情需要別人指導，本宮想請正陽輔佐皇上，暫且攝政！」顏少卿緩緩地說道。

我頓時愣住了，我知道顏少卿還需要我的幫助，但是我沒有想到她居然會讓我攝政，這著實讓我吃驚不小。這攝政之意，就是總理朝中一切事務，這個職位之大，實在是不可小視。

我連忙推辭道：「太后，其實太后也是一個睿智之人，已經足夠幫助皇上，何須臣來？而且臣不過一介武夫，論起行軍打仗，或許還可以，但是說起這政務，恐怕不是臣所能做到的。而且，臣自向先皇效忠以來，得罪朝中的不少重臣，恐怕他們也不會允許臣來攝政，還是另找賢明重臣，才是萬全之策！」

顏少卿笑了笑，柔聲說道：「本宮乃是一女子，明月先皇祖訓，後宮之人，嚴禁干涉朝政。再說正陽未免有些謙虛，本宮看到了開元、涼州兩地，政務十分清明，如何是不懂？而且明月大亂方定，正是需要一個強有力的人物前來輔佐，這滿朝文武之中，又有誰能夠比得上正陽你的赫赫戰功？只有你這樣的人物來坐鎮，一來可以平定亂黨，二來也可以讓其他的國家不敢窺視我明月帝國！」

我一面思索著顏少卿話中的含意，一面緩緩地坐下，端起手邊一杯香茗，品了一口，好半天，我慎重地說道：「太后如果真的要臣來攝政，那麼臣需要一人前來幫忙！」

「哦，不知道何人讓正陽如此看重？」顏少卿眉毛微微一挑，有些好奇地問道。

「定東伯向寧！」我緩緩地說道：「向寧也是朝廷重臣，同樣有赫赫戰功，更是此次平亂功臣，手中青州兵勇武非凡，而且向爵爺在朝中的聲譽較之臣要好上許多，有他在，可以讓朝中大臣的反對之聲小上很多，而且臣是一名武將，自然是爲我朝開疆擴土，讓我明月真正雄踞於諸侯，這才是臣所擅長，這樣朝中有向爵爺，臣領兵在外，遙相呼應，共同爲我明月效力，那麼朝中的大臣也就沒有太多的異議！」

顯然沒有想到我會推辭，顏少卿注視著我，好半天，她才開口道：「既然正陽如此說，本宮要好好考慮一下，這向爵爺本宮一向不熟悉，所以一時也無法決定，一切還是等到皇上祭天告祖，正式即位後，在朝堂上再行商議！不知正陽意下如何？」

我連忙起身躬身向顏少卿說道：「太后思慮縝密，臣敬佩不已，臣願意等候太后聖裁！」

顏少卿笑著點點頭，說道：「正陽不用如此多禮，雖然你我爲君臣，但是卻也是朋友，正陽更是救我母子於危難的恩人，如今不是在朝堂之上，不用動輒行這君臣禮節！」

我恭聲應是。又和她細細地談論了一會兒，起身告辭。顏少卿雖然有些不願，但是她也知道，自己身爲太后，無法將我長留宮中，於是也起身相送。

第六章　遠交近攻

在回府的路上，我一直在思考顏少卿真實的想法，這個女人有著非凡的魄力，我可以感覺到，她會是我的一個大敵，我不能小看這個女人。而且她身後的力量，我動用了青衣樓的全部力量也無法查清，實在是太過神秘。最可疑的就是那個趙良鐸，又是什麼來歷呢？不過，我有種預感，這個謎底快要揭開了！

不知不覺中回到了傲國公府，高正入京，我就無法再住在皇城中了，好在這國公府保留完好，所以也就重新啓用。國公府外，大批的車馬停在門口，看來此次梅惜月的架勢不小。想到要面對她的時候，我就有些頭疼，也不知道梁興是否已經和她說了鍾離華的事情，唉，不知道她會是什麼樣的反應……

就這樣，我滿懷心事的和向我行禮的親兵點頭示意，慢慢地走進了國公府大廳。

大廳中坐滿了人，都是兵團的將領，他們已經和梅惜月熟悉了不少，像子車侗是頭一次和梅惜月見面，雖然驚為天人，但是閃族人豪爽的性格，對於女色並不是很迴避，大家自然也就談在一起。

當我走進大廳的時候，眾人正和梅惜月談得高興，看到我走進來，立刻都停下了議論，看著我，這讓我感到有些迷惑。

「天色已經不早了，惜月一路車馬勞頓，還是早些休息，我們明日再說！呵呵，我們就先行告退了！」說著，梁興已經站了起來。廳中的眾人也連忙起身告辭。

梁興走過我的身邊，低聲說道：「阿陽，放心，那個事情我已經和惜月說了，你放心吧！」

我笑著點頭，將他們送出了大廳。扭頭看著站在大廳中央的梅惜月，我笑著說道：「師姐，多日不見了，好生想念呀！」

梅惜月冷冷地說道：「大哥說的可是真的？」

我小心翼翼地笑著說道：「是的！」

她氣著道：「好，你居然這個樣子！正陽，我真的看錯你了，我就不說了，小雨妹妹至今下落不明，你卻……你說吧，你又做了什麼對不起我們的事情了？」說著，她流下了兩行清淚，那梨花帶雨的模樣，嬌煞，也讓人疼煞！

我越聽越覺得有些不是味道，有些迷惑地看著梅惜月，我連忙說道：「師姐，妳不要哭，妳，妳說什麼我做了對不起妳的事情？」

「大哥剛才都已經告訴我了，你剛才已經承認，如今卻又來反悔，正陽，你怎麼這個樣子！」梅惜月厲聲的說道。

我感到更加迷惑，連忙問道：「慢著，慢著！師姐，大哥都告訴妳什麼了？」

「大哥說，你又做了對不起我們的事情，所以要娶妻！」梅惜月說道。

好你個梁興，你居然耍我！我馬上明白了是怎麼一回事，難怪他今天和向寧兩人的笑容那麼詭異。我心中雖然叫苦連天，但是此時還是得將眼前的困境解決再說。

我連忙解釋道：「師姐，冤枉呀！妳不要聽大哥那樣說，是這樣的！」接著，我將今天早上發生的事情一五一十地說了一遍，最後說道：「我本來不同意，是大哥和叔父兩個人硬是要答應下來的！他們說這個是一件大事，牽涉到我們的將來。還說要幫我解釋，但是我沒有想到……所以，師姐剛才問我，我當然說是了！」

梅惜月噗哧一聲笑了，「大哥也真是的，這樣的玩笑也開！」

我連忙點頭稱是，「就是，這個大哥現在越來越沒有大哥的樣子，看我回頭收拾他，如果師姐不同意，我馬上去找鍾離宏將這個事情推掉！」說著，我轉身就要去找鍾離宏。

「慢著！」梅惜月連忙將我攔住，輕輕將臉上的淚水擦拭，她緩緩地說道：「如果是這個樣子，大哥和叔父他們說的倒也有理。鍾離世家對我們的支持目前確實十分重要，如果能夠聯姻，的確對我們以後有很大的幫助，鍾離宏手握武威大軍，我們將來西進，將要依靠他們助力多多，嗯，這個事情倒是也可以！」

我不敢出聲，看著她。對於梅惜月，我有一種發自於內心的害怕。不！不是害怕，是尊敬。對於她那超凡的智力和政治觀察力，我由衷地佩服。

梅惜月思考了一下，說道：「正陽，這樣，你明日就答應鍾離宏的提親，但是有兩個要求：第一，就是要等到找到小雨妹妹的消息才可以成親；第二，就是鍾離華雖然是世家弟子，但是我們三人卻不能有任何的高低之分，大家一視同仁！」

我點點頭，表示同意她的意見，扶著她坐在廳中，梅惜月喝了一口香茗，接著問道：「顏少卿找你去，不知道有什麼事情？」

我連忙將顏少卿和我的談話內容說了一遍，最後說道：「師姐，我總覺得這個顏少卿的背後好像有一股勢力在支持她，我覺得她現在和我說的話，全部都是有人在背後指揮，這其中會不會有什麼不妥？」

梅惜月沉思半晌才開口道：「我倒是覺得不會，因爲高正雖然是高占指定的繼承人，但是目前在明月諸侯之中，有不少人圖謀不軌，顏少卿也確實需要一個強有力的人物來支持她，你無疑是一個很好的人選。第一，你幫助他們奪回了皇位；第二，你手握兵權，也立有戰功，確實是一個上佳人選。不過，你推薦叔父共同來攝政，這很好，畢竟叔父在明月的時間已經有二十多年，相較而言，他的人脈要比你雄厚許多，嗯，我看沒有問題！」她停頓了一下，突然想起來什麼，有些嗔怪地說道：「都是大哥給我們開了這個玩笑，險些讓我將大事給忘記了！關於趙良鐸，我們終於查到了一些蛛絲馬跡，他似乎與墨菲的皇室有著一些關係，估計是墨菲的皇室成員，我想趙良鐸只是他的化名！」

「哦？墨菲？那不是距離我們很遠，他為什麼要幫助我們？」

「這段時間我也一直在考慮這個問題。墨菲這許多年來一直野心勃勃，虎視中原地帶，但是由於眾多的諸侯國一直對墨菲持一種敵對的態度，再加上他後方還有西羌游牧民族的騷擾，所以始終沒有發動攻擊。如今西羌已經臣服於墨菲，他們的後顧之憂已經解除，現在他們需要找到一個結盟，打破中原諸侯的敵對，我想趙良鐸一定就是墨菲的特使，他在各國販賣古玩，結交上流，也是為了尋找一個盟友。明月地處四戰之地，東有東瀛，西有陀羅，南有飛天，如果和明月結盟，那麼如果墨菲出兵，中原七個諸侯國，一下子就可以解決了四個，陀羅、東瀛如果西進支援，必須要經過明月，那麼明月就可以將他們阻擋，同時還可以將飛天拖住，這樣墨菲只需要對付安南、拜神威和大宛氏，這三個國家之間同樣有著矛盾，對付起來，也就容易了許多，正陽，趙良鐸雖然幫助了你幾次，但是你將來會給他更多的幫助呀！」

我聽著梅惜月的分析，不斷地點頭，但是我依然有些不解地問道：「師姐，可是我和趙良鐸認識的時候，只是一個山寇，他怎麼會如此幫助我呢？」

梅惜月低聲地說道：「這個我也無法理解，如果有解釋，那就是趙良鐸眼光之毒辣，更勝於這中原眾人，如果是這樣，正陽，趙良鐸恐怕比我還要精明，他甚至可能已經查到了你的出身，同時他也可能知道了鍾離世家對你的幫助，但是他依舊幫助你，是否是因爲鍾離世家已經不能夠再成爲他的敵人，我有種預感，正陽，這個趙良鐸將會是你今後最大的敵人！」

我愣住了，說實話，我從來沒有想過這麼多，這個趙良鐸……我不由得陷入了沉思！

「正陽不要想太多，從目前來看，趙良鐸還不會是你的敵人，而且他會是你最有力的朋友。所以，如果顏少卿和他有關係，我建議你不妨將你的身世告訴顏少卿，這樣，你就有了一個藉口與飛天開戰。同時，如果顏少卿的反應平常，那麼就說明她和趙良鐸一定有著密切的關係，她早已經知道了你的身世，如果她的反應激烈，那麼就說明她的身後還有一股力量，但是那股力量並不值得我們恐懼。我想即使你公佈了你的身世，整個明月也不會有多大的波瀾，畢竟是你洗刷了他們的恥辱，何況你手握強大的兵權，而且我認爲，你的身世會讓更多的人來投奔於你，正陽，已經是時候了！」

我沒有說話，腦子裏思索著梅惜月的話，是呀，我已經有足夠的實力來支撐我的地位，我需要一個世家的身分來提高我在朝中的地位，雖然我現在是高占的義子，但是有一點，我是一個從奴隸營中走出來的人，在那些世家的眼中，我始終是一個身分低下的奴隸！

我低沉地說道：「師姐，妳的話很有道理，我明天就去向顏少卿說明我的身分，我已經不需要再隱瞞了，浴火鳳凰軍團是到了重生的時候了！」

我站了起來，在屋中走動。梅惜月沒有打攪我，她知道我正在思考著一些重要的問題。突然我停下了腳步，「惜月，我想知道，如果我接手了攝政大臣的身分，那麼我將如何走下一步呢？」

梅惜月笑了，「正陽，這個問題我也不知道如何回答，但是你手下有一個大才，爲何不去問問他呢？好像他要兌現他的諾言了！」

我一愣，看著梅惜月的笑臉，突然間我知道她說的是誰了，笑著問道：「師姐說的可是張燕？他也來到了東京？」

梅惜月正色說道：「這個當然！呵呵，正陽，這個張先生當真是一個不可多得的人才，在你出征之後，張先生每天都在看由兵團送來的戰報，他甚至可以猜出你下一步的計畫，這個人非同小可，我和他談過兩次，我想他一定有更好的主意，所以正陽，你何不先去和他商議呢？」

我恍然笑道：「好，既然師姐也如此推崇他，那麼他一定有著非同一般的才能，我立刻找他好好商量一下，沒錯，是他要向我兌現諾言的時候了！」

我不由得放聲大笑。

第二日一早，我匆忙地來到了皇城，走進了新近才修復的皇城午門，我來到了慈寧宮的宮門外，向當值的太監遞上了名帖，請見顏少卿。沒有多久，那太監匆匆來到我的面前，恭聲說道：「太后有請國公大人！」

我塞了一張金票給那個太監，大步走進了慈寧宮。顏少卿嬌柔無力地半倚在榻椅之上，未施半點粉黛，她那朦朧的睡眼告訴我，我是從睡夢中將她叫醒。沒有等她開口，我上前幾步，跪在地上，恭聲地說道：「臣許正陽叩見太后，太后千歲，千歲，千千歲！」

「正陽，這麼早來找本宮有什麼重要的事情嗎？」帶著一絲的倦怠，顏少卿的聲音依舊嬌媚萬分。

「臣今日來，是向太后請罪！臣犯了欺君之罪，乃是萬死之罪，昨日回府，臣深感太后和皇上對臣的厚愛，更覺如果不將事情說出，心中總是慚愧，所以今日一早，特來向太后請罪！」我伏在地上，恭聲說道。

聽到我說得如此的嚴重，顏少卿也意識到了我一定有重要的事情稟報。於是正身坐起，讓兩邊的太監和宮女退下，和聲地問道：「正陽快快起來，有什麼事情這麼嚴重？起來再說！」

我依舊伏在地面，「臣本是明月大敵飛天皇朝鳳凰戰神許鵬的曾孫！」我一字一頓地說道，一面偷偷的觀看顏少卿的表情。

有些出乎意料，又似乎是在意料之中，顏少卿平淡中又有些驚訝，她看著我，好半天才說道：「正陽此話從何談起？」

「臣本是許鵬的曾孫，二十多年前，許氏一門慘遭飛天屠殺，臣的曾祖，也就是許鵬，向飛天皇朝的帝君姬無憂求情，留下了臣的性命，臣被鳳凰軍團的屬下帶往漠北奴隸營，並在奴隸營中長大，後來跟隨先師邵康節去往開元，由於臣那時年少，當街將飛天德親王的親子擊殺，被迫反出開元。來到了明月，占山為王！後來臣得先太子殿下賞識，被先皇召臣入京，曾經在大殿之上問臣的身世。由於曾祖曾經兵臨東京，所以臣擔心皇上怪罪，也就沒有報上真實的家世！」我恭聲地說道。

顏少卿好長時間沒有說話，過了一會兒，她沉聲問道：「既然如此，正陽為何今日敢如此坦白，難道不怕本宮將你治罪？」

「臣自入明月以來，身受朝廷的恩寵，對於此事一直耿耿於懷，常覺得對不起先皇，所以臣盡心竭力地輔佐我皇，就是想要爲我曾祖贖罪。但是昨日太后要臣攝政，臣回去後反覆思量，感到朝廷對臣實在是恩重如山，臣如果繼續隱瞞，恐怕連自己都不會原諒自己，所以今日一早就向太后坦白，任憑太后發落！」我說到此處，爲了增加兩分效果，不由得硬是擠出了兩滴眼淚。

「正陽突然說出此事，讓本宮一時有些混亂，待本宮靜上一靜！」顏少卿坐在那裏，我感到她凌厲的眼神打量著我，我心中此刻已經有了一個答案，她一定早已經知道我的身分，不然早就跳了起來。之所以如此鎮靜，是因爲她猜不透我突然坦白，這中間有什麼陰謀。

半晌之後，顏少卿才開口道：「既然正陽如此的坦誠，那麼本宮也就不再隱瞞。對於正陽的身分，本宮早就已經瞭解，只是正陽不說，本宮也不想提起。正陽來到了我明月之後，對我明月皇室忠心耿耿，這都是有目共睹的，所以說起罪過，雖不是沒有，但是也沒有那麼的嚴重！任何人都會有正陽的想法，這是正常的，所以正陽不要擔心！但是正陽欺騙先皇，還是有罪，所以要罰！怎麼罰呢？」顏少卿沉吟片刻，「新皇登基，更是需要有強大的戰功來穩定我國人的信心，所以我要正陽你立下一個天大的功勞，來給新皇一個信心！如果成功了，那麼以前所有的罪責都抹去，如果不成功，二罪並罰，正陽可同意？」

「臣願意！臣回去後，就想如何立這天大的功勞，並在新皇第一次朝會之前報知太后！」我誠惶誠恐地說道。

顏少卿笑了，「既然如此，正陽還是去想想如何立這大功！本宮等候正陽的佳音！」

我再次向顏少卿請罪，躬身告退。走出了皇城，我心中一片光亮，我已經知道了顏少卿究竟是怎樣的人物，我不再疑惑。

回到了國公府，陳可卿迎著我走來，向我躬身施禮。他跟隨梅惜月回到了東京，繼續做這國公府的總管。他恭聲說道：「主公，梁興大人和向寧大人在書房等候主公多時！梅小姐現在在陪著他們。」

好呀，還敢自己過來，想起昨天的事情，我心中就有一肚子的火。這筆賬，我一定要算回來！我笑著說道：「我知道了，胖子，去把張先生請來，就說我在書房等他！」

陳可卿躬身離去。

我大步走向書房，遠遠的，我就聽到從書房中傳來一陣陣的笑聲。梁興那猖狂的笑聲特別的明顯。三步並作兩步，我衝進了書房之中，梁興和向寧坐在窗邊，梅惜月坐在書桌後面，三人正在笑。我大聲地喊道：「好你個臭鐵匠，竟然還敢來！找打！」

向寧是我的長輩，他捉弄我，我也無話，但是這個死梁興，我說著就要過去。向寧連忙站起來將我拉住，梁興更是連聲向我賠罪，並許下了許多的好處，最後我才有些不太情願地了事。

看著我和梁興討價還價的樣子，梅惜月早就在一旁笑得合不攏嘴，看我過來，她起身讓我坐下。站在我的身後，兩手放在我的肩頭，輕聲問道：「正陽，今天去那裏的情況如何？」

我將和顏少卿會面的情況告訴了向寧、梁興，兩人的臉色都有些陰沉。他們看著我，沒有說話。

我緩緩說道：「如今顏少卿的背景已經瞭解，那麼我們都已經站在同一條起跑線上了。所以叔父，我想請你作為內閣輔政大臣，當我在外之時，你也可以節制高正，此子也不是一個簡單的人物，如果對他輕視，將會給我們造成很大的麻煩！」

向寧點點頭，表示明白我的意思。

正在說話間，就聽到一陣腳步聲傳來，從門外一前一後走進兩個人，在前面的陳可卿向我拱手施禮：「主公，張先生來了！」

我連忙起身，笑著說道：「張先生，許某真是想煞先生了！」

張燕依舊一副淡淡的笑容，他拱手微微欠身，「國公大人，張某也想大人會在這兩日來找張某了！」

我們兩個相視不由得大笑。接著，我又向他介紹了梁興和向寧。大家又是一番客套。之後我們分賓主坐下。我看著張燕，「張先生，當日我們在開元夜談，許某受益匪淺。一直以來，許某一直記得和先生的約定，不知道先生是否已經想好？」

張燕沉聲說道：「當日與大人在開元立下誓約，只要大人能夠順利完成此次的行動，那麼張燕必然效命於大人的帳下。自大人起兵之日起，所進行的一切都是可圈可點，雖然在建康有些衝動，但是爲了兄弟之情，也並非是不能原諒。東京之戰更是神來之筆，短短十天的時間拿下了東京，這本來就是一件令人稱道不已的事情。張燕對大人心服口服！」

我竟然有些不好意思，不知道應該怎樣的回答。此時張燕突然站起來，單膝跪地，恭聲說道：「草民張燕，浪跡多年，爲求得一賢主一展所長，今日能夠得主公賞識，乃是張燕的幸運，張燕願爲主公獻上綿薄之力，赴湯蹈火！」

我微微一愣，馬上站起身來，走到張燕的面前，將他扶起，高興地說道：「正陽能夠得到先生的幫助，如同久旱逢甘露呀。正陽相信只要今後你我同心，定能做出一番大事業，哈哈哈！」

我們又說了一會兒閒話，我說道：「這兩日來，我和兩位元帥一直在討論下一步的計畫。今日請先生來，其實是想聽聽先生的意見，不知道先生是否能夠爲我解去這個困擾！」

沉思了一陣，張燕謹慎地問道：「張燕想知道主公究竟是怎樣打算，是偏守於一隅，亦或是想要……」

「有分別嗎？」我看了看梁興與向寧兩人，扭頭笑著問道。

「當然！」張燕嚴肅地說道。

「那麼還請先生爲許某釋疑！」

「如果主公只是想要成爲一方諸侯，張某相信憑主公眼下的力量，已經完全可以做到，那麼張燕也就無需再爲主公費心；如果主公是想要爭霸天下，那麼張燕就是非常重要的人物！」說到這裏，張燕看著我，清澈的眼神中透出了無比的睿智。他神色從容，帶著淡淡的笑容，那笑容中充滿了自信。

我看著他，久久沒有說話。書房中一片寂靜，只有一陣輕微的呼吸聲在我耳邊迴響。

突然，我放聲大笑：「張先生是一個妙人，如果正陽隱瞞，那麼就未免矯情！這裏都是自己人，我也無需隱瞞，不錯，許某正是有爭霸天下的想法！其實先生也早就知道，不然也就不會有廣積糧、緩稱王的說法，先生如此，未免明知故問了！」

張燕也笑了，「呵呵，是張燕有些矯情了。不過，如果沒有清楚主公的真實想法，張燕就無法暢言！」他頓了一頓，「張燕還有一個問題，那就是主公對這炎黃大陸目前的形勢有何看法？」

我微笑著，對門外大聲說道：「來人，將地圖拿來！」

話音未落，陳可卿已經應聲而入，手中還拿著一份地圖，他懸掛在書房中央，然後又躬身退出，在屋外警戒。

我緩步走到了地圖之前，負手站立，看著炎黃大陸地圖，沉聲說道：

「如果按照現在的局勢，炎黃大陸可分爲三塊，一是以明月、陀羅和東瀛組成的北部地方，在這其中，東瀛環海而立國，一直想要向陸地進發，但是由於始終無法打開青州大門，所以雖然多年來屢次登陸，但是卻都沒有成功；陀羅偏守西部，靠近浩瀚沙漠，也就在它的西邊築起一道天然防線，但是由於陀羅地處偏遠，國力一直不強，所以始終和明月保持著一種默契，但是這些日子來，由於明月連年的內耗，所以陀羅也蠢蠢欲動，想借機東擴，如果要打，我有把握在一年內將其消滅！所以，如果說對明月產生威脅的，就只有東瀛，因爲明月海戰並不強悍，如果要消滅東瀛，我們必須要有一次大規模的海戰，但是如果我們能夠登上東瀛群島，那麼東瀛就盡在我手！」

我看著地圖侃侃而談，「明月南部，是多年的大敵：飛天皇朝，它與拜神威、安南構成了炎黃大陸的中部地區，在這裏，地產豐富，是整個大陸的核心地區，在蘭婆江以北，屬於飛天皇朝，這裏一馬平川，土地肥沃，而且，雖然飛天已經不復當年的雄風，但是卻依然有不可小視的力量，甚至說，是中原地區的霸主；蘭婆江以南，是拜神威和安南，兩國早已經結成同盟，這裏多水，同樣也是一個物產豐富的地方，而且拜神威雖然國土不大，但是卻盛產名將，再加上蘭婆江天險和安南的支持，使其固若金湯，這些年以來，拜神威的國力逐漸增強，已經多次和飛天衝突，他們的兵馬大帥陸卓遠確實是一個不容小視的對手！至於安南，則是和拜神威唇齒相依，兩國互成犄角之勢，穩居中部！」我說到這裏，走回桌邊，喝了一口香茗，看了看諸人。

他們看著我，等待我繼續說下去，我清了清嗓子，再次走到了地圖前，接著說道：

「自拜神威以西，是雲霧山，這裏地勢險要，終年雲霧瀰漫，雲霧山以西，是一馬平川的平原，那裏就是墨菲帝國，這墨菲帝國我就不用再多說了，大家想必也都瞭解。我要說的是在雲霧山一線，是墨菲的大門，他們在這裏建築了以銅陵關、風城、西靈府和劍閣四座城市，每一座城市都背靠險峻的山峰，互相的距離只有三十里，大路連接，可以使大批人馬迅速支援，而且墨菲更是在這裏屯紮了近二十萬的大軍，這條防線被稱爲死亡天塹，當年大魏帝國的狼王曹玄，在這裏付出了八十萬人的生命，才強行通過；在死亡天塹以東地區，大宛氏則夾在了安南和墨菲之間，以我看，這大宛氏遲早會被墨菲吞併！」

我一口氣將整個形勢講完，梅惜月將香茗端上，我喝了一口，繼續說道：

「目前炎黃大陸上論實力，當然是以墨菲帝國最爲強大，他的國君雖是一個平常之輩，但是墨菲文有鄭羊君，武有天下第一高手扎木合，兵家更是有墨菲的名將阿魯台，還有一個神秘得從來沒有露過面的墨菲公主清林秀風，這清林秀風聽說是墨菲的第一號人物，無論是武功還是智謀，都卓絕無比，但是可惜是一個女人，不然，墨菲如今必然氣候已成！飛天自姬無憂死後，已經一落千丈，如今他們的支柱黃家也被消滅，飛天皇朝已經再無半點的力量，拜神威北進大局已定。明月歷經多次的戰亂，實力也已經不足，但是閃族的臣服，卻讓我們多了一支無敵的騎兵，一支可以和西羌騎兵媲美的大軍。所以以我的看法，八國統治炎黃的時間已經快要結束，幾百年來，炎黃大陸大戰沒有，小戰不斷，一統的局勢已經展開，只是目前大家都還沒有藉口，大戰也就沒有出現，但是如果一旦爆發，大魚吃小魚，結論早有，我估計在十年內，八國中可能剩不下一半！」

「那麼，戰國公和向元帥又有什麼看法？」聽完我的話，張燕看著梁興和向寧問道。

謙讓了一番，梁興站起來呵呵笑道：「其實這三年裏面我也一直在研究，基本上和許國公的看法一樣，我認爲明月如今勢力單薄，雖然在北方地區有著霸主地位，但是卻不容樂觀，如許國公所說，如果我們不能夠在兩年之內成勢，我們還是早早退出這場爭霸遊戲！」

張燕點點頭，他看著我們，緩緩地說道：「其實張某的看法與兩位大人相同，張某的策略只有四個字，那就是『遠交近攻』！不知各位大人以爲然否？」

我饒有興趣地看著張燕：「不知道先生的遠交近攻何意？」

「首先，墨菲帝國在十年內不會成爲我們的大敵，因爲大家都在各自忙著擴大疆土，所以從某種角度，他是我們目前最好的盟友，我們不需要和他們鬧翻；拜神威目前則是在忙著向北擴進，飛天是他們首先要吞食的對象，同樣，飛天也將是我們口中的一塊肥肉，不能夠放棄，關鍵就是要看誰下嘴快！陀羅緊鄰我們的西邊，要儘快將之吃掉，不然會讓我們的後方一直處於混亂；東瀛孤懸海外，也無法對我們造成太大的威脅，只要有一員大將鎮守青州，那麼東瀛就無法給我們造成太大的亂子！」張燕看著我慢慢說道。

梁興沉吟道：「張先生，話說起來容易，但是恐怕並不容易，首先按照你所說，我們就要面臨多面作戰，以明月現在的國力，是否能夠支持？奪飛天，吞陀羅，阻東瀛，三面同時開戰，需要龐大的國力支援，明月連年的征戰，是否能夠支撐呢？還有，如果和拜神威爭奪飛天，勢必要面臨連續作戰，那麼我們即使拿下了陀羅和飛天，恐怕也就沒有能力再和拜神威抗衡了！」

「嘿嘿，國公大人，既然想要爭霸天下，就需要有一個起點，明月就將會是主公的第一個起點，如今主公雖然手握明月大權，但是還無法完全將明月控制在手中，這一點，恐怕國公大人和主公都很明白，我們需要不斷地用明月的力量來補充我們的力量，明月越是衰弱，我們越好控制，東京實在是不適合作爲將來的國都，在下在開元看到了冷內史和孔內史兩人將兩城不斷連接，甚至規模要大於東京，以地形而言，再也沒有比開元更爲適合，只要我們在作戰的同時不斷的加強開元的力量，相信不久的將來，衰落的明月必然將培養出一個更爲強大的帝國！」張燕此時臉上帶著一絲詭異的笑容。

「可是這樣一來，吃虧的將要是百姓，戰爭是由我們引起，恐怕也不適合吧！」梁興不無憂慮地說道。

「是呀，我們就是要讓百姓暫時吃些苦頭，但是這一切的罪責都將由明月來承擔，而不是我們，只要主公在開元等地不斷發展，那麼百姓聞風而去，試想這受益者會是誰呢？」

我一直沒有開口，靜靜地聆聽著張燕和梁興兩人的對話，心中也不停在思量張燕的方法，不可否認，張燕的方法確實很好，但是梁興所說的也不是沒有道理。好半天，我突然打斷了兩人的對話：

「張先生，你所說的方法確實讓我覺得不錯，但是我們如果從事的角度講，當我們將飛天這塊肥肉吃掉，不可避免要和拜神威發生衝突，而在這段時間中，我軍的軍力勢必會有一段的真空，我們需要一段時間來緩衝，那麼如果平穩度過呢？我們將如何面對拜神威的全力攻擊呢？」

張燕開口道：「主公，難道忘記了你的同盟嗎？」

「墨菲？」我眼前一亮。

「嘿嘿，沒有錯，只要主公能夠在這個時候讓墨菲出兵，在後方牽制拜神威，我們又有什麼可害怕呢？」張燕笑著說道。

我看看梁興和向寧，向寧的臉上沒有任何的表情，但是梁興的臉上顯然還有一絲憂慮，我起身走到了地圖前，看著用各種顏色標出的各國勢力範圍，飛天龐大的版圖真的是像一塊誘人的美食一般，讓我垂涎不已。我臉上沒有露出半點的聲色，一遍一遍的將張燕的構想在我腦海中重新組合，飛天的爭奪勢在必行，不能有半刻的遲緩，相對而言，陀羅倒是不需要太過著急，如果兩面同時開戰，明月面臨的壓力實在是大，如今的明月絕對沒有這個能力。

我低著頭在房間裏面走動，好半天，我下定了決心，抬起頭看著一直在注視著我的幾人，狠狠地說道：

「張先生的構思確實不錯，讓我有茅塞頓開的感覺，但是我必須有一點改變，那就是將先生的『連墨菲、拖神威、奪飛天、吞陀羅、阻東瀛』的計畫做一個小小的變動，那就是『同盟墨菲，搶奪飛天，陳兵旁觀，平定後顧』，不知道大家的意見如何？」

四人反覆將這十六字念著，梁興率先說道：「如此甚好，搶奪飛天，挑動墨菲出兵，然後靜觀墨菲和拜神威、安南火拼，我們則趁機將東瀛和陀羅劃爲己有，趁三國交戰疲憊，我們趁機從後偷襲拜神威，坐收漁人之利！」

我點點頭，看著四人，成竹在胸。

送走了梁興和向寧，安頓好張燕，我和梅惜月在書房中不斷地討論定下的十六字方針，整整一夜，我們沒有休息，將整個計畫想得更加的完善。

首先，由青衣樓在飛天放出消息：拜神威將要對飛天用兵，這樣將會使得尚未度過非常時期的飛天皇朝不可終日，兵力的部屬將偏重於南面，目前飛天所剩下的三大軍團，黑龍軍團已經駐紮蘭婆江一線，如果知道拜神威將要用兵，那麼剩下的兩大軍團至少要分出一半的兵力去協防，朱雀軍團雖然厲害，但是經過一次內訌，已經不足以讓我感到有威脅，剩下的就只有我眼前一個正規軍團和一些地方力量，我手中還有一個在飛天享有極高聲譽的黃夢傑，他一個人將可以瓦解一半的兵力。從明年開春發兵，我預計在半年內，可以兵臨天京，那時拜神威勢必要開始瘋狂的對飛天進攻，再想辦法讓墨菲在這個時候出兵，將可以拖住拜神威的速度，如此一來，飛天大部分將會落在我的手中。

其二，在陀羅大軍尚未集結完畢，武威大軍將陀羅緊鄰武威的糧倉——房陵拿下，率先將陀羅的部分精銳兵力消滅，以房陵和武威為一線，駐守二十萬大軍節制陀羅，在中原戰火尚未全面燃燒起來前，只防守，不進攻，等待時機成熟，所以房陵一戰一定要打得漂亮，讓陀羅感到害怕！

其三，由向東行、向北行兩人率領青州軍防守青州，阻止東瀛登陸，其原因有二：一是向家兄弟本是青州出身，又是向寧的親子，既便於領導青州將領，也熟悉當地的情況；二是向東行老成穩重，向北行足智多謀，兩人配合，相得益彰；最重要的一點，就是青州始終都控制在我手中！

其四，由雄海率領赤牙先行出發，利用半年的時間，開始對陀羅、東瀛兩國的將領進行刺殺，務求在短時間內清除一切可能威脅到我們計畫的人物！

其五，令冷鏈、孔方加快開元的開發和一應戰略物資的準備。

其六……

我和梅惜月疲憊的從書房中走出來，看著她那萎靡的精神，我不禁有些心痛。呼吸了一口新鮮的空氣，我輕輕將梅惜月摟在懷中。

「嘔！」梅惜月突然一陣劇烈的乾嘔，臉色瞬間蒼白得可怕。我連忙將她扶住，一股祥和的真氣緩緩注入了她的身體，一邊有些緊張地問道：「師姐，妳怎麼了？」

梅惜月嗔怪地看了我一眼，「還不都是你害的！」

我有些奇怪，我害的？我什麼時候害過妳？我奇怪的看著她，有些迷惑。

看到我沒有明白，梅惜月附在我的耳邊輕聲的說道：「我有了！」

「有什麼？什麼有了？」我還是不明白她話中的意思，愣愣地問道。

她有些惱怒地看著我，「你要當爸爸了！」她大聲地說道。

我腦子裏面嗡的一聲，我看著她，一時間說不出話來，一種喜悅，夾雜更多的沉重，我不知道說什麼好！好半天，我看著她傻傻地問道：「什麼時候發現的？」

「兩個月前，就是你兵臨東京城下的時候！」梅惜月低聲地說道。

我突然放聲大笑，身體輕舞，在空中連著翻了幾個跟頭，我大聲喊道：「我要做爸爸了，哈哈，我要做爸爸了！哈哈哈！」淚水順著我的臉頰留下來，我無法形容我心中的感受，在我人生的旅途上，我又完成了一件大事，我放聲大笑。

似乎知道我心中的感受，梅惜月的臉上也帶著淚水，她看著我在空中不停地翻滾，臉上還帶著一絲欣慰的笑容！

我的笑聲將整個國公府都驚動了，如果不是親兵在外攔著，恐怕整個國公府的人都要探頭一看究竟，饒是這樣，還是有不少人探頭張望，看著我手舞足蹈地在空中發癲。

梅惜月的臉上更紅，她上前一把將我拉住，小聲的在我耳邊罵道：「你瘋了，你想要讓所有的人都知道嗎？」

「呵呵，是呀，我想讓所有的人都知道，我要當爸爸了！呵呵，惜月，我要當爸爸了！呵呵，我要當爸爸了！」我傻笑道。

梅惜月無可奈何地搖搖頭，將我強行拉進了屋子，將我好生一頓數落，好半天我才從這意外的喜悅中清醒過來，我說呢，從昨天看到她時，就覺得有些不對勁，但是自己卻沒有往這個方面想，呵呵，真是上天不絕我許氏一族呀！

我小心翼翼地讓她躺下，正在說話間，就聽見從屋外傳來一陣腳步聲，梁興匆匆從屋外走進來，一進門他就連聲地說道：「阿陽，恭喜，恭喜！」

我奇怪地看著他，「有什麼好恭喜的？」

「恭喜你要做爸爸了，呵呵，你要請客了！」梁興笑嘻嘻地說道。

「你怎麼知道的，我也才剛知道！」

「呵呵，你剛才那麼大聲的喊，估計用不了多少時間，整個兵團的將領都會知道了，哈哈哈，看來你要破費不少呀！」梁興笑呵呵地說道。

梅惜月對著梁興說道：「大哥，你也來湊熱鬧，今天這麼早來，有什麼事情？不會只是來說恭喜那麼簡單吧！」

「呵呵，還是惜月聰明，其實我昨晚和向帥商量，南進飛天的事情需要儘快的準備，所以我們要馬上稟報朝廷，商議後面的對策！正陽，你最好今天就和我一起前往皇城，取得朝廷的支持，同時聯絡墨菲的事情我們也要準備，你要有個主意呀！」梁興嚴肅地說道。

從喜悅中清醒過來，我知道這是我馬上就要面對的一件事情，點點頭，我對梅惜月輕聲說道：

「惜月，妳不要在東京逗留，準備一下，馬上就返回開元，妳現在有身孕，本不應該長途勞頓，但是我和大哥估計還要些時候方能夠回到開元，妳要回到開元主持我們的計畫，一切就要拜託妳了！」

梅惜月笑著輕聲說道：「正陽放心，自昨天張先生提出遠交近攻的想法以後，我已經決定立刻趕回開元，不用擔心，有陳可卿和青衣樓的照顧，我不會有事。我今晚就動身，你早早結束京中的事務，儘快趕回開元，那裏沒有你，很多事情是無法進行的！」

我心中感到有些愧疚，看著梅惜月，不知道該怎麼說才好，她看出了我心中的愧疚，笑道：「正陽快去和大哥進宮，我們各自按照我們的計畫行事，正陽務必要在十一月前趕回開元，因爲到開春，時間已經不多了！」

我點點頭，又囑咐了兩句，和梁興扭身離去。

匆匆向皇城行去，一路上，我和梁興商議如何向顏少卿訴說此事，畢竟這顏少卿不是一個尋常的女人，如果不仔細的揣摩，反而會將自己本來的意圖暴露，所以話要說得婉轉，更要說的恰到好處，畢竟我們還是在她明月的屋簷之下。

我們直接走進了皇城，來到了慈寧宮前。還是昨天的那個當值太監，一看到我和梁興，他連忙迎了上來，尖著嗓子對我們恭聲說道：「參見兩位國公大人！」

「太后是否已經起來？」梁興一邊問，一邊將一張金票神不知鬼不覺的塞進了那太監的手中。

那太監的臉上立刻露出了笑容，帶著阿諛的神色對我們說道：「兩位國公大人，太后已經起來，正在和皇上用早膳，請兩位國公在此稍候片刻，奴才馬上前去通稟！」

「辛苦公公了！」我笑著對那太監說。

「哪裡有兩位國公大人辛苦，兩位大人為國事操勞，奴才這點辛苦算什麼？請稍候！」說著，那太監轉身就向慈寧宮走去。

我和梁興在宮外等候，大約過了一刻鐘，那太監匆匆從宮中走出來，「太后有請兩位大人！」

「有勞公公了！」說著，我和梁興舉步向宮中走去。

突然間，我似乎覺察到了什麼，扭身又看了看那太監，他滿臉的笑容，我沒有看出什麼，但是心中卻又感到有些不對，暗叫了一聲奇怪，我大步走進宮裏。

慈寧宮大殿之上，顏少卿和高正正坐在殿中用早膳，一看見我們兩個進來，顏少卿笑著說道：「兩位國公大人，你們怎麼總是這麼早？看樣子還沒有吃飯，兩位大人也一起用膳吧！賜座！」

兩旁的宮女連忙端上兩個錦墩。我和梁興謝過以後，坐了下來，宮女又端上來一些點心和一碗綠豆粥。說實話，我還真的感到有些饑腸轆轆，昨日辛苦了一晚，今天還沒有吃飯就趕到皇城。聞到這香氣撲鼻的綠豆粥，我不禁食欲大動。

三口兩口將早餐吃完，我才發現兩旁的宮女都在抿嘴偷笑，顏少卿也露出古怪的笑容，而高正則是一臉的驚訝，看看梁興，他臉上也露出了一絲苦笑。我這才意識到剛才的吃相著實有些粗魯，連忙起身道：「臣有些失態了，這綠豆粥著實好喝，竟然讓臣忘記儀態，讓皇上、太后見笑了！」

高正笑著說道：「國公大人乃是豪爽之人，何來這失態之說？其實朕也是想像大人一般，但是母后總是不讓，說什麼是皇家的禮儀，朕倒是有些羡慕國公大人了，呵呵！」

宮中的眾人不禁也笑了起來，過了一會兒，顏少卿正色地說道：「兩位國公大人如此早前來，是不是有什麼事情要奏？」

我和梁興連忙起身，躬身說道：「昨日太后吩咐的事情，臣等回去後仔細商議，皇上如今新登帝位，尚要強大武力來穩定百姓，而臣昨日也在想如何立下天大的功勞來彌補臣的罪過。臣想了許久，又和戰國公大人反覆研究，心中有些意見，想要和皇上和太后稟報！明月自六十年前被飛天打敗，屢受飛天的壓迫，造成我明月帝國國勢衰弱，說到底，那飛天皇朝乃是我們的頭等大敵！如今飛天已經不比當年，君不賢，臣不良，早已經成弱勢，實乃我明月報仇的最佳時機。現在拜神威王朝在南面虎視飛天，飛天的大部分兵力被拜神威吸引，如果我們能夠趁機將飛天拿下，不但一雪六十年恥辱，也可以趁機擴大明月版圖，更將振奮民心，同時還可以顯示我皇的大才，一舉數得，請皇上和太后定奪！」

高正無比的興奮，他扭頭看著顏少卿，「母后，國公大人此建議甚好，朕看就這麼辦！母后意下如何？」

顏少卿臉上沒有任何的表情，她低頭沉思，好半天，她有些憂慮地問道：「兩位國公，如果能夠將飛天奪取，確實是一件好事，但是兩位國公有多少把握？明月如今地處四戰之地，東有東瀛騷擾，西有陀羅進犯，這飛天……」她緩緩地說道：「而且，即使我們拿下了飛天，我們就要直接面對拜神威帝國，正如兩位大人所說，明月如今國勢衰弱，傾國庫所有，恐怕最多能夠支持飛天之戰，但是後面的就沒有半點的力量，這……」

我和梁興交換了一下眼色，這顏少卿果然心思十分縝密，只是這瞬間的工夫就已經想出了這許多的問題，端是不可小視的一個人物。我恭聲說道：「這一點，臣也有了想法，那就是我們需要一個強大的盟友！」

「盟友？」顏少卿的眼中神光一閃，「許大人請講清楚！」

「明月如果與飛天開戰，則拜神威是必須要面對的敵人；如果明月不與飛天開戰，等到拜神威將飛天吞食，那麼明月也要面對拜神威的威脅！所以不論戰否，明月和拜神威的衝突都是不可避免。當拜神威將飛天併爲自己的國土時，勢力將會有數倍的增長，那時明月更加沒有能力與之抗衡，甚至那個時候，恐怕整個炎黃大陸上也沒有人能夠與拜神威抗衡，所以我們對於飛天勢在必得！」我頓了一下，看了一眼顏少卿和高正，兩人此刻已經被我的話所吸引，都凝神傾聽，於是我接著說道：

「但是爲了能夠讓明月抗衡拜神威，我們就必須要有一個盟友，一個類似於拜神威和安南的聯盟。臣以爲，我們可以派出一位使者，向西邊的墨菲帝國遞交國書，請求結盟。墨菲帝國地處大陸西部，與我們相距甚遠，不但沒有半點的利益衝突，而且還可以緩解拜神威對我們的威脅，當我們拿下了飛天之後，墨菲帝國如果可以同時出兵，拜神威恐怕也就沒有太大的力量北進，那時，我們將和拜神威形成對峙局面，呵呵，明月也就有了足夠的時間休養！」

「國公此議甚好，本宮十分滿意，但是本宮還有一個問題想請國公回答！」顏少卿話語中透出一絲喜悅，但是她馬上就恢復了平靜，繼續問道：「國公大人如果發兵飛天，可以在多長的時間結束戰鬥？」

「臣已經計畫過，臣麾下的修羅兵團和戰國公大人麾下的夜叉兵團合兵一處，大約有六十萬人馬，除去必要的防衛，我們可以集結四十萬大軍於開元，如今閃族已經平定，他們還可以提供十萬鐵騎，共計五十萬大軍，自來年開春起，到來年秋末，臣將兵臨天京，將天京送予太后與皇上！」我胸有成竹地說道。

顏少卿笑了，她看著高正笑道：「正兒，如今你有兩位國公大人相助，明月將在你手中大興呀！呵呵！」突然她好像想起來什麼，接著問道：「可是如果在這段時間東瀛和陀羅進犯，又當如何？」

我心中大讚顏少卿的才智，不敢怠慢，我連忙說道：「臣已經想好，那就是請武威的鍾離世家出兵房陵，佔領陀羅的糧倉，以武威和陀羅爲一線，阻敵於境外；同時，青州方面有向元帥安排，我想也不會有什麼問題！」

顏少卿這次是當真開心地笑了，連連點頭，她沒有再提出問題。

高正此時好像想到了什麼，突然開口道：「可是鍾離世家此次協助亂黨，如果讓他們出兵佔領房陵，是否有些不妥？」

我馬上明白了高正話中含意，心中有些驚異，腦子急轉，我說道：「皇上聖明，如此年紀就有這樣縝密的心思，明月在我皇手中，如何不振興起來？」

看著高正有些得意的笑容，我連忙說道：「鍾離世家此次幫助亂黨也是迫不得已，雖然有罪，但是我們卻不能怪罪。但是如皇上所說，如果他們發兵房陵，勢力定然增長，萬一有謀逆之心，確實是我明月大患。不過臣已經想好對策，鍾離世家的兵權掌握在鍾離巨集的手中，我們需要拉攏，但是鍾離宏受控於鍾離世家的長老會，這是一個很大的麻煩，所以如果將鍾離世家遷入東京，可以作為人質，那時鍾離巨集就比較好辦了！」

「嗯，這倒是一個妙法！」顏少卿讚賞地看了一眼高正，她點點頭，「不過，如何將鍾離宏控制為我們所用呢？」

「聽說鍾離宏有一個孫女，年紀和戰國公相仿，武功高強，鍾離宏視若掌珠，我們可以請戰國公和鍾離宏結成親家，那時鍾離宏還不為我皇控制？」我瞄了一眼梁興，果然，他此刻額頭上已經急出了密密麻麻的碎汗，正在用飽含殺氣的眼神看著我，我心中不禁偷樂。

「此計甚好！」顏少卿撫手說道，她看了一眼梁興，微微搖頭，笑著說道：「不過，戰國公請恕我直言，以戰國公的相貌，雖然威武，但是恐怕還不足以吸引對方，我看這件事，嗯，還是有勞許大人吧！」

我立刻露出為難神色，「太后，恐怕這樣不好吧，您在開元也看到了，家師姐與臣早有婚約，而且妒性極大，這……」

顏少卿緩緩說道：「這個容易，大人是爲國事，而非私情，不如由皇上賜親，令師姐恐怕也不好不答應吧！」

我心中偷笑，這本是我臨時想出的，本來，如果我和鍾離華結親，顏少卿必然心中有些不快，我現在還要和她搞好關係，當然不能得罪於她，我知道她和梅惜月之間並不融洽，在開元甚至有些水火不容，嘿嘿，就讓她以爲是難爲梅惜月，我就可以名正言順地和鍾離宏結親，呵呵，這最大的受益者還是我！

看到梁興偷偷地抹了一把汗，我心中有一種報復的快感。

又商量了一些細節，最後和顏少卿訂下在三天後舉行登基大典，我們起身告辭。

走出了皇城，梁興突然狠狠地打了我一拳，口中罵道：「你這個混蛋小子，竟然如此害我！」

我哈哈笑道：「鐵匠，記住了，以後千萬不要耍我！哈哈哈！」

想想剛才自己的著急神情，梁興也不禁暢快地笑了起來。

第七章　攝政三王

東京城張燈結綵，一派喜氣洋洋的景象，東京已經忘記了數月前的那場大戰，每一個人都懷著新的希望，一朝天子的更換，是好?是壞?沒有人知道，但是，至少又有了一個新的希望。

黎明，天色剛剛放亮，皇城那沉重的大門緩緩打開，高正在朝中眾大臣的陪同下，先祭拜了天地，然後前往太廟祭拜了祖先，一切繁瑣的儀式完成，已經是過了午時時分。我從昨天晚上開始就在宮中陪伴著高正，名義上是恩寵，實際上還不是讓我護駕，偏偏這個高正還真是不老實，整整一晚上都興奮地說個不停，可以理解，一個十幾歲的孩子，突然要坐上一個國家的最高位置，不興奮恐怕也是很難。

我知道還要面對一大堆人事變動，一朝天子一朝臣，這是古往今來的大道理，不然，那些平時都不上朝的老世族們怎麼會受得了今天的這種折騰。呵呵，不過看高正的樣子，他可是比我們還要辛苦，也是，一個十幾歲大的孩子，讓他去做那些無聊的儀式，是難爲他了!

吃罷了宮中準備的午膳，我和大臣們坐在朝房中等候上朝。從朝房中就可以看出明月如今的派系現象。世族們總是待在一起，而那些沒有什麼身分和背景的臣子們，則是待在一邊，小心翼翼地聽著那些世族們在說著風花雪月，而我和梁興、向寧等幾個武將則是聚在一起，看來要取得這些世族的支持，還真是不容易呀！

三天前，我已經秘密的用顏少卿的名義派遣鍾離宏趕回了武威，同時，鍾離華在當天晚上和梅惜月也秘密地返回了開元。我命令鍾離宏在今年的第一場冬雪前發動進攻，打陀羅一個措手不及，佔領房陵，這樣做，是爲了給飛天造成一個假象，以爲明月首先要開刀的就是陀羅，他們就會將主要的兵力放在南線蘭婆江，而我則有足夠的時間來準備來年開春時的大戰，同時，這樣做也可以挑動拜神威用兵，提前發動對飛天的攻勢，拜神威打得越狠，飛天的抗力也就越大，那他們北線的兵力也就越薄弱，呵呵，飛天已經在我手中。

「皇上有旨，上朝！」一個高亢尖銳的聲音響起。朝房中眾大臣紛紛整理衣冠，肅容魚貫站列，緩緩地向大殿中走去。

大殿中，高正早已經高坐於龍椅之上，旁邊則坐立著她的母親，顏少卿！顏少卿沒有參加祭天儀式，因爲按照明月的規矩，女人是不准許踏進太廟中的，此時她身穿盛裝，雍容華貴地坐在那裏，一派高貴的神情！

三呼萬歲，群臣向高正參拜之後，分列大殿兩邊。大殿中瞬間歸於平靜。緩緩的，高正用他那還帶著稚嫩的聲音高聲說道：

「先皇初喪，朕年齡尚幼，對於這朝廷中的事情還不是十分瞭解，所以根據高氏宗人府的規定，朕在三年內臨朝不親政，朝中大小事情由太后指定的大臣攝政，三年內，明月一切政務都將歸於攝政大臣處理！」

此話一出，朝堂之上頓時亂了起來，大家這兩天都幾乎忘記了這高正還沒有到親政的年齡，所以一時間議論紛紛。

我冷冷地旁觀著，那些世族此刻臉上都露出了躊躇滿志的模樣，似乎那攝政大臣就是他們手中之物，我不禁冷笑了起來。

顏少卿點點頭，一旁的太監走到了殿前，展開手中的皇帛聖旨，高聲地念道：

「奉天承運，皇帝詔曰：明月帝國連年災難，朝中更有奸人作祟，高飛一黨弒君殺父，致使先皇龍御歸西，此乃是我明月不幸。朕繼承皇位，然才德均不足處理朝中大事，故守孝三年，以慰先皇英靈，三年中臨朝不親政，明月設立攝政王，朝中諸項事務將由攝政王處理，至於攝政王一職交由宗人府安排，欽此！」

「吾皇萬歲！萬歲！萬萬歲！」群臣再次高聲高呼。

「請宗人府宣布攝政王人選！」高正扭頭看看坐在大殿右側最上首的一位老人。那老人緩緩地站起，大殿中一片肅靜。

宗人府是高氏家族特有的一個機構，沒有任何的權力，但是卻可以在家族內部彈劾、罷免族中的人員。這位老人，就是高氏家族宗人府現任的長老高英。

這高英已經有九十多歲，是高家年齡最長的老人，要說起來，此人早已經糊塗了，但是卻一直不肯將宗人府放手，只見他顫巍巍地站起，從懷中取出一卷皇帛，有些口齒不清地說道：「宗人府決裁，請皇上宣讀！」

一旁的太監從他手中接過了皇帛，當眾展開，再次高聲念道：「明月帝國宗人府決定：明月帝國恰逢動亂，先皇歸西，新皇年幼，故特命攝政大臣兩名，青州定東伯向寧！」

念到這裏，朝堂上議論聲響起，沒有人想到向寧會成爲攝政大臣，因爲向寧長居青州，很少回朝，在群臣心中，根本沒有向寧的位置。但是仔細一想，此次向寧率先起兵，平反叛亂，而且手中青州兵就在城外駐紮，這攝政大臣倒也合理。

就在群臣議論紛紛之時，向寧大步走出朝班，恭聲回道：「青州定東伯向寧在！」

那太監看了向寧一眼，繼續念道：「定東伯向寧在朝二十餘年，忠心守衛青州，使我明月東面疆土無憂，兩次勤王，功在社稷，任命爲世襲忠明王，代新皇攝政，總領明月工、吏、戶、刑、禮五部事宜！」

「臣向寧謝新皇隆恩！」向寧躬身退下。

朝堂上一片寂靜，兩名攝政大臣既然已經出來一位，那麼另外的一位，更加讓眾人感到心急，那些世族大臣們呼吸急促。

「傲國公許正陽聽命！」那高亢的聲音再次響起，朝堂之上立刻如炸開了鍋一般，頓時亂作一團。如果說向寧是出乎意料，畢竟向寧已經在明月效力了二十多年，多少也有些人望。但是我，歸順朝廷才短短三四年，資歷最淺，又沒有什麼身世，所以雖然有天大的功勞，卻沒有人想到。

我心中冷笑著，邁步出列，恭聲說道：「臣許正陽在！」

「傲國公許正陽，效力明月雖然只有四年，但是戰功赫赫，爲我明月帝國盡心盡力。兩次救駕，東京血戰，功在社稷；鎮守涼州，奪取開元，一掃我明月多年恥辱；再赴東京，捨命救駕，使新皇得以逃脫；率先勤王，平息叛亂，其功勞可比開國元勳，故賜封號傲天修羅王，總領明月兵部及軍機處，望修羅王再接再厲，爲我明月帝國再立新功！」

我剛要躬身領命，卻聽到一聲大叫：「皇上，萬萬不可！」

我扭頭一看，只見從右側的大臣中走出一位白髮老臣，我知道此人，原本是明月開國四大元勳世家之一，明月軍機大臣王德言。如今明月四大世家滅去了歐陽和董家，鍾離世家此次協助高飛，所以他王德言本是最有希望拿到這攝政大臣一職，卻沒想到沒有他半點關係，想來心中不會十分舒服。

「啓稟我皇，許正陽效力我明月未足五年，雖然有些功勞，但是卻已經受到先皇的恩賜。此次勤王，只要是我朝臣子，都會效力，他不過是取了些機巧，而且，許正陽年紀不足三十，不足以服眾，且出身低賤，如果讓他攝政，恐怕別國恥笑！」

我冷冷地看著王德言，心中卻產生了無限的殺機。沒有反駁，我知道自然會有人出面。

果然，梁興在一旁冷冷地說道：「嘿嘿，王大人當真是好口才，按照王大人所說，這攝政大臣之位要看效力時間和年齡，這裏眾人又有誰能夠比得上高英王爺，這可是宗人府討論，大人還是去和高英王爺好好理論！」

他話音中森冷無比，頓時朝堂之上鴉雀無聲。看看沒有人說話。梁興繼續說道：

「當年本公與修羅王一同入京，恰逢高飛首次謀逆，本公記得大人當時也是好生反對修羅王出任九門提督，而後本公和修羅王兩次救駕，阻鐵血軍團於東京城外五十天，更擊殺崑崙摩天，那時王大人非但不急，反而在府中擺宴，酒席間的話語我還有證人可以作證！」

看了一眼一頭冷汗的王德言，梁興不容他開口繼續說道：「當年的戰功，先皇賜我們義兒乾殿下，一等國公的身分，我們已經滿足，但是後來，先是本公平閔族之亂於前，後有修羅王奪取開元城在後，先皇沒有任何的話語，其箇中含意就是爲了給新皇一個機會，高飛謀逆之時，我等奮勇殺敵，似乎王大人在高飛的殿上也是不停的高呼萬歲，不知道可有此事？」

梁興每說一句，高正臉上的笑意就少了一分，怒氣隨著增加一分，到了最後，他輕哼了一聲：「王大人，不知道是否有這樣的事情呢？」

沒有等他開口，從旁又閃出一人，大聲說道：「戰國公此言小臣無法同意，在高飛謀逆之時，大殿上的群臣誰知道這其中的原委，哪個沒有高呼萬歲？倒是兩位國公，似乎出身貧賤，自幼在飛天奴隸營中長大，這是事實吧！」此人是王德言的兄弟王德行。

我心中的怒氣更盛，我也看到了梁興的眼中閃出一道陰冷的寒光。

「大膽！」顏少卿此刻怒聲站起，她厲聲喝道：「兩位國公所問的是你們是否參與謀逆，你們卻在朝堂之上大肆攻擊兩位大人的出身，真是有些奇怪！」

顏少卿這一發怒，王家兄弟立刻嚇得跪倒在地上，「太后息怒！」

顏少卿冷冷地說道：「先不說先皇曾經將兩位國公立爲乾殿下，只憑許王爺的身分，也不見得比你們差上許多，難道你們認爲，飛天鳳凰戰神許鵬的後人會是低賤的奴隸可比？如果是，那你們連奴隸都比不上，因爲你們連一個奴隸都擋不住，真是我明月的恥辱！」

顏少卿的話立刻如同一塊巨石砸在水中，掀起了軒然大波。所有的明月大臣此刻都用一種異樣的眼光看著我，眼中既有恐懼，也有尊敬。戰神許鵬，那是一個不敗的神話，在所有人的心目中，戰神是不可能被打敗的。雖然他們恨許鵬，因為是許鵬給他們帶來了六十年的恥辱，但是他們也尊敬許鵬，在許鵬圍困明月的時候，沒有動到明月的一草一木。

「啓稟我皇，那更是萬萬不可呀！」顏少卿話音剛落，兩個白髮斑斑的老臣衝出來跪倒在地上：「許鵬乃是我明月的仇人，我們怎麼能夠用仇人的後代，而且，許正陽隱瞞自己的身分，乃是欺君之罪呀，按律當誅！」

沒有人出來說話，因為聰明的人已經看出來這風向不對，他們靜靜地看著。

我和梁興還沒有出聲，倒是顏少卿冷冷笑道：「嘿嘿，按照你們的意思，就是要本宮誅殺許、梁兩位大人了？」

「沒錯，這兩人不但是欺君之罪，還是九族連誅之罪！」

「那麼，還有哪位大人也是這種想法？」顏少卿冷冷問道。

朝堂上一片寂靜。

「當年姬無憂得許鵬而興飛天，誅許鵬而飛天衰落，為何？那就是賢才之重要！如今曾經讓飛天中興的許氏一族站在了明月帝國，對我朝忠心耿耿，你們讓我誅殺我明月重臣，嘿嘿，這用心真是有些怪異！而且，當年許正陽入京之時，已經將他的身世告訴了當時的太子，這件事，先皇和國師都知道，你可以去問問鍾離國師！你們今天在這裏無理取鬧，真是奇怪，嘿嘿！」顏少卿連聲地冷笑。

看著大家沒有注意，我偷偷地向她伸出拇指，我看到顏少卿眼中笑意一閃而過。

高正點點頭，「我明月帝國中興，就是要讓許王爺這樣的敵國世家投奔於我，還要有梁國公這樣的賢才來輔佐我，這樣明月才會強大，這樣吧，朕今天就破個例，既然許王爺已經有了王位，梁國公同樣也是功勞卓著，朕就封你爲夜叉王，輔助修羅王和忠明王兩人！」

梁興連忙上前，恭聲說道：「謝皇上！」

「至於這四個人，朕不想再看見，既然他們喜歡殺人，那麼來人，將他們推出午門斬首！」

高正淡淡地說道。

我沒有說話，但是心想這個少年，不簡單呀！

「皇上，皇上，臣是忠臣，臣心中還有定國之策獻上呀！」王德言在殿上武士的挾持下，一邊掙扎，一邊喊。

我知道此刻就要我來出面了，連忙走上前來，恭聲說道：「皇上手下留情！」

「哦，修羅王有何說法？」高正沒有想到我會出面，疑惑地看著我。

我恭聲說道：「這王德言號稱有中興之策，如果現在殺了他，他一定不服，不如讓他說出來，如果確實是如他所說，是好計策，那麼就饒他一命，如果不是，那時殺他也不晚！」

高正笑著說道：「修羅王一心爲國，不計前嫌，朕高興呀！來人，將那幾個傢伙拉回來！」

我看著那幾人蒼白的臉色，心中不禁感到好笑，真是不知死活的東西。

王德言穩了穩心神，努力擺出一副高傲的神情，看著我問道：「好，在下想要請問王爺，王爺攝政，將如何使明月強大？」

我嘿然笑道：「王大人，不謝本王求情的恩情，先來質問本王，呵呵呵，這是否有些……」

說著，我向一旁的梁興等人看去。

朝堂之上笑聲一片，連顏少卿也不禁抿嘴輕笑。

王德言依舊是一副高傲的神情，他看著我說道：「王爺是攝政大臣，當然要先說，不然如何攝政？」

「好，那就讓本王先說。明月積弱，天下皆知，雖然在北地雄踞霸主之位，但也是岌岌可危。明月處四戰之地，如不變法，擴張圖強，不需十年，明月必將滅亡！」

我的話在朝堂之上引起一片的議論之聲，王德言露出冷笑，「不知王爺如何變法？」

「獎勵農耕以富國，激賞軍功以強兵，整理吏治以正法，擴張領土以聚民！這就是本王變法的四要！」我緩緩地說道，這四點都是我靜心考慮的，只是中間少了一點，那就是統一諸侯以集權！

「哈哈哈，王爺真是一個軍人，一心想打仗，擴張！想當年軒轅帝國未建國之時，遭西羌之壓迫，三次率領族人遷居，可是天下百姓始終跟隨，終成軒轅帝國八百年江山，也未見軒轅帝國有什麼擴張！王爺動輒變法，但是卻不知這祖宗的法令已然完善，枉自變法，反而會讓我明月混亂！」

我從他開始說什麼軒轅帝國起，就已經沒有半點心情聽下去，原來以爲有什麼高見，結果還是一堆廢話。看我沒有理睬他，王德言以爲我無話可答，更加得意，「而且王爺說變法，在下實在沒有看到我朝法制有何弊端！」

我冷笑一聲：「明月舊制，乃是以王道爲本，當初明月建國，鍾離世家出力不少，而鍾離世家更是多年以王道尋求天下大治，如果是在一千多年前，或許還有可能，但是如今古樸民風不再，百姓講究利益，你這王道之治又在何處？」

「然王爺不可否認，我明月立國之策就是這王道之治！」

「沒有錯，當年大魏帝國分裂，諸侯混戰，百姓思安，這種治民於小爭之世的舊制可以推行，但是數百年來，明月始終無法強國於大爭之世，何也？只因這種法制已經不再適合！」我冷靜地回答。

「住嘴，這王道之治，連千年前文聖公也推崇之至，你如今這樣詆毀這王道之治，你，你這是有辱聖賢！」王德言喘著粗氣看著我。

我依舊一副不急不躁的神情，緩緩地說道：「不錯，王道之治乃是文聖所推崇，當年文聖周遊諸侯之間，卻始終沒有將這王道之治推銷出去，何理？爲何他不自己建立一個王道之治的國家？因爲他知道，所謂的王道之治，不過是一種理想，沒有人會願意去做，因爲那太苦，太累！依照王大人的意思，當年閃族進犯之時，明月歷代先皇就應該帶領明月百姓離開，呵呵，恐怕此刻早就沒有明月帝國！」

「這，這……」王德言面紅耳赤地看著我，卻又不知道如何回答。

「文聖之所以爲聖，是因爲他不會逆流而上，但也沒有違背自己的理想！諸公都是飽讀史書，當知道聖公當年門徒上萬，各個都有絕藝在身，如果要想建立王國，那絕對容易，但是他沒有違背自己的理想，那是一種對自己的信念的執著！聖公門下十大弟子，各得一門學業，子韻論法，鍾離以義，子許善戰，子師探道，譚門論仁，子烈重辯，子峰書文，夜家多謀，何氏占卜，子鵲百草，十門之中，天下大同！千年前，大魏帝國聖主曹玄，得子韻之法，鍾離義助，方成就了大魏帝國六百年江山，也沒有聽說聖公強迫自己的弟子強行去推行王道，正是這百家同鳴，聖公成聖！嘿嘿，枉你還是一介書生，自稱聖公門徒，丟人！」我冷冷地說道，說完，我扭頭對高正和顏少卿說道：「皇上，太后，臣不屑再和此等腐儒說話，請皇上明斷！」

高正好半天才回過神來，他突然對顏少卿說道：「母后，朕想請許王爲朕師，不知是否可行？」

顏少卿此刻也不知道如何再推辭，我將文聖十門融爲短短四十八個字，已經讓她好生回味，從內心而言，我知道她也希望我能夠留下，因爲我從她的眼神中可以看出。

我連忙躬身向高正說道：「聖上，臣多謝聖上對臣的厚愛，非是臣矯情，如今臣領兵爲我皇拓疆，正是大好時機，臣恐怕要辜負了聖上的厚愛，不過聖上放心，臣爲聖上推薦一人，更勝過臣百倍！」

「何人？」

「國師鍾離！」我恭聲說道：「鍾離國師天下大賢，臣所知不過是國師萬一，如果聖上請國師爲師，那麼才學將勝過臣百倍！」

「當真？」

「臣不敢妄言！」

高正欣喜地看著顏少卿，顏少卿眼中有一絲遺憾，但是她知道我說的都是事實，當下點點頭。高正立刻說道：「立刻宣旨，請國師明日為朕開講！」然後，他對還在殿前如木雞般的王德言三人厭惡地說道：「你們還不趕快滾，朕現在看見你們，就有些難受！」

我看到王德言離去時眼中那怨毒的眼神，嘿嘿，我才不怕，我倒要看看你能耐我何！

「攝政大臣一事還有誰有異議？」高正大聲的問道。

「皇上聖明！修羅王，忠明王和夜叉王是最好人選！我朝必將中興，明月普照，天下大同！吾皇萬歲！萬歲！萬萬歲！」

高正哈哈大笑。

我也在笑，笑得更加燦爛，只是那是在我心裏。

我拿著一份奏章匆匆地走出軍機處，向上書房走去，一進門，我就說道：「向王爺，我絕不同意將高飛處以凌遲之刑！」

屋中的官吏們都有些吃驚的抬起頭看著我，向寧依舊是低頭在一份奏章上批閱著什麼，慢慢地抬起頭，他平靜地看著我：「哦？為什麼？高飛兩次謀逆造反，弒君殺父，枉殺重臣，擾我明月安定，造成極大的破壞，二十一位大臣聯名上書，請求將高飛凌遲處死，為什麼不同意？」

我剛要開口回答，就聽門外響起一個聲音，「向王爺，不僅修羅王，某家也不同意！」說著，梁興大步流星地走進上書房，臉上帶著一絲淡淡的怒氣。

向寧的臉上露出驚愕神色，但是轉眼間又消失無影，「為什麼？梁王爺，我只問為什麼？高飛種種罪行，萬死不足以平民憤，如今幾乎半數朝中重臣聯名上奏，說如果不將高飛處死，那麼國將不國，朝廷的刑典將再也無法執行，恐怕會有後人效仿！」

此刻我已經冷靜下來，我發現向寧始終沒有露出半點的口風，他始終說是朝中大臣的意思，但是他自己的意思呢？呵呵，我突然明白了，饒有興趣地看著臉膛有些發紫的梁興。

梁興冷笑了兩聲，他將手中的摺子向桌子上面一扔，也不管尚書房中其他的官吏，一口將向寧桌上的茶水喝乾，大聲說道：

「高飛謀逆，確實罪大，但是仔細想想，如果不是這些所謂的朝中大臣不斷的向高飛示好，恐怕高飛有天大的膽子也不敢做出什麼來，所以某家認為，首惡固然罪大惡極，但是那些在一旁推波助瀾的人更加令人厭惡，高飛罪大，一死已經可以正法典，但是如果用凌遲之刑，那麼那些從逆就必須追究！」

「那麼修羅王又如何想呢？」向寧還是沒有表示出他任何的意圖，眼光一轉，向我看來。

這個老狐狸，我心裏笑罵道，明明已經有了主意，但是卻非要我們說出來！我想了一想，平靜的說道：「向王爺，本王以為，高飛謀逆，確是事實，按律當誅，說實話，高飛兩次謀逆，受害最大的莫過於本王，首次謀逆，本王險些命喪亂石澗，東京血夜，五十天攻防，與摩天死拼，那次不都是危險萬分？二次謀逆，背負弒君之名，皇城血戰，火拚飛空十二槍，此次也都是命懸一線，呵呵，但是本王不恨高飛，相反，本王以為高飛是一個英雄！」

我的話一出口，頓時尙書房內的官吏都不禁色變，我如此說，其實也就是從某種角度去贊成高飛的行為，或者說禍亂朝綱！

「好，修羅王，本王佩服你！不錯，本王也認為高飛是一個英雄，呵呵，沒有想到卻被你搶先說出，實在心中不快！」梁興笑呵呵地說道。

梁興其實也等於一個輔政大臣，如今三個攝政大臣有兩個都這麼說，讓尙書房中的官吏不禁感到面面相覷。

「此話如何說？」向寧十分平靜地問道。

我想了一下，「所以說高飛是一個英雄，是因為高飛胸懷大志，非是常人可以比擬，本王以為，論起權勢，高飛根本不需要謀逆，如果他全力輔佐當時的太子高良，同樣可以得到他所想要得到的，但是他為何急急要登上皇位？是因為他也知道朝中的情況，必須要用雷霆的手段，方能起到效果，不能否認，在第二次謀逆時，高飛在位一百五十天，東京沒有半點混亂，一切都是有條不紊，京中的那些權貴再無欺行霸市，都城附近的諸侯紛紛歸順，為什麼？因為大家都瞭解到高飛也許能夠給他們帶來希望。非常時期用非常手段，這是當年曹玄所推崇的，從這一點來說，高飛是一個人物，他沒有去搜刮民脂民膏，卻在那一百五十天創造了一個小小的盛世，這本身就說明他是一個有著大理想的英雄，本王佩服他！」

我侃侃而談，卻在這時，我聽到了一陣微弱的腳步聲傳來，在屋外停下了腳步，從呼吸聲來看，是兩個人，我心中一動，繼續大聲說道：

「不知道向王爺是否聽說過我當年在先皇壽筵上送上的禮物，那是我當時麾下城衛軍爲先皇所奉上的，七星拱月，澤被天下，那是我明月百姓的心聲！但是先皇只是當時高興了一下，後來就拋在了腦後，倒是此次我入京，卻發現當年我的禮物卻高高懸掛在大殿最爲顯眼的地方，何理？光是憑這些，高飛就是一個人物！是一個英雄！而且，我看這些所謂大臣急急要將高飛處死，恐怕也是心中有鬼，不知道他們做過什麼，恐怕是想要將高飛的口封住吧！」

「啪——啪——啪——！」一陣掌聲從我身後傳來，一個稚嫩的聲音響起，「修羅王說得好！說得好！」

我們連忙扭身看去，只見高正站在門邊，他笑著，拍著手，大聲地說道：「修羅王，你說得非常好！朕今天又上了一課！」他的身後，鍾離勝顫巍巍地跟進，昏暗的眼睛此刻卻射出咄咄光芒。

我們連忙跪下向高正請安，高正將我和向寧還有梁興扶起，笑著說道：「朕也是偶然路過，卻恰恰聽到修羅王的話語，真是字字珠璣，令朕受益匪淺呀！」

「臣胡言亂語，請皇上恕罪！」我一副惶恐不安的神色，低頭說道。

「許王爺此言差矣，今天國師向我講授了當年聖皇曹玄，聞忠諫必著史官將諫官之名記載下來，今天修羅王一番話語，卻是讓朕感到了慚愧！母后也曾和我說過，論起才能和德行，我父差六皇叔許多，六皇叔其實是我明月的一大奇才呀！」高正緩緩地走到了門邊，他負手站在那裏，長嘆了一聲，「修羅王，其實朕心裏一直不服，朕就是不明白，爲什麼一個叛逆，卻有那麼多的人說他好話？但是今天聽了剛才修羅王的話，朕突然有了種感悟，六皇叔可以將王爺的禮物放在大殿中，日夜提醒自己，是因爲王爺的禮物很重要，那禮物寄託了明月百姓的希望。朕自回京以來，每天聽到的都是一群無聊小人相互攻擊，實在是沒有意思，這滿朝文武中，又有誰還記得修羅王的禮物？修羅王，你今天教給朕的，朕這一生都無法忘記！」說著，高正扭過身來，向我躬身一禮。

我連忙還禮，但是心中的驚異卻無法形容，我說這些話的本意，是讓高正全力支持我在前期爭奪江山，其他的我倒是沒有多想，卻沒有想到……我突然覺得眼前這個十幾歲的孩子，將會是我今後一個大敵。我心中既感到有些可怖，同時又有些興奮！

「這樣吧，修羅王，你代朕去看看六皇叔，自朕入京以來，還一直沒有去看望他。嗯，至於如何處置那些大臣們的意見，朕就交給你們三位王爺來處理。呵呵，好了，朕還要去上課，不打攪眾位處理公務了！」說著，他轉身扶著鍾離勝，離開了尚書房。

看著他們的背影，我心中突然有無限的殺機，看看身邊的梁興，他也正看著我，我從他的眼中同樣的發現了濃濃的殺機。

一燈如豆，高飛安然地坐在燈下，凝神地看著眼前的地圖，這是一幅簡陋的山川地圖，是高飛被關進天牢中，自己利用牢房中的設施所擺出的一幅炎黃大陸地形圖，他坐在地形圖前，沉吟著若有所思地看著那地圖。他雖然是囚徒，但是由於許正陽的命令，看守他的獄卒倒是不敢對他有任何的不敬，而且這天牢之中的守護者，正是許正陽手下的猛將巫馬天勇，他根本不需要去考慮自己的安全，相反他顯得十分淡逸平和，沒有半點的慌亂，從他在流亡的那一刻起，高飛已經將自己的後路想好，成王敗寇，古之定理，他不需要有什麼擔心，所以他每日喝上兩碗酒，寫些自己的感悟，突然間，他感覺這樣平淡的日子原來也是這樣有趣。

他看著眼前的地圖，心中在想著一件事情，呆呆的出神。突然間，他感到了什麼，抬起頭，卻看見一個白衣人站在牢外，靜靜地看著他，也不說話，目光柔和，卻帶著一絲無法察覺的敬意。

「許國公，多日不見，別來無恙？」高飛爽朗地笑道。

我看著高飛，心中有一種說不出的感覺，他曾經讓我多次面臨死境，他搶走了我的戀人，他是我一生中所遇到最爲冷酷的敵人，但是卻讓我無法記恨。看著天牢中黑色的岩石，在那如豆燈光下，顯得渾厚猙獰，與他那淡逸的神情完全無法融合，是那樣的格格不入。聽到他開口，我不禁笑了，只有這樣的人物才配做我許正陽的敵人！

示意獄卒將牢門打開，我緩慢走進牢房，「六皇子，許正陽來了！」我淡淡地說道，說著，我坐在了他的對面，靜靜看著他身前的那簡陋地圖。

高飛露出了一絲平和的笑容，「陋室之中，實在是有辱國公的身分，呵呵，國公深夜來此，不知有何見教？」

招了一下手，獄卒將一桌飯菜端上，我緩緩地說道：「六皇子，我們相互鬥了快有五年了，五年裏，你屢次讓我陷入險境，我也屢次讓你丟臉，鬥來鬥去，但是今日正陽想要說的是，正陽從來沒有恨過你，甚至在內心中時常將你當作朋友，所以今日來，是想請你喝酒。」

高飛臉色一滯，但是隨即又露出釋然的神色，他微笑道：「是呀，不知不覺中，我們已經鬥了五年了，呵呵，如今坐下想想，真是千般的感受呀！」

我為高飛倒上了一杯酒，又給自己滿滿斟了一杯，「來，六皇子，讓我們為我們五年亦敵亦友乾上一杯。」說著，我仰頭將杯中酒乾盡！

高飛沒有猶豫，他一飲而盡手中的酒，我們相視突然一笑。

「今日前來，是有些事情想要請教皇子，還請皇子釋疑！」我緩緩地說道。

「正陽不需客氣，有話請講！」高飛爽朗地笑道。

我沉吟了一下，看著高飛問道：「正陽首先想請教皇子，皇子如何來看待正陽？」

高飛笑道：「呵呵，你我都是一樣的人，你比我更加陰毒，比我更加的狠辣，也比我有運氣，呵呵，這就是高某的看法。」

「請皇子講明！」

「正陽陰毒，是你比我更會掩飾，當年東京戰敗，我雖然流落山林之間，但是我從來沒有放棄對你的關注，你以霹靂手段將涼州各勢力統合，其實不過是為了一時之氣，你不惜挑動明月和飛天兩國之間的民怨，為的就是要為你攻擊開元創造一個基礎，但是你卻做得天衣無縫。你為了自己的欲望，呵呵，高某雖然陰毒，但是卻沒有你的魄力，你攻打東京，高某沒有驅動百姓協防，如果我那樣做，你恐怕要付出更多的代價，所以你比我陰毒！」

我笑了，舉杯說道：「好，就讓我們為在下的陰毒乾杯！」

「你狠辣，因為你有強大的武力，你多次狂殺濫斬，算起來正陽手中應該有上萬條性命在手，你以你恐怖的威名震懾四方，使得天下群雄怕你，如今你強大的權力和無上的威名是建立在森森白骨之上，你可以談笑間斬萬人頭顱，我聽說建康一戰，為求全勝，你不惜斬殺十萬降卒，我想如果這個消息傳出，恐怕正陽的凶名會更加響亮，我做不到，十萬人的性命談笑之間，我做不到！所以，你比我狠辣！為了你的狠辣，我們乾杯！」高飛舉杯仰頭乾下。

我再次笑了，依舊沉默地看著高飛。

「你比我運氣好，因為除了出身我占了優勢以外，我根本無法和你相比。你有強大的武功，雖然我不知道這武功從何而來，但是就個人的武力上，你已經聚集了一群崇拜你的人。你熟讀兵法，也許是天生使然，建康四道門戶你在兩個月之間打下，建康防禦尚未建立完善，你已經兵臨城下。為了阻止你渡河，我不惜驅逐當地百姓，但是卻依然被你繞過，突襲我後方，使得建康防線功虧一簣，嘿嘿，我請來武威大軍，我知道他們不想幫助我，因為他們和你有聯繫，這其實也是你的一個運氣，他們擺出長蛇陣，卻沒有想到你竟然在十天想出破陣之法，我不知道是什麼原因，只能說你得到了上天之助；你有梁興相助，他和你同樣的可怖，但是卻忠心臣服與你，這樣的運氣，我也羨慕；你竟然不在乎青衣樓魔教之名，得他們相助，你消息的靈通，同樣讓我妒忌；還有就是那向寧，我至今也無法明白，他為什麼會不遺餘力地幫助你，此人孤傲不羈，他對你的臣服，讓我也感到奇怪，也只能說是你的運氣！來，爲你的運氣，我們再乾！」

我無語，他說的沒有錯，也許是我的運氣太好，我也不知道是什麼原因。仰頭乾下，我緩緩地問道：「剛才說的都是正陽的優點，但是卻不知道有什麼缺點？」

高飛拿起一旁的酒罈，仰頭痛飲，他笑著對我說：「正陽多情，太過自信！」

我一愣，剛要開口問，高飛已經接口說道：「正陽多情，方能得青衣樓之助，正陽多情，明知道當日那封信函是一個陷阱，卻以身涉險；正是因爲你多情，你的多情就是一個劍鞘，使得你的煞氣封存，如果你長劍出鞘，那麼炎黃大陸必將血流成河！你太自信，因爲你以爲你的武功足以橫行天下，卻不知道，武力並不一定能夠解決一切，甚至建康血戰，你也是因爲你自己的自信，以爲能夠獨自扭轉乾坤，呵呵，不過正陽，如果高某有你這樣的武力，也會和你一般，哈哈哈！」

他說話間，手中一罈酒轉眼精光，甩手將酒罈扔開，高飛大笑：「痛快，自我決意要爭奪皇位，我就失去了許多的樂趣，酒也不能喝，女色也不能碰，一舉一動都要去裝什麼勞什子君王，沒有意思，哈哈哈！」

我的眼中露出一絲理解，我抓起身邊的一罈酒，「正陽今日就陪六皇子一醉！」說著，將一罈酒轉眼喝下，我感到自己的熱血在沸騰。

高飛看著我，微笑著看我將一鐔酒迅速喝下，他冷靜地說道：「正陽今日前來，我知道我命已定，所以正陽不需告知，但是我卻知道正陽心中還有疑惑，請講！」

「正陽本是當年飛天戰神許鵬後人，身負家族和先師厚望，我想請教六皇子，如何讓我戰神旗幟飄揚炎黃大陸？不知皇子是否肯教我？」我借著酒意，緩緩地說道。

「向寧想來當年也是浴火鳳凰的一員？呵呵，我明白了！敗在戰神後人手中，高飛無話可說！」沉思一下，高飛說道：「明月帝國將要中興，中興之日，就是我明月命脈交於你手中之時！哈哈哈，原來上天早有定數，高飛真是愚魯，費什麼心力，呵呵！」

我沒有說話，只是靜靜地看著高飛，「正陽對高飛瞭解，不然將不會深夜來天牢？你我雖然敵對，但是心志相通，恩怨之說，難敵那知己情義！」說著，他扭頭看著身旁的地圖，「正陽一定有了計畫，在高飛看來，正陽當掛浴火鳳凰軍團戰旗，發兵飛天，陳兵蘭婆江，阻拜神威於蘭婆江以南，然後借機休養，以圖大事！」

我心中一驚，這高飛竟然與我的想法一致，讓我感到有些敬佩，我招手讓牢外的親兵端來八鐔酒，一字排開，放在高飛身前，緩聲說道：「今日正陽有美酒八鐔，想請皇子品嘗！」

高飛沒有猶豫，站起身來，開啓一鐔，倒了一杯，臉上露出輕蔑神色，「此酒雖然甘甜，但是入口卻無回味，還有些許苦澀，想來要學他人，卻又無法清除己弊，陀羅之酒，不足上大席！」說著，他又開啓一罈，「此酒入口極爲兇猛，但是後勁全無，嘿嘿，飛天之酒恐怕也難入在下之眼！」

我默默地將另一罈酒打開，高飛接過，「此酒帶些許腥味，酒色凜冽，但限於一島，雖有些味道，但是東瀛之酒，還是化外，正陽以爲然否？」

我笑了，高飛當真是聰明，我只開口一說，他已經開始借酒論勢，對於拜神威、安南和大宛氏的酒，高飛也是毫無半點看重，我端過了一罈酒，放在他面前，「皇子請看此酒！」

「酒色清冽，入口苦澀，但是後勁濃郁，這明月之酒，端是好酒！」說著，他看著我，「不過這酒雖然好，酒香卻是在最後才出現，尚未能回味，酒勁已過，正陽需要好好再調配一番呀！」

我明白他說的是什麼，明月多年的舛運，正當是苦盡甘來，卻大勢已去，高正也許正是那甘甜所在，高飛要我注意的，恐怕就是他！

拿起最後一罈酒，高飛大飲一口，臉色一變：「墨菲地處西荒，酒勁猛烈，卻又醇厚無比，正陽，此酒將是一罈好酒！」接著他一嘆，「不過墨菲之酒還是有些缺陷，無法成爲真正好酒，放眼炎黃大陸，只有將這八種酒合爲一罈，小心配製，方成好酒，可惜，如此美酒，高飛卻無法一品，實在是遺憾！」

我默然無語，起身走到高飛身前的地圖前，有些沉悶地說道：「皇子，其實七種酒如何的混合，在下心中已經有數，但是還有一種，就是那墨菲之酒，雲霧天塹，恐怕不是很好運送吧！」

看著地圖，高飛呆呆地凝視，突然開口道：「是呀，四府相連，關卡重重，不過正陽若是能夠將劍閣和銅陵關買通，也許會好一些！」

我一愣，看著高飛，他沒有理會我，只是呆呆地看著地圖，緩緩地說道：「正陽，你是英雄，我也是英雄，可惜炎黃大陸不能同時有兩個英雄。高飛一生算計，但是犯下一個大錯，那就是將你忽視。如果當年你一入京，我就全力拉攏你，你說會是什麼樣子？」

我沉默半天，低沉地說道：「正陽將是皇子的先鋒！」

他點點頭，有些落寞地說道：「一步棋走錯，卻使得我整局棋潰敗！」突然他聲音有些高亢，「但是高某沒有後悔，如果沒有正陽，高飛又如何體會這其中的樂趣？呵呵，沒有成為朋友，卻成為了敵人，但是高某更開心。高某一輩子好強，只輸給正陽一人，雖然遺憾，但是卻也幸運，正陽，天下是你的了！」

好半天，高飛低聲說道：「正陽，高某累了，你回吧！」

我躬身向高飛一禮，這一禮是發自我的內心！緩緩走到牢門，我突然說道：「六皇子，朝廷已經決定將你三天後處斬，這三天皇子有任何請求，只管提出，我都會著人照辦！」

高飛沒有回頭，也沒有說話。

我長嘆一聲，舉步離開，突然高飛開口道：「正陽，謝謝！請讓高飛以不流血的方法死去，讓我的靈魂凝聚，來生我還要與你爲敵！」

我渾身一顫，閉上眼睛，緩緩地說道：「在下將滿足皇子請求，如有來生，正陽同樣全力以赴，絕不留情！」

沉默，沒有任何的聲息。

我大步向天牢外走去，敵人？也許是我的知己！

東京城校場，是東京禁衛軍的駐紮地，同時，這裏也是明月處置大臣的刑場，但凡是身居高位，罪大惡極的犯人，都將會在這裏被行刑，之所以安排在這裏，是因爲這裏戒備森嚴，十萬禁軍駐紮在這裏，任何妄想要劫囚的人，都要仔細地想上一想，因爲畢竟他們要面對的是十萬大軍。

自明月建國至今，數百年裏，共在這校場中斬殺了七百多人，每一個犯人都有著不同一般的身分。但是在今天，這裏將要斬殺囚犯一千四百餘人，如此大規模的行刑，是明月建國歷史上從來沒有過的。

於是東京城被驚動了，人潮洶湧，他們要來看一眼這百年難得一見的殺人大典，於是校場的周圍從清早就聚滿了人，他們議論著，等待著，校場內獵獵翻飛的旌旗和呼嘯的北風，絲毫沒有影響到他們的情緒！

將近午時，烏雲遮住了冬日的太陽，校場內突然安靜了下來，沒有半點聲音，一輛輛華貴的馬車在森嚴的護衛下駛進了刑場。

我沒有乘坐軟轎或者馬車，我不喜歡，那樣的東西會讓我感到安逸和舒適，那樣會讓我失去戒心！和梁興騎著兩匹戰馬，我們帶著一百名親衛來到了校場，我們的到來，使得人潮一陣騷動，建康屠殺十萬降卒，已經傳遍了整個炎黃大陸，修羅的凶名讓每一個人都感到膽寒。絲毫沒有理會那騷亂的人群，我們帶著親衛徑直掠過人去，衝進了校場。

刑場很大，數千名鐵甲騎士圍出了一個方圓半里地的圈子，刑場北面是一道十尺高臺，上面擺著無數的長案，那裏是朝中大臣的地方。在那高臺後面，三千名重裝護衛著一座高高聳立的望樓，樓裏，高正和顏少卿端坐正中，鍾離勝站在他們的身後，雙眼依舊微微地閉著，在他的身邊，向寧一身戎裝，傲立樓中！

本來高正也要將我安排在望樓之中，但是我不願意，我心中有一個預感，恐怕今天的行刑，不會十分順利。

一輛輛的囚車緩緩地駛進刑場，最前面，昂首站立著高飛，北風吹動他身上的淡黃長衫，透出一股孤傲之氣；在他的身後，則是依舊戎裝在身的南宮雲，四個月的囚禁生活，根本沒有讓他有半點的頹廢，他仍然是一副淡淡的笑容，面孔平靜異常；在他的後面則是房山，聽說向北行經常去和他攀談，至於談些什麼，我不知道，也不想知道！在後面，一個個長龍囚車，都是跟隨高飛造反的大臣和他們的家屬！

看到我和梁興，高飛和南宮雲竟然露出一絲笑容，向我們點頭致意，我和梁興也向他們微微一笑，這笑容中沒有半點的虛僞，我們是真誠爲他們送行。

將近刑台，囚車停了下來，高飛緩緩地走下囚車，登上了囚台，十尺高臺之上，一個太監高聲地喊道：「謀逆賊首，高飛弒君殺父，謀逆造反，罪大惡極，斬！」

高飛走上高臺，面容平靜，行刑手剛要上前，就聽一個悲愴的歌聲響起：

「嗚呼！皇子，天縱奇才，爲強明月，甘負罵名。東京舉事，諸侯臣服。爲主國事，徹夜不息。七星高懸，未敢倦怠。嗚呼！悲哉，大志未酬，生未逢時。東京血戰，恰逢修羅。流離山林，心懷日月。昏君無道，弒殺何妨？嗚呼！悲哉，一戰東京，勢不利兮，心懷感悟，既生高飛，何用修羅！嗚呼！悲哉，生不逢時……」

歌聲高亢悲涼，卻使得整個校場爲之震動，那歌聲蓋過了嘈雜的人聲，一個身披火紅色斗篷的女子飄然走進了刑場，像是一團火焰幻化的精靈，緩緩向我走來！

我伸手阻止親衛，因爲這個女人我認識，她就是兩次讓我幾乎喪命的月竹，但是在這一刻，我並沒有半點的仇恨，這樣一個女人，何等令人敬佩，爲了她的愛人，不遺餘力的幫助，這樣的一個女人，當她的愛人將要赴死，卻冒著危險前來相聚，而且，她很清楚她將面臨的是什麼樣的命運，這樣的勇氣，這樣的忠貞，可以讓天下的赳赳男兒慚愧不已！我平靜地看著她來到了我的面前。

「主人，奴婢月竹前來領罪！」她在我馬前躬身行禮。

我點點頭，沒有說話，只是靜靜地看著她，月竹消瘦了許多，她的臉色蒼白，眼窩深陷，微微帶著一些紅腫，她看著我，緩緩地說道：「月竹背叛主人，自知必死，但是死前想與皇子說上兩句話，不知道主人是否同意？說完之後，月竹任憑主人處置！」

我看著眼前的這個奇女子，我曾經恨她，我曾經發下誓願，要將她千刀萬剮，但是當我面對她時，心中卻沒有半點的恨意。我輕聲說道：「去吧，陪著他，他一個人很孤獨，妳和我的恩怨已經沒有了，月竹，妳是一個讓我佩服的女人！」

月竹緩緩地向我跪下，「謝謝王爺原諒月竹！」說完，她站起身來，走了兩步，突然扭頭對我說道：「主人，如果你當年如同現在一樣，那該多好！主人，你應該多笑笑，其實你笑的時候最吸引人！」說完，她頭也不回向高飛走去。

我震撼了，難道這個就是我曾經認識的月竹，也許我以前太過陰冷了，扭頭看看梁興，他的眼光中也露出了無比的敬意。

整個刑場一片寂靜，所有的人都注視著這樣的一個女人，鴉雀無聲！月竹一如那火精靈一般，飄到了刑台之下，她的臉上露出了燦爛的笑容：「壞傢伙，月竹來了！」

高飛笑了，他眼中顯出一絲柔情，「刁蠻丫頭，妳怎麼現在才來？我等妳好久了！」大紅斗篷隨風飄動，好像一隻要撕裂天地烏雲的火紅鳳凰。高飛張開雙臂，抱住了月竹，

「這些年辛苦妳了，我一直在找妳！」

月竹依偎在高飛的胸前，甜蜜地笑了，「壞傢伙，對不起，我一直都沒有成功，你不要怪我！不過能夠和你一起，我心中再也沒有遺憾了！」

高飛輕撫她如雲的秀髮，柔聲說道：「刁蠻丫頭，都是我害妳的，一切都有定數，我們只不過是這場遊戲的配角，但是上天沒有虧待我高飛，我們能夠在一起，人生若此，高飛又有什麼遺憾！」

「壞傢伙，還記得我們第一次見面的時候嗎？你硬是把我給主人買的酒打破，我一直哭，結果你又去幫我買了一罈，我們就這樣認識了！我知道你喜歡這種酒，所以我去買了一袋，還熱

著！」說著，月竹從懷中取出一個酒袋，帶著她的體溫，「壞傢伙，我們乾了它！」說著，她擰開了塞子，張口喝下。

高飛笑了，他的眼角淚光閃動，接過了酒袋，「刁蠻丫頭，我害了妳，如果有來世，我還要找妳！」說著，將那酒一口喝完。

「壞傢伙，今生一諾，三生之緣！」月竹微笑著，緩緩的倒向高飛懷中，一把鋒利短匕齊柄沒入了她的心房。

「月竹！」高飛將月竹一把抱住，鮮血將月竹身上火紅的衣衫浸透，高飛笑了，眼淚順著臉頰流淌。

高飛將月竹放下，將火紅的斗篷覆蓋在月竹的身上，起身對我高聲說道：「許兄，可以開始了！」

我自馬匹上凌空飛起，身形在空中一飛，眨眼間已經出現在刑台之上，來到了高飛身前，「高兄，我們來世論交！」

高飛神色安詳，閉上雙眼。我伸手按在了他的身上，勁力一吐，凌厲真氣沿著他的身體攻入他的心室，震斷他的心脈。沒有半點的表情，高飛依舊安詳，緩緩倒下！

我將高飛的身體和月竹並排放好，扭身對望樓朗聲說道：「聖上，臣請求將高飛收葬！」

好半天，高正有些哽咽地說道：「准奏！」

我吩咐親衛將兩人的屍體收好，緩緩地退下了刑台。

「真英雄！」當我回到了馬前，梁興突然開口道。

我點點頭，沒有說話，因為我不知道該說什麼，剛才他和月竹的話我聽得一清二楚，我眼前出現了一幅畫面：一個少女蹲在地上哭泣，地面上一灘酒漬，一個青年在她的身邊輕聲地安慰……

我閉上眼睛，長長的嘆了一口氣！

今天看來真的不會太好過，才一個人，就已經鬧出了許多的麻煩。

「逆賊南宮雲，謀逆弒君，罪大惡極，斬！」太監高亢的聲音再次在校場的上空迴盪。

南宮雲擦拭了一下眼角的淚水，大步走上了刑台，他依舊是平靜地微笑著。

「行刑！」刀斧手上前將南宮雲拉到了刑台正中，舉起手中的大刀！突然，我感到了一陣心悸，人群中飛起一道凌厲劍光，劍氣呼嘯，飛撲向刑台，一個嬌柔的身形在空中閃現，雖然距離那刑台很遠，但是卻在眨眼之間出現，一聲嬌叱響起，刀斧手龐大的身體飛起。

就在那嬌柔身影出現，梁興如同一隻黑鷹般自馬匹上飛閃而出，在刀斧手剛飛起的一刻，梁興單手虛空一劃，那刀斧手龐大的身體被一股強大的真氣托起，緩緩地落在地上。

沒有停頓，梁興在空中暴烈的喝道：「大膽，竟然來劫死囚！」說著，雙手在空中幻化，沿著詭異的軌跡，掌影如巍峨雄峰移動，龐大的真氣瞬間勃然而發，頓時將來人牢牢控制於掌勢之中。

那女子蒙面，凝立於南宮雲身前，手中長劍已直舉胸前，刃面冷焰流燦，尾芒隱隱伸縮，尚未運展，已令人感覺到那一股透骨的寒意。梁興在空中微微一頓，但是隨即旋身撲上！

也不見那女子有什麼動作，身形突然出現在梁興右側，長劍寒光一閃，森寒劍氣夾帶著詭異勁氣橫擊梁興。本是平平無奇的一招，但是此刻由那女子手中使出，就是另一回事。別人是舉重若輕，她卻是舉輕若重，猶如手中長劍重逾千斤，緩而穩定地掃向梁興。

梁興的臉色有些凝重，目不轉睛地盯著對手攻來這輕重難辨的一劍，直至長劍將及體，勁風刮得他衣衫貼體時，才掄拳擊出。

劍勢突然一變，由重變輕，飄忽無力地點在梁興大有排山倒海之勢的一拳上。梁興冷笑一聲，拳化爲指，迅疾無倫地點向劍身。

長劍側立，劍身一顫，梁興微皺眉頭，在電光石火的剎那，改指爲掌，重重拍在劍身之上。

「砰！」勁氣交擊。梁興身體凝立空中，那女子卻被震得往外飄飛，直抵刑台邊緣處。

梁興身形展動。

「大哥，手下留情！」這時我高聲地喊道。

自那女子出現，我就已經認出，來人就是南宮月，雖然不知道她所用的劍功何名，但是我知道，憑她現在的功夫，想要在梁興手下走出十招，恐怕真的是很難。

梁興聽到了我的叫聲，微微一愣，身體微閃，退了回來。

軍士們一聲高呼，眨眼間退下，此時無數的禁軍已經湧來，將囚車牢牢包圍，兵器寒光森森，校場之中立刻籠罩一層肅殺之氣。

看著凝立眼前的女子，我長嘆一聲，「小月，妳不用蒙面，難道我連再看妳一眼都不可以嗎？」

南宮月眼中含著晶瑩的淚光，「正陽大哥，一向可好？」她聲音顫抖，手中的長劍也微微抖動。

南宮雲有些疑惑地看著我們，他始終不知道自己的妹妹和我還有著一段恩怨。

「我很好，小月，楊大叔好嗎？」我看著這個和我有著複雜恩怨的初戀情人，還是如同我初見她時的樣子，身形纖美修長，腰肢挺直，盈盈巧步，風姿優雅至無懈可擊的地步，尤使人印象深刻是她一身粗布白衣，但卻有一種華服無法比擬的健康感覺。只是如今在她的身上，又多出了一種清逸的恬淡氣質。

「楊大叔已經過世！」南宮月輕聲地說道。

我沉默了，不知道要說些什麼，只是靜靜地看著她。

緩緩的，她開口道：「我要將我哥哥帶走！」口氣不帶任何的回轉餘地。

我搖搖頭。

「正陽大哥，我只剩下這一個親人了，我求你讓我帶走他！」南宮月語氣中帶著哀求。

「小月不要求，爹和大哥都光榮戰死，這是我南宮家族的宿命，如果妳要求他，那哥哥就立刻撞死！沒有死在戰場上，我已經覺得很丟人，更不能在自己妹妹的請求下活命！」南宮雲厲聲說道。

「可是，哥哥，我只剩下了你一個親人了，我絕不能任你受到半點的傷害！」小月淒涼的哭道，她的淚水瞬間流下。

擦了一把眼淚，南宮月扭頭看著我，「我要帶走我哥哥！」

「小月，妳不是我的對手！」我看著她，緩緩地說道：「我不知道妳有什麼樣的奇遇，妳的劍法已經有了飛躍，如果有足夠的時間，小月，妳會創出一套可以和當年文聖梁秋破殺七法一般的絕世劍法，但是現在，妳還差了許多！」

「我不管，我要帶走我的哥哥！」南宮月說著，她向前大跨一步，長劍斜指，只是在這瞬間，她手中的長劍光芒大盛，劍身瞬間似乎消失不見，森寒劍氣直撼我心脈，「只要我有一口氣，我就要帶走我哥哥！」

第八章　觀潮劍法

淒厲的劍氣，夾雜著若有若無的怪異聲音，從小月的身上發出一股更加怪異的氣勁，我感到了一股波動的氣流，一波一波向我湧來，彷佛如潮水一般，連綿不絕，不斷的向我推來，那勁氣觸體，初時感到平軟柔和，但是其中卻又含著一種可以噬人肺腑的強大力量，那聲音越來越大，好似潮水撲擊，聲音隆隆，不斷地影響著我的心神！

這是什麼劍法？雖然小月還沒有出招，但是我已經感受到了那劍法的詭異，更加可怕的是她那連綿的氣勁，讓我有些無法適從。暗運心法，雙手在胸前輕放，我收斂心神，頓時萬緣俱絕，眼、耳、鼻、舌、身、意，這使人「執迷不悟」的「六根六賊」立時斷息。瞬間，我進入了神靈交合，整個靈識瞬間融爲一片渾沌之中，萬物融合，我與天地渾然一體！

南宮月如同蓄勢之箭，搶先出手，一團青紫強芒暴起，整個刑台瞬間被籠罩在一種奇異的聲浪之中，潮聲連綿，最後竟然成了炸雷般的響聲，氣勁瀰漫，勁流湧動，劍未觸體，勁氣先到，鬢髮飄動，我感到自己此刻竟然如岸邊礁石，不斷的受到衝擊。

順著那勁氣，我身形先退後進，一指飄然擊出，迎向小月的劍勢，沒有理會她幻化出的重重劍影，我只是輕輕一點，無邊勁氣霎時消滅，古樸一指，卻蘊涵了世間最爲精妙的變化，將小月劍勢完全封死。

身形微微一滯，南宮月沒有遲疑，長劍幻出一團光雨向我激射，而她的身體卻隱藏在那光雨之中，伺機給我一擊！化指爲掌，我身體在光雨中穿梭，掌勢舒緩，散發體外的龐大氣場陡然一收，那光雨一頓，瞬間被壓縮爲一點，小月的身形立顯！

南宮月身體在空中輕輕一旋，以一個優美至極點的弧度，自我身後攻來，長劍做刀，化做彎月青芒，帶著無堅不摧的勁氣，橫斬向我的腰腹。

這個丫頭幾年不見，竟然練成如此的功夫，讓我感到心驚。先前的一劍，我聞所未聞，而這橫斬一刀，卻恰巧是我修羅斬中的招數，兩種完全不同的功夫，在她手中使出，卻顯得那樣的天衣無縫，沒有半點的滯怠。

不敢再讓她繼續，我不知道她還有什麼樣的後著，要知道此刻我的處境十分尷尬，要勝她，並不難，但是卻不能傷她，這才是重點。這丫頭出手用盡全力，完全沒有半點留手，如此下去，我如果收勢不住，將會讓她遭受重擊，那絕不是我想做的！

我隨著自己的走勢，一拳擊出，拳勁強橫，頓時發出陣陣的後嘯之聲，小月所造成的種種妙招霎時化爲烏有，長劍再無退路，只聽一聲金鐵交鳴之聲響起，南宮月被迫和我強大勁氣相拼，長劍被我的真氣扭曲，飛出刑台，她的身體也被一股平和真氣送出，向南宮雲飛去。

南宮雲完全沒有想到自己平日裏鍾愛的妹妹會有這樣的功夫，這使他震驚不已，眼見南宮月向自己飛來，南宮雲連忙伸手將她接住，所幸我沒有刻意著力，但是他的身體依舊後退數步，方才穩住。

南宮月喘息著，看著我，想要再次撲上。我連忙出聲阻止：「小月，住手！我有話要說！」南宮月緩緩地調息自己已經紛亂的真氣，她靜靜地看著我，眼中依舊是那種決絕！

我穩了穩心神，看著南宮月，「東海觀潮劍！妳剛才用的是東海觀潮劍！妳和東海紫竹林的那群尼姑是什麼關係？」

就在我剛要開口的時候，腦中突然閃現一道靈光，那若有若無的波浪氣勁，那如潮水般連綿的劍勢，還有那隆隆的潮聲，整個炎黃大陸之上，能夠將這些特徵全部包括的，只有東海紫竹林一個門派！

東海紫竹林，地處東瀛和明月之間的一個荒島，據說大約在四百多年前，一個被家族逼迫的女子，在家族的強壓、愛人的背叛和眾人的歧視下，遠離中原，來到了海外，她在海上遭受了海難，漂泊到了一個荒島之上。憑著頑強的意志，她活了下來，每天在岸邊等候，希望能夠看到過往的船隻，但是十年，整整等了十年，她沒有等到她所想要的！但是在等待的時候，她每天在岸邊觀潮起潮落，看大海的無常，竟然從中悟出了人生至理，於是她去掉了三千煩惱絲，留在島上。又是十年，她創出東海觀潮劍和威力龐大的潮汐勁！

於是她決定回到中原，因爲她想念她的家人。於是駕一葉扁舟，憑藉恢宏的潮汐勁，她竟然橫渡茫茫的大海，回到了中原。

可是二十年了，二十年後人事全非，家族已經沒落，愛人已經死去，她茫然了，於是她流浪在炎黃大陸，用十年時間會盡天下高手，卻無人能夠在她的潮汐勁下走出十招，東海觀潮劍揚名炎黃。但是她卻感到厭惡，她厭惡人間，厭惡人類的虛僞，厭惡那無窮無盡的勾心鬥角，她感到疲憊，於是帶著三個孤苦的女孩子，回到了她悟道的荒島之上，遍栽紫竹，不再入世！於是東海觀潮劍漸漸被人遺忘了。

五十年後，當戰火在炎黃大陸燃燒，兩個年齡僅二十的女尼從偏遠的海島再次來到了中原，她們勸說人們消除無盡欲望，讓飽受戰火蹂躪的大陸回歸平靜，但是所有的人都認爲她們不自量力，她們甚至勸說各國的帝王，但是得到的只有嘲笑，她們發怒了！兩個女尼守在拜神威帝國的皇城大門，不許任何人進出，禁衛軍要將她們驅逐，但是卻落了一個灰頭土臉，兩個女尼憑藉無上的劍道和如怒潮般的真氣，將五百禁衛軍全數誅殺！

整個皇城驚動了，拜神威的帝王派出了他們的禁軍，一萬禁軍將兩個女尼死死圍困，苦鬥三天，皇城外血流成河，兩個女尼戰死皇城，雖然她們失去了性命，但是卻斬殺近五千人，炎黃大陸震動了，他們對這兩個女尼的強絕武功感到害怕！但是他們也慶幸，因為這兩個魔鬼一般的女尼終於死去了！

正當他們慶幸的時候，炎黃大陸突然掀起無邊的腥風血雨，百名女尼自東海飄然北進，她們沿著明月、飛天北上，一路誅殺，一直殺到了拜神威的都城，再戰皇城，百名女尼面對數萬的禁衛軍絲毫不懼，組成詭異大陣，殺得拜神威的禁衛軍丟下萬具屍體，殺得拜神威的皇帝逃離皇城。最後這些女尼宣稱，如果不將圍殺她們師妹的五千禁軍處死，她們將殺遍拜神威！

目睹了血肉橫飛，親眼看到那潮汐般的真氣洶湧，拜神威的帝王恐懼了，在那些女尼的威逼下，他不得不誅殺所有參與圍攻的禁衛軍！於是炎黃大陸在顫抖，他們無法容忍這樣一群女人在那裏肆虐，五年中，無數的門派盡遣高手，誅殺女尼，連場血戰，炎黃大陸精英盡失，百名女尼也只剩下了十人，但是從連番惡鬥中活下來的女尼，更加的恐怖，她們失去了理性，瘋狂地殺戮，向那些門派復仇，鮮血從拜神威一直流到了明月……

正當整個大陸為了這十個女人而顫抖的時候，一個不知道從那裏來的一個年輕和尚，現身勸阻，最後雙方決定決戰於飛天三柳山臥佛寺，那天，所有的人都去觀看，卻被那十一人驅逐出臥佛寺。結果如何，沒有人知道！十名女尼銷聲匿跡，那和尚也不知所蹤，於是人們漸漸地淡忘了這段血腥的風暴！

四十年前，天榜論雄，一名女尼飄然來到，論戰群雄，摩天惜敗，神妙持平，最後千招惜敗於後來的天下第一高手扎木合，那潮汐般洶湧的勁氣，潮水般的劍勢和震耳欲聾的潮聲，讓人們想起了那可怕的百尼慘案。當人們要她留下名字的時候，她只是淡淡地說道：

「東海偏一隅，紫竹觀潮起。百年回首事，佛堂一女尼！」

她來去匆匆，如同浮雲掠過，於是人們稱她為蒼雲神尼。潮汐勁和東海觀潮劍威震炎黃！

這些傳說在剎那間閃過我的腦海，我有些驚奇地看著眼前的南宮月，沒有想到，她居然是東海紫竹門下，這讓我吃驚不小。

南宮月輕聲地說道：「正陽大哥，我求你好嗎？讓我帶走我的哥哥，以後我再也不會來煩你！」

我感到有些為難，不由得向望樓看去。

正當我猶豫之間，一聲驚天長嘯響起，如同潮汐洶湧，天地間空氣不由得凝滯，滾滾的烏雲在那嘯聲響起剎那，似乎急劇地翻滾，一個強大氣場似從九霄之外傳來，整個校場瞬間被那龐大的氣場所籠罩，緊接著潮聲雷鳴，瀰漫了天地，校場中的人都感受到了這無邊氣勁，頓時慌亂了！

幾乎是同一時間，一道淡如浮雲般的人影閃電飛射校場，梁興沒有遲疑，率先飛身躍起，如穿梭於烏雲間的閃電一般，向那人影迎上前去，空中一聲焦雷般的絕響，兩條人影分開凝立於空中！

雨絲飄落，年末的第一場冬雨終於來了。

早在梁興飛身搶出的同時，我也察覺到了來人，幾乎是分毫之差，我來到了梁興身邊，微微感覺到了梁興氣機有些急促，我知道剛才那一擊讓他吃虧不小。

「東海蒼雲求戰修羅、夜叉！」淡雅的聲音傳入了我的耳中，我不禁感到心神爲之一震，臉色大變，我感到了一絲恐懼，此人的功力將要高出摩天許多，我隔著薄霧般的雨絲向身前看去。

這位傳說中的人物，一身灰色的寬大僧袍，兩手隱藏袖內，神色從容自然，傲立如山似嶽，雖沒有擺出任何迎戰的架勢，可是不露絲毫破綻，就像與天地渾成一體，超越人類的限制。

她面無表情，似乎即使這麼永無止境地站立下去，也不會消耗其半點精力。一眼望去，她彷彿與生俱來便是如此。

「蒼雲？」我看著她，瞬間我的靈識也進入了一種玄妙的空靈中！同時，我感到梁興的氣機也在平復，眼前這個在四十年前就被稱為天下第二高手的蒼雲，恐怕要費上一番手腳了！

「東海偏一隅，紫竹觀潮汐。百年回首事，佛堂一老尼！貧尼蒼雲！」淡雅聲音響起，淡雅得不帶一點的火氣，卻撼動眾人心脈。

「既然是佛堂一老尼，為何不去參透佛理，來到這血腥刑場，是否也要沾染血腥，蒼雲有些違我佛之訓了！」梁興冷冷地說道，剛才的一擊讓他吃了一個暗虧，此刻他鬥志昂揚，語氣中卻不帶一絲戰意。

蒼雲緩緩地說道：「貧尼受教了！這位應該就是有夜叉之稱的梁興大人吧。梁大人殊不知即使世外之人也有七情，老尼前來是為了我那徒兒，她要救她的哥哥，那麼老尼兩人都要帶走！」

「不知蒼雲要如何帶走？」梁興開口問道。

「貧尼想要與兩位大人立一個賭約，如果兩位大人戰敗貧尼，那麼貧尼無話可說，但是如果貧尼勝了一招，請讓貧尼帶走兩人！」蒼雲緩慢地說道，聲音輕微，但是卻傳遍全場。整個校場騷動了。

「師父！」南宮月哽咽地叫道。

梁興還沒有開口，就聽望樓中的高正興奮地喊道：「兩位王爺，答應了她的話！蒼雲大師，不論輸贏，妳的徒兒和南宮雲都可以帶走！朕應承妳！」

沉默了一會兒，蒼雲淡雅地說道：「貧尼多謝聖上！兩位王爺如何說？」

我和梁興對視一眼，我們從彼此的眼中都看到了無比的戰意，相視一笑，梁興嘴裏生硬的地吐出一個字：「戰！」

隨著這一個字的吐出，整個校場頓時沸騰了。

凌厲氣勁撕開了蒼雲的氣場，梁興身體後飄，黑衣鼓動，凌厲真氣直指蒼雲，蒼雲巍然不動，輕聲說道：「請出招！」

「招已在！」梁興說道，隨著他的話音，磅礴殺氣發出，校場瞬間籠罩於一片冰冷殺機之中。

殺氣瀰漫間，我突然仰面深呼一口氣，雨絲輕柔地飄落我的臉上，「冬雨將至，如此純淨的雨水，落在不同的地方，會變化成不同的東西，但是無論怎樣，卻無損雨水本源，我現在似乎可以感受到那雨水即將劃過的痕跡。」我如同夢魘般自言自語。

我話聲輕柔，卻傳入每一個人的耳中，校場中人，除了在刑台之上的南宮月若有所思，其餘眾人都露出迷茫神色。

我話語一出，梁興磅礴殺氣頓時收斂，一股淡而柔和的氣機取而代之，無形氣場和我的氣機相連，淡漠中卻有著無邊的生機！

冬日肅殺，卻又蘊涵生機，以殺止殺，非至善！

蒼雲面容一動，兩眼望看著我，精芒暴閃，過了一會兒，輕垂眼瞼，仰面無盡蒼穹，緩緩說道：「修羅之名果然不虛！初聞你的名字，我只道你不過是一個武夫，對著無上天道不屑一顧，今天一看，老尼錯了，你意志之堅定，即使傾盡三江五湖之水，恐怕也不能動搖半分，看來你已經悟透無上武道，老尼恐怕也難是你的對手，這炎黃大陸之上，恐怕只有扎木合可以與你並論！」

蒼雲此話一出，場中頓時騷動，扎木合穩居天下第一高手四十年，無人能夠撼動他的地位半分，蒼雲此話已經表明即使大林寺神妙在場，恐怕也無法與我抗衡。

蒼雲對著梁興又開口道：「方才一擊，以爲夜叉尚未到大乘，如今想來是因爲應戰倉促，未能聚力，修羅數語，卻使得夜叉殺氣盡收，看來即使摩天再生，也不是夜叉對手，天下眾生沉浸武道，都想要這天下第一高手之名，看來還要數十年的等待！」

頓時校場之上一片歡呼之聲，炎黃大陸以武力稱雄，墨菲因爲有扎木合的存在，始終雄踞天下，飛天大林寺神妙武力卓絕，也稱雄中原，明月多年來，只有一個摩天，始終無法大成，於是人們迷信起來，只要誰能夠擁有天下高手，就可以雄霸天下，如今明月一下子出來兩個絕世高手，天下必然歸於明月！

我淡然一笑，看看梁興，此刻，他的臉上也是一片淡漠的笑容。

「大師還是過譽了！東海紫竹林威震天下，觀潮劍和潮汐勁天下一絕！今日就讓我們來領教這無上神功，大師，我們還是開始吧！」

「開始？我們早已經開始了！」蒼雲說話間身上寬大僧袍飄動，她仰天觀望滾滾烏雲，沉穩地說道：「王爺，你說的不錯，雷雨將至，此刻，我能深刻感覺到電流在這空中穿梭不息，循環不止。」

就在此時，雨絲停落，天空烏雲密佈，氣氛鬱悶之極。

再看梁興，他竟已然裂空在手。八十斤的單手巨劍在他手中如同燈草，絲毫不見分量，一劍在手，頓時散發出一股君臨天下的氣勢，此時他那黝黑臉龐上，發出一片光輝，在這陰沉的天色下，更覺詭異。

「大師，梁興求戰！」

「任何一種武技只要能符合自然的規律，就能由淺至深，最後入道。習武修行，便如登山勇者，山峰高高在上，各人選擇不同的路徑，雖有不同的際遇，目標最終是山峰之巔。」蒼雲那張充滿奇異魅力的臉龐，此刻正發出懾人的神光，可是那對精芒內斂的眼珠卻藏著深不可測的智慧和看破了世情的胸襟。她絲毫沒有理會梁興的話語，只是淡淡一笑，侃侃而談，所有的人都在迷茫，但是我知道，因爲蒼雲此時已無勝算，她在將她一生的武道領悟告訴南宮月：「天下莫柔弱於水，而攻堅者莫之能勝。其無以易之，弱之勝強，柔之勝剛，天下無不知，莫能行。」此刻蒼雲在決戰之前說出如此玄奧話語，自是另有深意。

南宮月似乎領會了蒼雲的意圖，她跪在南宮雲的身邊，靜靜地聆聽。

「大師說完了嗎？」我笑著問道。

蒼雲沒有理睬，停住了話語，凝神注視我和梁興，此時我們三人都是凝立於半空，宛如天神臨世，一黑、一灰、一白，三色交映，氣機相連！

我向著蒼雲的方向虛空踏出了一大步，雖是在空中，但是我卻猶如踏在實地，那一步給人雖動卻更似靜的奇妙感覺。此時的我悠然自若，散發著一股莫可抵禦的氣勢和風度。

頓時校場之中，雷雨即至，空中瀰漫著天崩地塌般的壓力。此時，所有的人都噤若寒蟬，每一個人都凝神注視這武人畢生嚮往、難得一見的絕世之戰。

就在我踏出那使眾人驚嘆的一步後，卻戛然止步，站立的姿勢如磐石，似乎再也沒有移動半步的意思。所有的人頓時驚訝，不知我意欲何爲。蒼雲眉頭微皺，也露出不解的神色。

我立刻感應到蒼雲的精神稍有鬆懈，此時正是最好的進攻機會。既然蒼雲要將她畢生所悟傳授給小月，那麼我就要讓她盡展所學。

就在蒼雲氣機露出了半點的破綻，我身後寒光一閃，誅神受我氣機所吸引，飛躍出鞘，「大師，看刀！」話剛說完，幾乎同時，誅神已橫掃向蒼雲，看似稀鬆平常的一刀，甚至有些笨拙的一刀橫掃，這一刀砍出的同時，卻又連帶著砍出了無數刀，立刻，我身前數丈前儘是刀影翻滾，卻令所有觀戰者生出千軍萬馬廝殺得血流成河、屍橫遍野、日月無光那種慘烈感覺。

所有在場的人都有些意外，本以爲是我和梁興齊力挑戰蒼雲，卻不知是我來獨鬥蒼雲。不過這樣一來，卻讓大家更覺刺激異常，校場眾將和周圍的習武之人都紛紛互相點頭，眼神中流露著興奮。

聽得蒼雲哈哈一笑：「修羅此刀當是在沙場的感悟，就讓蒼雲來與王爺共悟此感。」語音才落，她像魔法變幻般移到刀光邊緣處，頓時置身於重重的刀光之中。

此時，場中起了變化，蒼雲緊隨著刀影而展開精妙已至極點的步伐，也不攻擊，任由我追其之後。兩道影子一白一灰追逐不停，但似乎是我每一刀都緊跟在蒼雲身後，每一刀都險象環生。

然而，此時的我則猛然升起一種非常奇怪的感覺，雖然蒼雲始終在我刀前觸手可及之處，但我卻漸漸感覺不到她的存在。自我出戰以來，從來沒有過這樣的感覺，只有一次，那是在臥佛寺與明月大師的暗中較量，使我有過這樣的感覺，那失落感讓我幾乎棄刀。我突發長嘯，刀光再度爆脹，遠盛於前。

此時，不但是我，幾乎眾人都突然有眼前失去蒼雲身影的感覺。而我的感應更為強烈：不只是消失，而是在我不斷催力發刀的時候，彷彿有人在至高處望著我的一舉一動。我引以為豪的每一刀就如同兒戲一般。

刀影消逝，我橫刀卓立半空，眼中顯露出敬佩的目光。

蒼雲同時翻身穩穩停住了身形，神態間怡然自得，冷峻而深不可測的眼神，似乎天地間再無可瞞過她之事物。惹起圍觀的眾人爆發出轟天震地的吶喊助威，更添其本已迫得人透不過氣來的驚人氣勢。

我突然笑了，讚嘆道：「大師剛才的步法高明之至，雖然妳仍在我刀前，卻使我有失去大師身影之感，更令人佩服的是，大師竟能使我感到妳已脫離戰圈，置身事外，冷眼相觀之感。那就有如觀雞啄鬥，而我正是那啄鬥之雞，妳是那更高處的眼睛。」

稍頓片刻，我再度現出回憶的神色，「自我出道以來，歷經無數大戰，或生、或死，給了我無數的感悟！最使我感到恐懼的，莫過於當年東京血戰，那是我一生中最為凶險的一戰，看著那數十萬人廝殺的戰場，我強烈的感受到生死的無常。這一刀正是從戰場之中感悟而來。從那以後，我一直探索生死的問題。其實，生死並非是在斷氣之時，生命在呼吸之間循環，一口氣吐出去卻吸不回來，那就是離世了，所以，每一次呼吸就是一次生死輪迴。每一天我們都處在無數次的生閉環之中，而不只是呼吸間的生死。」

我竭力的將我所感悟到的東西傳授給刑台之上的小月，此刻她神色肅穆，兩眼仰視蒼穹，似乎已經神遊身外！我知道此刻她每一個頓悟，都會影響到她的一生。

蒼雲似乎明白了我的意思，她笑著答道：「多謝王爺成全小徒，其實以生死為戰，乃武道的下乘。你我一戰必須無生無死，無勝敗之念，始是道禪至境、武道之致。就像剛才我破你那刀意的步法，正是合乎此理，捨棄心中的勝負之念，以超脫之心而破之，所以你有被我在高處觀看之感。王爺卻是奇才，從我步法中已看出其中精要。然而在出手之時，你我卻又要做到心無旁騖，務要置對方於死地，才能置之死地而後生。」

我和梁興同時一愣，愣然道：「這豈非十分矛盾？」

蒼雲道：「正是，這世界就是矛盾的世界，自然萬物皆由矛盾組成。生命的生死，歷史的滄海桑田，天下的分分合合，每一事物都有其矛盾存在，這是自然法則，我們的修行正是領悟越多自然法則，每一至理都融會貫通方能漸悟大道。」

她忽地虛空一抓，地上的泥土幻出一條土龍，把泥土放在手中，蒼雲笑道：「王爺認為是我手中的沙土多，還是這大地的沙土多呢？」

我毫不考慮的答道：「自是這大地為多。」

梁興則陷入沉思，開始仔細回想方才我與蒼雲的交手。因爲他並非親身經歷，所以要多一些思考，才能領會蒼雲方才的話。

而這時，圍觀的眾將和武者見我與蒼雲交手，就論起武道至理，雖然一時不能理解，卻也感到受益匪淺，聯想到下面的決戰定是更爲精彩，人群又再度壓低聲音，私下議論起來。

南宮月依舊凝神望天，她似乎沒有看到我剛才和蒼雲的一戰，也沒有聽到我和蒼雲的對話，神智完全陷入了一種玄奧的渾濁之中！

這時，蒼雲接著說道：「不錯，如此淺顯的道理，我們都知道，但是當這道理換了環境時，我們卻常被假象所迷惑，不能使得內心透明。我們的人生就如我這手中之土，是有限且短暫的。當我們超脫於表象之上，置身於這宇宙天道之中，才能感悟永恆。」

我聽完此話，長吁一口氣，雙目奇光大盛，今天的一戰，蒼雲不僅是在將她的體悟告訴南宮月，也是在向我訴說著什麼。

我疑惑地看著蒼雲，「大師爲何如此教我？」

蒼雲緩緩開口道：「王爺，可知四十年前我與扎木合一戰？」

我點點頭，卻不知道這其中有什麼關係。

「當年天榜之戰，以摩天最長，神妙次之，扎木合第三，貧尼最幼，和王爺如今相仿。那次論戰，摩天跳樑，不足讓我擔心，神妙雖猛，但是年齡癡長，最讓貧尼佩服的，便是扎木合，此人那時年僅三十，卻已體悟無上道法。密宗六字箴言，讓我無從下手。如今想來更加老辣！」說著，蒼雲的臉上露出一絲神往之色，眼光一轉，「不過貧尼並不服氣，他的九轉陰陽大法未必就勝過我的潮汐勁，只是當年年齡尚小，無法有所體悟。今日我傳授王爺，聽說他收墨菲皇女清林秀風爲徒，身手已經高絕，小月雖然拜我爲師，但是時間太短，還無法領悟，他日若與清林秀風一戰，還想請王爺多多照顧，也就不枉我今日所授！」說到這裏，她的話語聲突然放低，只有我和梁興兩人聽見。

我點點頭，卻在心中突然有了一種豪氣。凝望橫在胸前的誅神，似如入定老僧，嘴角露出一絲充滿信心的笑意：「那大師再看我這一刀如何？」

誅神尚未揮舞，一股強勁的刀氣頓時以誅神爲中心散發，暗湧蒼雲襲去。誅神以一個極其優美的姿勢破空而至，妙象紛呈，在丈許的空間內不住變化，每一個變化都是那麼清楚明白，宛如把心意用刀寫出來那樣。在這一刻，誅神宛如活了一般。

「用刀至此，確實已臻登峰造極、出神入化的至境！」蒼雲大聲讚嘆。

我的刀勢不斷變化，步法亦隨之生出無盡的變化，在蒼雲的眼裏，此刻，我的人和誅神化爲不可分割的整體，同時，我和誅神又像是兩個人一齊出手攻向她一般，那完全是一種強烈且深刻的感覺，微妙難言。

蒼雲笑了，她在爲我的領悟而高興。

此刻，我已完全把握到剛才說的矛盾的自然法則，刀刀順合自然法則，再無戾氣，更無破綻。

從蒼雲的眼神中，我看到了一絲驚異，我知道這其中的原因，因爲在我驚濤駭浪般的刀法中，我竟能不斷回氣，那是關係到刀勁輕重的把握，攻中藏守，守中含攻。每在全力出擊或格擋後稍留餘力，以調節體內真氣。而使每一刀都能源源不斷、隨心所欲而發。

她雙目亮起異采，讚道：「好！修羅已經盡得矛盾之法。」但是臉上卻絲毫不顯露出喜怒哀樂。說完，一拳擊出，如行雲流水，沒有半點阻延和遲滯。出拳到一臂的距離時，無邊無際的龐然巨力，驟然如山洪爆發。此時，蒼雲終於全力出擊。

拳勁和刀風不斷摩擦，發出轟轟震響。她的拳不斷地往前衝去，化爲一個巨大的氣圈，圈中儘是拳影，已無法得知真正的一拳在何處。

我心中無比驚訝，因爲這看似漫天的拳影，實際卻是蒼雲故意營造的氣勢驚人的假象。蒼雲的拳絕非表現的那麼簡單。在那漫天的拳影中，我可以說無一遺漏，皆能看得清楚，然而正是看清了所有的拳路，才覺得大爲不妥。因爲我發現在她的拳影中，始終少了最關鍵的一拳。如果有這一拳，整個氣勢將會大增，達到大圓滿的境界。可是現在，少了這一拳，在拳影中的無數拳則流轉變化，千變萬用，沒有窮盡。這消逝的一拳實有使天地易位，扭轉乾坤之妙。

都說蒼雲劍法天下無雙，但是卻沒有想到她對拳法的領悟更是在我之上，我寧可硬拼那大圓滿的拳勁，也不願墜入這奪天地造化的變化中。從蒼雲的拳理上來看，她似乎把握到一種玄之又玄、關乎天地之秘的至理。

然而此時，非體會之刻。我做出了選擇，身體向後飛退，手中殺氣大盛的黑刀不斷揮動，佈下一重又一重的氣鋒，把身前的數丈空間封閉起來，無形的刀氣有如一道道牆壁，擋住蒼雲的去路。

蒼雲眼中露出一絲懼色，此刻她心中的驚異更甚於我，在我倒退的同時，她也感應到我已完全明白了她的拳路和其中的奧妙。我的退，比之選擇進攻硬拼，更讓她感到此時我的可怕之處。而且蒼雲還發現在我後退時佈下的刀牆也非同尋常，刀氣一重重循環著，即是借此消耗她的拳勁，同時又留有後勁，就像是旋風一般，可以將人捲起，又可以將人摔下地面。如果她一個疏忽，則會很容易被我感應到，從而利用先前佈下的刀牆轉而反擊，那時，天時地利將盡歸我。

蒼雲看似占了上風，其實也陷入進退兩難的地步，卻在這艱難時刻，更顯大宗師的風範，她仰天長笑道：「痛快，痛快之極！」一股龐大無匹的精神力量由笑聲感染而生。如閃電般，直插入重重刀牆之中，她沒有半點保留地一拳擊出！

「轟！」

「轟！轟！轟！……」

數聲劇烈的氣勁相撞聲之後，刀牆消逝，拳影無蹤，一白一灰兩道人影分開。

在眾人的目光關注之下，我倒飛十丈開外，在快跌落地面之時，我借勁轉身，誅神劃向地面，在地上拖出數丈遠，這才停穩，地面被劃開了一道深約半尺的數丈深溝，令人怵目驚心。

與此同時，蒼雲被我的強橫刀勁所形成的氣柱旋轉而起，飛上半空，彷彿整個人要撞上天庭般。在眾人仰頭之際，她以一個非常優雅的姿勢旋轉而下，緩緩落地。臉容轉白，瞬又恢復常色。

她笑著望向我，「你我之戰非勝負所能定論！」

在場之人看剛才的情形，均道是蒼雲勝了，誰知道蒼雲竟出此言，一時之間卻不知究竟戰況如何？

就在眾人猜測之際。「哇——！」我終忍不住，噴出漫天鮮血。

我持刀虛空凝立，嘴角滲出血水，但卻依然漫不經心地道：

「凡是存在宇宙間的一切事物，每一小時，每一分鐘，每個剎那都在變化，每一刻都有生老病死，死時，我們吸進最後一口氣，而生時，我們吐出出世那第一口氣，這才能哭出聲來，在哭的瞬間，放開了今生的智慧，忘卻了前世的種種。在嬰兒時期，人都是具有近乎天道的大智慧，那是與生俱來的，最原始的，最合乎天道至理的。我曾用心觀測過嬰兒的啼哭，嬰兒初生不會用喉嚨發聲，所以嬰兒的啼哭都是從丹田發聲，當哭到聲音快到臨界點時，嬰兒會將聲音拉回去，使得聲音不會破裂，喉嚨也無傷害，卻能每一聲都保持著洪亮。不可不謂奇蹟，我剛才的刀法正是從此中感悟而來的。」隨後，我又慘然笑道：「大師的拳卻能擊中我換氣的至點，就像把握了嬰兒啼哭的臨界點。放眼炎黃，能完全把握我出刀精要的，大師是第一人。而大師剛才的一拳正是拳影之中，我唯一不能看清的一拳，此拳是大師最強的一擊，但也是你唯一的弱點，只可惜我終究沒能把握住。潮汐勁？觀潮劍？大師已經脫出那些，這才是你至剛的大無畏道法！」

說著，我又是一口血吐出，真氣有些散亂，再也無法凝立空中，緩緩落下，我坐於地上，閉目運氣。剛才的交鋒已使我消耗大量元氣，我又強壓傷勢一口氣說出這許多話，雖是冬日，已是大汗淋漓。

如果說我的第一刀是從戰場的死亡中感悟，那這一刀則是從與大林四僧一戰中死而復生而得來。一生一死，其中含意之深刻，也只有領略到這兩種截然不同刀意的蒼雲，方能體會得淋漓盡致。而這也正合乎蒼雲所說的矛盾的自然法則。

如我所說，我已把矛盾之理融入我的武道之中。

蒼雲的眼睛已經告訴我，她的心裏很清楚，剛才的一拳並沒有對我造成太大的威脅，我的傷勢看似嚴重，卻是因為耗力過度所致。等我調息片刻，即能恢復大半。而剛才的一拼，她其實也受了傷。只是她功力深厚，壓制住了，沒有讓人看出來而已。

到此時，蒼雲才真正的重新估量起我的實力來。

「梁興願領教大師之武技！」就在這時，梁興再也忍耐不住，虛空邁步，緩緩地向蒼雲飄來！

第九章　悟道之戰

梁興一襲漆黑衣衫迎風而動，有說不出的凝重之感，似乎與天空中密佈的烏雲一樣，讓人有說不出的壓抑。但是與那天空中的烏雲似乎又格格不入，從他的身上體會不到半點的殺氣，也感覺不到爭戰之心。舉手投足之間，無跡可尋，使人無從掌握。似乎他並非要決戰一般，更不像是要和被譽爲天下第二高手的蒼雲決戰。

此刻校場一片寂靜，天邊烏雲滾動，天地漸漸昏暗起來。眾人都摒住呼吸，不敢吭聲。他們彷彿置身於一場漫長的等待中。

卻不知非梁興刻意如此，當他在踏步向前之時，就已經被蒼雲的氣勢所影響。他感應到蒼雲整個人的精神狀態在那一刻靜得出奇，如果不是蒼雲此刻活生生地站在面前，梁興幾乎會以爲她已不在這校場之中。他除了眼睛的感官外，已完全感應不到蒼雲的氣息。就連風順著蒼雲那方吹向他時，梁興亦聞不到半點蒼雲身上的氣味。

在剛才的拼鬥中，我也有梁興此刻相同的感應，我睜開雙目望向蒼雲，盡現驚異之色。

蒼雲竟然在不知不覺中控制了自身氣息的流動。要知道像我們這般的高手對敵之時，必定是全身各種器官都發揮功能。在觸覺方面，不一定要碰到對方，就如空氣中的冷熱變化或是微風的飄拂流動，皆是憑藉著皮膚上極敏銳的觸覺而感知。武功之道，與自然界的萬象變化皆有關聯，亦決不違背自然之理。

此時，面對面站定的梁興和蒼雲雖然都是靜如山岩，但卻在精神和定力上交戰了千百回了。兩人的心靈都進入無勝無敗，純粹以精神相接觸的境界之中。只要是誰心志不堅，爲外物所影響，就是敗了。

於此寂靜的決戰之中，校場之上那沉重的氣氛，像一條緊繃欲斷的弓弦。

梁興在蒼雲無聲無息的強大精神壓力之下，感到苦不堪言，那種靜已超乎凡人所能接受的極限，讓他鬱悶之極，甚至有了死的念頭。偏偏此時，他又無法動一根指頭。因爲他的精神已完全被蒼雲鎖定，如果此時他稍有大意，就是走火入魔的下場。

就在梁興拚盡全身的功力，使精神凝聚至最高點，與蒼雲如驚濤駭浪般的精神壓力相抗衡，卻即將崩潰時，就似溺水之人在水中到了最後一刻般，他已感到精神脫離了自己的身體，幾乎失去知覺的剎那間，一種至靜至極的靈覺從他的腦海深處升了上來，他首先聽到了自己的呼吸聲、心跳聲、血脈流動的聲音，甚至是腳下沙土中螻蟻的爬動聲，均在同一時間內感到和聽到。

那是生命的聲音，梁興感到前所未有的安靜和快樂，而非先前那種對至靜的煩躁感覺。隨之，他的精神放鬆開來，竟然漸漸發現了荒涼校場之中的自然美態，每一棵樹、每一絲空氣、每一片落葉，都蘊含著一個內在的宇宙。那是一種內在恆久的真理，一種自然萬物的真正的美麗。

一股莫名的喜悅，從梁興內心深處湧起。同時，他看到蒼雲的笑容，是蒼雲迫出了他的極限，從而突破了極限。

這時，彷彿已如化石一般的蒼雲忽然動了，她揮手一指身旁十丈之外的兩棵大樹，一棵鬱鬱蔥蔥、枝繁葉茂，一棵卻已枯乾而死，只剩下零落的枝幹，在風中搖擺不停，彷彿會隨時斷倒。

蒼雲柔聲向梁興問道：「是枯？還是榮？」

梁興笑著答道：「生命就像藏在泥土內的種子和根莖，綻放在外的枝葉縱有榮枯，地下的生機卻永遠長存。這先天的生機卻需要後天的灌溉和照顧，自然界的風、雨、陽光，就是後天給予生機的開啓。而我們習武修行最重要的也是『開啓』一說，武道中的開啓是瞬間的智慧昇華，當練成一種武技時，那瞬間的喜悅會使自身充實，所有的精氣神完全融入到此刻。凡夫俗子只會使喜悅過了頭，變為浮躁，此為下乘。而有天份的人，會借那一刻的融入再次修行，這是中乘。真正得道的人則是無時無刻不融入其中，在那一刻是無心的，沒有意識，沒有思想，完全超脫。甚至於連日常生活的每一部分都可以借來進入到天人合一的境界。此乃上乘。然而，現實中有太多的限制使我們不能從容。」

蒼雲滿意地笑道：「對於樹來說，枯是榮的最後，榮是枯的最初，因爲枯榮是不可分的，是一體，沒有分別。就像一切生命皆是這般，不管生命如何，長短無常，生命的過程就是一個整體。世間萬物皆由無而來，當你感受到萬物皆空時，身心才能解脫出束縛，天人交感，得窺天道。」

我突然暴睜雙目，大喝道：「我認爲不論任何人，包括我們三人在內，對生命根本沒法作出超然於世或是最終的感悟。我們既不知生命從何處起源，更不知死亡的真正終點會是何處！」隨後我一刀重重的砍在地上。

如同遭受到了重擊，校場中眾人的心中猛一顫，就像那一刀砍在自己心頭一樣。

我擦了擦刀面的塵土，嘆道：「因爲我們都沒有經歷過生死輪迴。道理說得再透徹，再動聽，終究是空的。」

蒼雲接道：「世人皆知超越之說，然又有幾人能真正明白其中真味，天下間修爲到化境的人少之又少，到了巔峰寂寞之時，再也無從比擬，也更容易走入歧途，因爲當你到達一個山峰之時，即難以突破，在你所知的眼前，看不到更高的山峰，但其實真正的頂峰就在你的前面。」

她繼而目光炯炯地望著我，笑道：「你也明白了，我們三人就如同登山之人，快到山巔之時，卻發現已無去處。面對的是眼前一座看不見的真正山峰。其實我們三人至今都無法突破自身的武障。這一戰只有我們拋開一切，才有機會達到一種契機，找到突破點。當契機和機緣到來時，自會證道，但這契機卻需要我們自身去追求而得。生與死的矛盾，只有完全的領悟才使之產生矛盾的統一，原來生與死只是相隔看得見的或者看不見的一層。萬物皆是對立，而一極消盡就走向對面，兩者都可以發揮到極限。而極限就是沒有，過程才是永恆。今日這一戰也將是蒼雲此生的最後一戰。」

「下面，我將全力出手，再無半點保留，如果你二人稍留有餘力，想做試探，將會是當場身亡的下場。」

此話說出，她仰望天空，彷彿要努力把這天意看透。不再言語，因爲所有的一切對她來說，都已是多餘。

我站起身來，一聲震天的長嘯，身體再次凌空飛起，虛立空中，雙手握定誅神，以無比堅定的語調，一字一頓的說道：「大師，如果你不能擋我這一刀，我定叫妳萬劫不復！」

頓時，在誅神揮動之間湧出一陣陣上天入地、無從抵擋的張揚氣勁，就如同驚濤駭浪般，彷佛老天也被這怒浪翻了個顛倒。我拋開所有的意念，窮盡畢生的功力，一切刀道的感悟都已從腦海中清洗一空。此刻，我想要做的，並且只能做的就是劈出這一刀。

這一刀一出，即使站在戰圈之外，眾人仍強烈的感受到每一個人就像是正處在江河湖海的某一處激流中，接受時間的沖刷，每一個人就像那江河之底的沙石，隨波逐流。這並非夢境空幻，一切的感悟都是這般真實。所有觀戰的人都沉浸於這精神力量的感染之中。

「南宮月，看清楚這一刀！」我大聲喊道，這才是我在開元苦練三年，融會了修羅斬的精華，修羅三絕斬中超脫出天地同悲和噬天一擊的一刀，斬天！

與此同時，梁興眼中厲芒電射，整個人流露出橫亙十方、縱橫三界的英雄氣概。在我誅神揮出之後，梁興手中裂空亦似受刺激般的離鞘而出，巨劍似乎沒有半分的重量，這一劍宛如空中鳥跡，水中魚路，全然找不到絲毫痕跡。而在這縹渺虛幻之中，那股無堅不摧的氣勢，始終緊緊籠罩著蒼雲，沒有絲毫放鬆的意思和跡象。忽然又一時劍氣縱橫，生出亦靜亦動，靜時有若波平如鏡的水面，動時則似怒浪激流，變化莫測。

如果說我的一刀是江河形成的源泉，那梁興的一劍則是催動江河之水的動力。這一刀一劍相輔相成，水乳交融。

我回頭望向梁興，雙目間顯出歡暢的神色。梁興的臉上回應著無比真誠的笑意。在瞬間，我們兩人均感受到彼此毫無間隙的默契，心靈相通。就在剛才，我們兩個人的意識已合二為一了，融入進彼此的刀意劍氣之中。

整個校場都在驚呼，一直到此刻，我和梁興兩個號稱天榜新一代的代表人物，終於全力聯手攻向蒼雲！

蒼雲全身衣衫被我和梁興發出的氣勁激蕩得飛揚起來，獵獵狂響，頭頂上空的烏雲繞著她急轉起來，情景詭異之極。她立在烏雲籠罩的大地之巔，不住地提升功力，在她身體周圍，氣勁逐漸形成一個巨大的風暴。四十年來，這是她第一次全力而爲，面對我和梁興兩大高手的合力一擊，她惟有全力相抗，才能達到三人之間的平衡。

「小月，看清楚！這才是真正的武道！」蒼雲淡雅的聲音依舊不帶半點火氣，但是話音中的興奮之情卻顯露無疑。她面對正迎面而來、足以使天地崩裂的攻勢，就如一葉輕舟，無論波濤如何洶湧，總能在波浪上任意遨遊，安然無恙。這時，她可以無一遺漏地看清楚我和梁興的每一個細微動作，乃至每一次呼吸間的變化。

轟隆的雷聲再度由遠處傳來，風雨正逐步迫近。

蒼雲整個人裹進了在自己功力催動下形成的氣勁風暴中，風暴突然轉成了呼嘯的旋風，她的人被拋向天空，至最高點後，她猛然倒衝而下，雙拳出擊，直轟向我和梁興。

就是這毫無花巧的一拳，卻盡顯天地微妙的變化，貫通了天地間的精華。

「轟隆隆！」雷聲就在我們三人上空炸響，一道電光金矛般穿雲刺下，瞬間化作無數的分叉，在三人頭頂久不消逝。傾盆大雨終於嘩啦啦地下了起來。

而此刻，校場中由當世三大高手發出氣勁四處擴散，如怒浪拍岸而來，迫得圍觀的士兵和人群紛紛退至幾乎看不清三人的地方，才停下步來，場中只剩下了幾個功力可以抵抗我們勁力侵蝕的江湖中人和將領。眾人也不顧被完全打濕的衣衫，目不轉睛地望向戰圈。頓時，眾人目瞪口呆！

只見蒼雲已雙手夾住了我的誅神，而梁興的劍卻已同時追至，直指蒼雲的胸口。

蒼雲已別無選擇，只有瞬間解決我，再閃避縱橫天際的劍氣。就在梁興的劍幾乎已刺中她的胸膛時，蒼雲突然爆起一聲長笑，超乎常理的閃動身形，以根本不可能擊出的一掌攻向我，另一掌貼著梁興的劍，掌心以圓形而轉，藉以化去劍氣，宛然是道家至高無上的太極手法。

梁興如中雷擊般驚愕，蒼雲隨手拈來便是至高的武學，她此時已完全將武學理論悟透了。

就在剎那間，我從蒼雲分開的手掌中拔刀而起，在空中劃出一道無可比擬的刀光，天地頓生回應，轟鳴之聲回應不絕，電打雷擊，明滅不休，威勢駭人至極。

所有的人都看到粗大的閃電直劈而下，在中途又分為兩道電芒降臨蒼茫大地，這天與地相連的虛空，像是裂開一道大縫。

象。

就在此刻，蒼雲竟然捨了我和梁興，她張開雙臂，仰天長嘯，雙目饑渴般地望向天空的異象。

我飛身而起，當達至數丈之高時，誅神向頭上虛空迎去，其中一道電芒劈在我手中誅神之上，高壓的電流，把整把誅神擊得電光四射，我整個人置身於電光之中，在漫天風雨的虛空上，望之如雷神下降。

梁興手中長劍脫離開蒼雲循環不息的太極氣圈，雙手持劍指天，筆直地往另一道電芒投去，他宛如一道白光，在虛空中和電芒交會，在天地間打了迴轉，長劍劃過包含了天地至理的弧線直刺向蒼雲，速度和威力已無任何言語可以表達。

蒼雲雙臂之上，竟然也光芒盛顯，豪雨打在她的身上之前，就已全被震散，遠望去，就如雨水是從她身上激射而出，宛如箭雨一般，蒼雲所立之處，氣勢籠罩數丈範圍，無人能進。

只見一黑一白兩道人影在空中合二爲一，電光從我和梁興的身體倒流而集中到刀劍上，聚集了大自然閃電的威力劈下，驚天動地。

蒼雲以極其瀟脫的姿勢，手臂之間亦形成一道強烈的光芒，電一般射向我和梁興的刀劍之勢。

天地之間，彷彿再無顧忌的電閃雷鳴，虛空中，千百道電光激打而下，震破了虛空，爆裂了山巔般強烈無比的光芒，使人睜不開眼來。

在電芒籠罩的光圈中，人們隱約看到，蒼雲一拳轟在我和梁興刀劍合併化作的電流上，一拳則擊在了我的胸前。而她整個人身上發出聲響，電流在她身上穿過，流過她全身的經脈，從腳心，直至頭頂的髮根。

每一個人都被這聞所未聞、見所未見的異象驚得目瞪口呆。

在虛空之中，蒼雲整個人的精神與萬化冥合，重歸自然，剛才被我和梁興合擊開了心靈深處最後的空隙，轉瞬間縫合無間，達到天人合一的境界。數十年修爲至此，才真正的昇華至巔峰一線，心靈再無任何阻攔。

蒼雲感到自身的精神肉體已與宇宙合爲一體，在遁入一個生生不息的循環中，那刻她感不到自身的存在，因爲精神可以隨心所欲地往來於空中任一角落。她對著漫天的狂風暴雨，張臂相抱，發出了出自天性的歡愉大笑：

「不要制止風雨，願此生化爲風雨，不要制止雷電，願此生化爲雷電！」

天際又是一陣悶雷，電光交閃不已，暴雨比先前猛烈數倍地轟轟然打下來。在此雷電風雨中，電光照耀的校場宛如白晝，空中的氣氛極盡詭異。

閃電消失，頓時又陷入宛如萬劫不復的黑暗中。待再亮時，我跪坐在地面，手中誅神微微扭曲變形，口鼻中鮮血狂湧，一條胳膊無力地低垂著，但是臉上卻帶著無比歡愉的笑容，那景象詭異極了！

梁興比我的情況好些，他沒有顯得那樣狼狽，巨劍拄地，一口鮮血噴出，身體搖晃，幾乎已經沒有力量再站立。

蒼雲衣衫完好地站在我們的面前，神色依然平靜如常，沒有半點的不適！她緩慢地說道：「貧尼勝了！」

我咳出大灘鮮血，但是欣慰地說道：「蒼雲果然未叫我失望，嘿嘿，天榜高手排名看來並不簡單，大師身手已經超出人世，天榜，呸！狗屁！」

蒼雲依舊帶著淡漠的笑容，「那麼貧尼是否可以將他們兩人帶走？」說著，她一指已經有些呆傻的南宮雲和淚水滿面的南宮月。她說話沒有面對我們，而是遙遙看著望樓。

好半天，從望樓傳來高正稚嫩的聲音，「大師神人，南宮雲之罪一筆帶過，大師可以將他們帶走！」

「師父！」南宮月撲到蒼雲的面前，她痛哭著。

「癡兒，剛才爲師和兩位王爺的拼鬥，妳是否已經看到？」蒼雲笑著說道。

南宮月點點頭，淚流滿面。

「這將是妳要去追尋的目標，不要讓爲師失望，不然不但是爲師，就連兩位王爺捨命教導之情也就白費了！」蒼雲聲音有些飄忽。轉過頭來，「多謝王爺成全，今日一戰，蒼雲此生再不談武事，人生有此一戰，足矣！」

我笑了，看著小月，我再次咳血，柔聲對她說道：「小月，原諒我沒有答應妳，不是我不想，而是我無法！我是一個臣子，不能改變什麼，原諒我！」說著，扭頭對還在癡呆的南宮雲說道：「南宮兄，現在明白我爲什麼不殺你！呵呵，如果你願意爲我效力，許正陽歡迎，但是我知道現在不行，也許你有一天想通了，隨時來找我！浴火鳳凰軍團永遠爲你敞開大門！」說著，我又劇烈咳嗽起來。

南宮雲點點頭，沒有說話。

南宮月站了起來，輕聲說道：「正陽大哥，我知道我欠你很多，我其實不怪你，謝謝你的教導！」

蒼雲轉身離去，小月跟在她的身後，所有的人都在用一種近乎崇敬的眼光看著她，自動讓出了道路。

「大師，好好教導小月，我們還有一戰，不要讓我沒有了翻本的希望！」我突然大聲說道，和著鮮血，但是我的心中卻是一片歡愉。

蒼雲回過身來，她笑了，「王爺保重，你還有很長的路要走！」看著他們的背影，我看看梁興，他強行提氣對有些落寞的南宮雲說道：「南宮雲，我要告訴你，你的父親死得很光榮，他是一個軍人，一個百折不撓的軍人，希望他的兒子不要讓我失望！」

南宮雲身體一震，陡然之間，他的身體挺立了起來，大步跟在蒼雲身後。

看著他們消失的背影，梁興一口鮮血再次噴出，他笑著說道：「阿陽，今天一戰……」他吃驚地看著我，此刻我七竅中鮮血不斷流淌，白衣已經染紅，他感到了我身上的死亡氣息！

「阿陽，你……」梁興心底猛地湧起強烈的不安。

我淡淡一笑：「鐵匠，你可知，剛才我有機會可使得蒼雲永留遺憾？」

梁興的神情游離，他大吼道：「快讓太醫來！」然後似問似答道：「可是那最後一刀？」

「正是，那最後一刀，如果蒼雲爲敗我而爲之，則會是她此生最後悔莫及的事，然而她可以捨棄殺我的機會，我爲其而重創，斷自身十之四五的經脈又何嘗不可。」

「你是自斷？」梁興失聲說道。

「鐵匠，你難道沒看出來，蒼雲那一擊，是她一生中最完美的一擊，那一擊必須有人承受，否則她將無法捨棄凡俗，達到她理想中的完美武道。我相信，從今天以後，這世間再也不會有紫竹林，再也不會有潮汐勁，再也不會有觀潮劍，這個蒼雲將從這個世上消失，有的只是一個佛堂老尼！」我緩緩地說道。

剛才我們都是最後的全力一擊，蒼雲同時抵擋我和梁興兩大高手的最終一擊，然而，我則是擋下了她七成的攻擊！而蒼雲那最後一擊，也是聚集了空中的電流而成，如果不釋放出那大自然的能量，留在體內，再受我和梁興之擊，則她將被來自她自己、我和梁興的三道自然雷電之勢的合擊下身亡。

那將是真正的萬劫不復。所以剛才的情形是最凶險的時候，巨變隨時都有可能發生，不但她，只怕我和梁興都難逃滅頂之災。

我從容自若，任由血水緩緩瀉出，閉目言道：「任何一件事，其過程往往比結果更動人，就如我們的身體隨著宇宙天道循環著，身體在每一瞬間都經歷著生死的過程。而近年來，我深刻的感受到死是偉大的，正因爲有死亡，才使得我們的生命存在意義。這一戰讓我更多的感悟生命的可貴，亦借幾死之身而催發體內激起的生機。須知一切道皆是破而後立，敗而後成。此時，再無人能比我理解『生滅滅盡處，滅滅生機起』的玄機了。」

梁興沒有發聲，他突然看著我，「阿陽，我們造就了一個超脫於世外的無敵高手！」

我一愣，頓時明白了他話中的意思，「鐵匠，時間，也許十年，也許二十年，總之，我們將我們所學的東西給了南宮月，剩下的就要看她自己的努力了！鐵匠，我突然很嚮往十年後和南宮月的一戰，我有預感，她將是你我之後的又一個絕世高手！」看著梁興，我話鋒一轉，笑道：「不過從今天起，五年時間裏，我再也無法動手，鐵匠你也不能離開我，你要好好的做我的保鏢，呵呵！」

這時，向寧匆匆地來到了我的身前，身後還緊隨著高正等人，兵團眾將跟在最後。向寧仔細地檢視了我的傷勢，不由得露出苦笑。

「王爺，你沒有事情吧？」高正的臉上露出關懷神色。

「皇上勿需擔心，臣只是些許傷勢，估計一身的武功將要廢去！」當我說話時，我腦子突然一動。

「啊？那怎麼辦？」高正憂急地說道。

「皇上，三日後臣就趕回開元，臣想讓夜叉王跟隨，我們還要準備下一步的行動！」我沉穩地說道。

「可是你的傷勢？」

「沒有關係，皇上，打仗並不一定要動武，臣的智慧還在，夜叉王的武勇依然，我們一樣可以進行我們的計畫！」我強行支撐，但是渾渾然，我已經有些昏沉。

梁興一把將我抱起，「皇上，臣先帶修羅王回府，這下面的事情，請向王爺處理！估計不會再有什麼麻煩了！」

我隱約間聽到了梁興的最後話語，後面他說的什麼，我就完全不知道了。

我在一片虛空飄蕩，觸手虛無，沒有半點的著力。我感到一種無比的痛苦，但是卻無法躲藏！原因？我不知道，就好像處身無邊的渾沌中，絲毫沒有半點的方向！我知道我在尋找，但是卻又不清楚要去尋找什麼，想要喊叫，卻又發不出聲音，到底是爲了什麼……

「生與死的矛盾，只有完全的領悟才使之產生矛盾的統一，原來生與死只是相隔看得見的或者看不見的一層。萬物皆是對立，而一極消盡就走向對面，兩者都可以發揮到極限。而極限就是沒有，過程才是永恆……」一個淡雅的聲音從一片渾沌中傳來，那聲音我似曾相識，對了，就是蒼雲！

爲什麼會是她？她怎麼也在這片虛空的幻境之中？我大聲地問道：「大師，妳在哪裡？」

沒有回答，只有那清雅的聲音繼續迴盪在虛空中。

「枯是榮的最後，榮是枯的最初，因爲枯榮是不可分的，是一體，沒有分別。就像一切生命皆是這般，不管生命如何，長短無常，生命的過程就是一個整體。世間萬物皆由無而來，當你感受到萬物皆空時……」

「無勝敗之念，始是道禪至境、武道之致……」

……

如同梵音一般，連綿不絕在空中迴盪。我有所悟，但是卻又好像什麼都沒有感悟。那淡雅的聲音充斥著我的耳中，我不想聽，可是卻又無法阻止，隨著她的話音，我的腦子也在一片渾沌中越來越不清晰。

一種暴虐的力量在我體內蔓延，瞬間充斥我的全身，我的眼前突然出現了一片血紅，到處都是死屍，他們殘缺不全的躺在那裏，我數不清到底有多少，但是卻可以感到他們在我面前蠕動。緩緩的，他們站起身來，向我走來，伸著手，口中喊道：「許正陽，還我命來！許正陽，還我命來！」

凝神看去，每一張面孔都似乎十分熟悉，每一張面孔卻又那樣陌生！我大聲喊道：「你們是誰！爲什麼來找我！」

沒有回答，只有那淒厲的聲音迴盪在我的耳邊。

「許正陽，還我命來……」

「不要再過來，如果再過來，別怪我不客氣了！」我有些瘋狂了，我拚命地喊道，一種從來沒有過的恐懼佔據了我的心扉。

那些死屍沒有理睬我的吼叫，繼續向我走來，他們哭喊著，他們呻吟著，他們咒罵著……

我不知道從那裏抓起了一把刀，揚手就要向他們砍去，那些死屍發出悲涼的哀嚎！突然在他們的面前，出現了一個女子，她淚流滿面，「正陽大哥，你難道還要繼續殺戮嗎？你已經殺了很多人，他們都是死在你手裏的人呀！」

「小月？」我失聲叫道，「妳怎麼在這裏？妳說什麼？我哪裡有殺過這麼多人？」

南宮月的臉上帶著淚水，她泣聲說道：「正陽大哥，沒有錯，他們都是在你手下喪生的人！你看，他們有的是你在開元城出來時殺戮的，有的是在西環被你殺掉的，那些是東京攻防戰時的冤魂，還有天京、開元的死屍，最後面的，就是你在建康屠殺的十萬降卒呀！他們有些不是直接死在你的手中，但卻都是和你有著各種關係的呀！」

我渾身一震，十萬降卒！我一直以爲自己鐵石心腸，即使殺了再多的人，我也不會有任何的感觸，看來我錯了！我是人，不是一個殺人機器，其實每一次完成了殺戮，我心中不也是有著無邊的空虛？不是我不在意，而是我不敢去想！十萬降卒，這固然建立起了我的凶名，但是那麼多的殺戮是否必要呢？其實，建康的十萬降卒根本就不需要處置，只要我派出半數的兵馬守護，他們根本造不成什麼風浪！但是我爲什麼會在那個時候去下達了一個屠殺的命令？難道是我內心中對血腥的渴望？

看著小月身後的死屍，我緩緩地將刀放下，仔細想想，從六年前殺出開元到現在，在自己手下喪命的冤魂到底有多少？恐怕我自己也不知道，他們也是有著家人的普通人，但是我在殺戮他們的時候，是否真的還把他們當作了一個人？

我一直在去努力地實現重振許氏家族的夢想，但是現在想一想，我到底是否是在爲這個目標去努力呢？我一次次地使用心機，一次次地和他人勾心鬥角，與其說是家族在推著我向前走，不如說是我在跟隨著自己的欲望前進！從第一次踏出奴隸營，我只是想要去振興自己的家族，後來發展成了復仇！隨著自己的成功和權力的增加，我的欲望也不斷在膨脹，到了現在，我開始爲爭奪天下而奔波……

我到底是在追尋什麼？明亮大師說我是血手佛心，我不知道，血手，我有！佛心，什麼東西？我似乎從來沒有仔細地想過，那到底是什麼？我不禁有些疑惑！難道明亮大師是要我以仁治天下？那可真的選錯了人，我只會殺人，我感到殺人和破壞的樂趣要遠遠的高過於建造！

似乎感受到了我心中的疑惑，那些死屍停止了移動，眼前的血紅之色似乎也淡了許多。

小月臉上的淚水似乎停止了流動，她笑了，「正陽大哥，仔細的去感受你身邊的事物，去體悟每一個人，你就會知道什麼是答案！大哥，我無法和你在一起，但是我的心會始終和你在一起，我相信，你可以感受得到！把對小月的關愛去分給每一個人，也許你會有另外的一種感悟！其實你身邊還有很多人都在關懷著你，你應該去用心體會！」說著，她的身影似乎淡薄了起來，漸漸的從我眼前消失，那一片血紅之色似乎也隨著消失，滿眼的屍體在瞬間變得無影無蹤，我又一次置身在一片黑暗的渾沌之中！

「……一切眾生從無始來，種種顛倒，猶如迷人四方易處，妄認四大爲自身相，六塵緣影爲自心相。譬彼病目，見空中花及第二月，此釋無明之元，謂眾生本有法身，元無生死，今因最初一念不覺之無明，迷本來之佛性，起貪嗔癡……」蒼雲那淡雅的聲音再次在我耳邊響起，所說的話艱澀深奧，我似乎有所領會，但是卻又不甚理解！

「大師，妳所說的正陽似有領悟，但是卻不甚明白，請妳明示！」我大聲地向虛空中問道。一片沉寂，似乎蒼雲已經消失，我又沉浸在一片無邊的困惑之中，她所說的好像是一段佛經，似乎告訴我由於我的欲望，而使得我失去了方向。如今我的心中充滿了欲望，已經讓我迷失了我的本性，那麼我的本性又是什麼？我沉思著。

高飛我說多情，也許這是真的，但是什麼是情？我一次次地詢問自己，卻又找不到答案。男女之間的是情愛，父母和孩子的是親情，朋友之間的是友情，那麼如果作爲一個去爭霸天下的君主，他和蒼生之間的又是什麼樣的情？

我正在迷惑間，突然在我的面前幻出一個人形，我看不清他的面貌，一副僧人一般的打扮，他緩緩地向我飄動，虛擬空間似乎也成了一片渾沌！

「你是誰？」我似乎感受到了從他身上發出的一股淩厲殺氣，那殺氣若有若無，但是我明明看到了他的身體，卻無法捕捉到他的氣機，心中的驚悸無與倫比，此人的修爲，甚至比蒼雲還要高上一籌！

「報上你的名字！」我大聲呼喝，同時手中不知不覺中再次拿起了長刀，全神戒備！

沒有任何的動作，我耳中突然響起了一個字「轟」，聲音雖然輕小，但是卻猶如一聲炸雷一般在我耳邊炸響！我渾身一震，古井一般的心神頓時被撞開一絲破綻，一股強絕真氣如山向我湧來，我大喝一聲，卻發現自己全身的勁力空空，再無半點的力量，身體似乎被一道無形的繩索束縛，我慘叫一聲……

第十章 翠鳴夜宴

一陣撕心裂肺般的疼痛，我從昏迷中清醒了過來，睜開眼睛，卻發現自己身處在一間瀰漫著藥香的房間中，仔細一看，原來是我的臥房。

我抬起手擦了擦額頭上的冷汗，感到全身酸軟，兩手沒有半點的力量。努力的使自己坐起，暗運心法，卻發現自己體內的經脈受了很大的創傷，奇經八脈中至少有一半的經脈已經斷裂，如大海一般磅礴的真氣無影無蹤。

苦笑一下，我知道自己此次和蒼雲的決鬥使自己受傷很重，功力暫時已經廢掉，恐怕沒有幾年的時間，我很難恢復到自己的巔峰狀態。沒有想到，這蒼雲功力之高非比尋常，第二名的神妙和那個神秘的扎木合，功力已經可比天人！不過如蒼雲所說，神妙不過是一老僧，尚不足以爲慮，扎木合，將會是我一個我從未遭遇過的人物，我的心中有些恐懼，但更多的是一種期待！

回想起剛才的夢境，我突然感到了一種前所未有的驚悸，那夢中的僧人是否就是扎木合？雖然我從沒有見過這個人，但是我的內心中，卻早已經將他視為我生平的第一大敵！從某種意義上來說，會過了蒼雲，我已經知道我和扎木合的一戰已經要到來了！夢境中那一聲轟然巨響，是否就是蒼雲所說過的密宗箴言？冥冥中似乎是在提醒我，這箴言將是威力無比，看來，我需要好好的研究這佛門的密法，看看到底有些什麼奧妙！

閉上了眼睛，我慢慢地運轉心法，隱隱可以感覺到自己的體內有一種奇怪的力量在湧動，那股力量非常地龐大，但卻不是我所熟悉的噬天勁！如同電流一般在身體的每一處流淌，那斷裂的經脈似乎要修復，但是卻不知道如何連接那古怪的力量！

長嘆一聲，我掙扎著走下了床榻，都說要休養，其實最好的休養就是讓自己的身體運動起來，我可是不想躺在那裏做一個活死人！緩步移動，我慢慢地走到了門前，將門打開，門外的親兵吃驚地看著我，他們似乎沒有想到我可以下床，連忙要扶我。

我有些不高興地揮揮手，示意他們不用理睬，我最討厭受了一點傷就要像一個嬰兒一樣，走一步都要被人扶，我只是失去了功力，還沒有殘廢！

看看天色，正是晌午時分，我扭頭問親兵：「我睡了多久了？」

「主公，你已經睡了兩天了！」親兵恭敬地回答道。

我點點頭，唉，兩天就這麼過去了！明天就要啓程了，我不能再在東京耽擱了，開元還有許多的事情在等著我去處理！我抬起頭，看著那天空中溫暖的陽光，一場豪雨之後，陽光如此的明媚，雖是冬日，卻將我籠罩在一片溫暖和煦之中，隱藏著無與倫比的生機，生生死死，交替循環，人原本就是在這樣的循環中不斷向前走去！蒼雲說的不錯，未知生，又焉知死？院中的樹木已經枯黃，不見半點的生機，但是到了來年，它又將充滿了生機，那時，又有誰會想起它如今的枯黃呢？

想到了這裏，我心中原本還殘留的一分自憐，頓時一掃而光，周身那古怪的氣流又一次開始活躍的湧動，似乎是感受到了我心中的明媚。我笑了，是一種發自於內心的笑，一種真誠的笑。

「阿陽，你怎麼起來了？一個人在傻笑什麼？」一個沉穩的聲音傳來，我扭頭看去，卻見梁興站在我的身邊，他神色古怪地看著我，臉上的神情讓我感到有些不解。

「鐵匠，你怎麼這樣看著我？你看什麼？」我奇怪地問道。

梁興突然笑道：「阿陽，你剛才笑了！」

「廢話！」我被他這莫名其妙的話給氣笑了，「我又不是第一次笑，有什麼好奇怪的！」

「不，不一樣的！」梁興堅決地搖頭，「阿陽，以前你的笑又有多少真誠在裏面？每次你對我笑的時候，即使我明知道你是真心的笑，但是我心裏還是有一種很奇怪的驚悸！但是剛才，你笑得很自然，很真誠，我感覺到了！」說著，他長嘆了一聲：「阿陽，你知道嗎？其實，這麼多年了，我一直希望能夠看到你如此真心去笑，你背負了太多的東西，雖然你平時不在意，也從來沒有對別人說，但是我知道！阿陽，你知道嗎？你的笑讓人感到很溫暖，其實你長得很英俊，但是你平時卻總是被籠罩在一種陰鬱的神情中，但是你剛才的笑，卻讓你有了與往日不同的感覺，這種感覺很奇怪，我形容不來，似乎和蒼雲大師有些相同，那樣的淡，那樣的飄，我希望你能永遠是這樣子！」

看著梁興真摯的面孔，我心中很感動，以前我總是在恨，恨老天，恨祂奪走了我的親人，讓我孤單一個人活在這個世界上，但是在這一刻，我的心中卻有一種暖流湧過，我並不孤獨，我有梁興這樣的大哥陪著我，這樣關心著我，我還有什麼好孤獨呢？覺得自己的眼睛濕濕的，我笑著罵道：「你這個老傢伙，無緣無故這麼說，讓我的心裏有些怪怪的！呵呵！」

梁興看著我，突然，他的眼角也閃現著晶瑩的光亮，一閃一閃，一把將我摟住，「阿陽，我真的希望你永遠不要恢復你的武功，這樣，也許你永遠都會保持著這樣的一種心境！會永遠保持這樣的笑容！」

我心頭有些發酸，有些哽咽地說道：「你個老傢伙當然是不想我恢復功力了，這樣我就要永遠的被你欺負，想得美呦！」

就這樣，梁興緊緊地摟著我，我們都沒有說話，我在心中發誓，我永遠要和梁興做兄弟，一輩子的兄弟，永遠都不背棄對方！

院中的親兵早在我和梁興對話時，就已經悄悄的退了下去，他們知道這個時候，我們都不需要什麼人來保護。

過了一會兒，梁興放開我，抹了一把臉，拍拍我的肩，「阿陽，蒼雲一戰，我相信你已經領悟了許多，我也相信用不了多久，你還會成爲一個真正的強者，你一定會恢復的，我還等著和你再好好的打上一場！」

我笑了，又一次笑了，冬日的太陽，那樣和煦的照著我們，我永遠都不會忘記，梁興的眼角上殘留的晶瑩水珠。

我笑了笑，問道：「好了，大哥，你來不會就是爲了和我說這些吧，說吧！嗯，我們要馬上去準備，後天我們一定要啓程，我這一昏迷，就是兩天，時間已經拖得有些久了！」

梁興答應了一聲，「明天我們就向皇上辭行！」他有些心不在焉的回答道，想了一想，他突然說道：「正陽，剛才趙良鐸派人送來請帖，請我們前往一敘，說是爲了慶祝我們成功平亂，讓我們晚上參加慶功宴，還說一定要去，因爲有一個非常重要的人物會出席！」

我一愣，「趙良鐸回京了嗎？」

「嗯，昨天回到了京城，他的府邸被高飛派人夷爲平地，所以他現在將整個翠鳴閣包了下來，聽說太后正在為他建造新的府邸，今天他就在翠鳴閣擺酒！」

趙良鐸？這個神秘的傢伙終於出現了！我心裏暗暗的思量，看來他的身分就要揭開，他一定聽到了什麼風聲，但是神秘的客人，那又會是誰？能夠讓趙良鐸稱為重要的人物，一定不是一個簡單的人物！

「那麼朝中的大員，還有誰會去？」我思考了一下，抬頭問道。

「是趙峰前來送的請柬，我也問他這個問題，他說沒有什麼客人，只有你我兩個人，還說這只是一次私人的聚會，趙良鐸不想太過招搖！」梁興緩聲說道：「阿陽，看來趙良鐸要向我們攤牌了！今晚的酒宴你看如何？這個重要的人物，嘿嘿，我倒是很想見見！」

我沉吟著，「大哥，你說的不錯，恐怕今天的主角不是趙良鐸，我看這個重要人物才是真正的主角，嘿嘿，真是神秘的人物，有點意思，我倒是很想見識一下這個所謂的重要人物到底是何方神聖！」我突然轉過身來，對梁興說道：「大哥，我們就去走上一趟，我想不僅趙良鐸，還有顏少卿，恐怕我們心中的一切懷疑都有答案了！我有種預感，我們的時代就要來臨了！」

看著我，梁興笑了，他點點頭。我再次站在了陽光下，好溫暖的感覺，我不喜歡陰謀，但是陰謀卻永遠跟隨著我，只有在這陽光下，我感到了一種無比的輕鬆。

翠鳴閣，曾經是東京最爲華麗的銷金窟，無數的富商貴族在這裏一擲千金，當年梅惜月坐鎮翠鳴閣的時期，也是翠鳴閣最爲輝煌的時期，隨著兩次大戰和梅惜月的離去，翠鳴閣已經不復當年的燈紅酒綠，此刻它靜悄悄地坐落在東京的一隅。

我和梁興趕到翠鳴閣的時候，已經是夜幕降臨，翠鳴閣沒有半點的燈光，看上去死氣沉沉，沒有半點的生機。我和梁興翻身下馬，緩步走向大門。

我們剛走到了大門的前面，沉重的青銅大門緩緩打開，趙峰從裏面大步地走了出來，他的臉上一如平常，向我們一拱手，「我家主人說差不多是時候了，命小人前來迎接，沒有想到才一開門，兩位王爺就已經來到了，呵呵，兩位王爺請！我家主人已經在大廳恭候兩位多時了！」

看著趙峰那有些呆板的笑容，不知道爲什麼，我的心裏有一種莫名的悸動，看著他，我微笑著點點頭，大步和梁興走進了翠鳴閣。

大廳中，和翠鳴閣外全然兩樣，燈火輝煌，整個大廳中的豪華絲毫沒有變化，酒香瀰漫，帶著曾經有的脂粉味道，糅合成一種十分奇異而又詭異的香氣，我警覺地感到整個大廳的周圍，有一種莫名的、奇怪的氣氛混雜於其中，我雖然失去武功，但是在和蒼雲的一戰中，卻讓我體會到一種與上天莫名的默契，這使得我有了一種較之常人更爲敏感的靈覺，原因？我說不清楚，但是我知道這大廳中殺機暗藏！

我扭頭看看梁興，他也似乎有所察覺，臉上浮現出一種詭異的冷笑，在我耳邊輕聲說道：「宴無好宴，今天恐怕這慶功宴中還另有玄機！」

我點點頭，沒有出聲，只是向大廳中張望著。廳中沒有什麼人，只有寥寥幾個侍女穿梭於大廳之中，各種器皿接連不斷地送上了大廳。我扭頭向身後的趙峰說道：「趙管家，你家主人呢？」

神秘的笑容浮現在趙峰的臉上，他緩緩地說道：「王爺請恕罪，我家主人正在後廳準備，請大人先坐，待小人前去通報！」

說實話，我很不喜歡趙峰那古怪的笑容，總覺得他笑得十分詭異，頷首說道：「趙管家只管通報，我和梁王就在這大廳中等候！」

趙峰躬身退下，我和梁興兩人站在大廳中四處的打量，翠鳴閣的大廳是經過了名家設計，整體上，一種古樸典雅的風韻於其中，配合著廳中雅致的傢俱，絲毫沒有半點的奢華，但是卻透出一種無比的高貴，踩著柔軟的紅氈，讓人瞬間置身於一種安逸、輕鬆的氣氛中！

由於我在東京的時間非常短暫，很少來到這翠鳴閣，即使來了，也只是匆匆前往後樓的雅閣，從來沒有來這大廳中滯留，這是我第一次踏進這寬敞明亮，而又顯得華貴高雅的大廳，雖然已經停歇了許久，但是那廳中近百張長案錯落有致，非但不覺得擁擠，而且還使得每一張長案都顯得恰到好處，除非慷慨激昂地說話，彼此間都會互不影響。

我眉頭微微一皺，這大廳的擺設，已經將這翠鳴閣主人的才華凸現的淋漓盡致，如果此人治理國家，定然會使國家井然有序！只是這翠鳴閣的主人向來神秘，聽梅惜月講，從來沒有看到這裏的主人出現過，突然一個念頭閃過我腦海，那趙良鐸是否就是這翠鳴閣的幕後之人呢？扭頭向梁興看去，他此刻也是一副若有所思的表情。

不知不覺間，大廳中只剩下了我和梁興兩人。突然，我感到一種莫名的涼意，梁興的臉色突然一緊，「有殺氣！」

話音尚未落下，自大廳的暗處暴起一個人影，帶著如山一般的勁氣向我撲來，梁興冷笑一聲，閃身立於我的身前，兩手緩慢地伸出，似乎絲毫沒有半點的著力，在來人即將撲到的瞬間，他兩手突然暴長，似乎瞬間使手臂延伸了許多，後發而先至，一手凝重如山嶽般遲緩，一手如流水般輕靈，一剛一柔兩種截然不同而又相互矛盾的氣勁，頓時將來人的身體籠罩！我點點頭，但是這一掌，梁興的功力已經再獲提高，他已經盡得與蒼雲之一戰中那矛盾之妙用！

來人落入梁興的掌勢之中，頓覺自己發出的勁氣如石沉大海般消失不見，那一剛一柔兩種勁氣似乎糅和成一個詭異的漩渦，將自己的真氣瞬間吞噬，而且隱約間有一種莫名的牽引之力，自己的身體竟然有些不受控制，好像是主動向梁興雙掌撞去一般，心中驚悸難以形容，身體倒旋，努力擺脫梁興雙掌的扯動，來人用一種極為怪異的姿勢在空中旋轉，突然如利箭般射出，犀利的氣勁向梁興雙掌之間襲去。

我眼睛一亮，此人功力之高，實在厲害！梁興雙掌之間，兩種勁氣所形成的漩渦是他的強力所在，但也是破綻所在，兩種勁氣會合，中間卻有一絲縫隙，也是梁興掌勢唯一的破綻，梁興將這破綻隱藏於強勢之中，而此人在瞬間卻能夠發現，實在是不簡單。

梁興冷笑依然，一步向外踏去，這一步若重若輕，似有似無，似乎是在前進，也好像身體後退，雙掌在這一步間陡然變幻，剛柔氣勁所化成的漩渦頓時消失，牽扯的力量也轉眼不見，雙掌掌勢不變，氣流在兩掌間幻出一股凌厲氣箭激射而出，這氣箭帶著一種詭異的旋轉，將來人的氣勁湮沒。

「啵」的一聲輕響，兩股氣勁交合，來人的身體如同受到重擊，身體高高拋起，一口鮮血噴出，但是在空中微一旋飛，脫出了梁興的掌勢，借著梁興的掌力向我暴撲而來！

看來此人的目標是我，從一開始就已經鎖定，梁興的那一掌反而加大了他的力量，勁氣在空中呼嘯，發出詭譎厲嘯向我湧來。

我頓時感到呼吸有些困難，此人的功力雖然高絕，但是如果在我功力未失之時，我絕對不會將他放在眼中，但是此時……

不容多想，我出於本能的靈覺，一拳擊出，功力雖失，氣勢卻沒有減弱，一股慘烈之氣頓時瀰漫大廳，來人被我那貌似強大的一拳驚嚇，身體倒飛而去。此時梁興已經回身一掌，掌勢輕飄，卻又帶著凝重的氣勁向那人擊去。

「梁王手下留情！」一個悅耳的聲音響起，梁興瞬間將真氣收回，但是仍然有三成的氣機擊出。掌力擊實，來人在空中一口鮮血狂噴而出，向地面砸去。

一個飄忽身形瞬間出現在我面前，她單掌向那人的身體抓去，在快要抓住那人的身體同時，突然掌力一送，將那人的身體向外擊出，口中嬌叱：「沒有用的東西，淨是給我丟臉！」那人的身體陡然向廳外飛射，大廳門口再現一個身形，在空中輕翻，將那人接住。

一連串的變化讓我微微一愣，但是從來人出手的那一刻，我突然感到此人才是我畢生大敵，那一抓一送，運用巧妙，將梁興的勁氣化去，同時向外送出，那裏自然有人接應。不但保住此人的性命，而且還略施懲罰，真縝密的心思！

我看著在廳門出現的身影，心中的震撼無法比擬，那人卻是我一直都不曾有好感的趙峰，沒有想到這個臉上帶著淡淡笑容的管家，竟然是一個深藏不露的高手，從他閃身出現的身法來看，此人功力之高絕，較之鍾離宏不遑多讓。

我緩緩扭頭向那發出嬌叱之人看去，這一看，卻讓我如同受到雷擊一般，當時呆立在那裏，半天說不出半句話來。

站在我的面前的女人，年齡約二十五、六，凝脂秀髮，彎月娥眉，燈火之下，明亮深邃的眼睛更是顧盼生妍，教人無法不神爲之奪。她冷傲之氣散發於外，透著無與倫比的華貴和威嚴！身上一件單薄的白色長衫，雖是冬日，卻不見半點的寒意，更顯出她的超俗氣質！

好一個絕世的佳人，我心中不由得感嘆，此女無論姿色和氣質，都是我平生罕見，在我的記憶中，能夠和她相比的，也只有梅惜月，不過梅惜月則是更顯嬌豔，少了她這種孤傲的神仙氣。

這女子微微一笑，開口說道：「王爺爲何如此表情，見得故人，卻一副陌生表情，讓妾身好生傷心！」

我從震撼中清醒，聽到她的話，心中卻有些疑惑，我從來沒有見過這個女人，爲何說我是故人？看看梁興，此刻他也是一臉的疑惑，我知道他之前肯定也沒有見過這個女人，有些尷尬地笑了一笑：「實在抱歉，在下的記性不好，實在是不記得在何處見過小姐！還請小姐提示一二！」

她微笑著，蓮步輕移，長裙拖地，卻好像飄動一般，更顯出一種難言的飄逸。緩步走到廳中的長案之前，她緩緩坐下，「妾身今日請兩位王爺前來，王爺卻忘記了妾身，實在是不應該呀！」聲音舒緩，清雅中卻有著說不出的詭異。

我驚呆了，脫口喊道：「趙良鐸！」

此刻，梁興臉上的驚訝絲毫不比我遜色。

她回答道：「兩位王爺總算想起了妾身，讓妾身稍感安慰！趙良鐸乃是妾身平時在各國經商使用的化名。王爺應該知道，如果妾身是一個女人家，平日裏經商，難免會遇到一些登徒子的騷擾，所以只好易容，扮作男子，爲的是省去一些不必要的麻煩，如果有所失禮之處，還請兩位王爺原諒！」她停頓了一下，接著說道：「妾身真名叫做清林秀風，想必兩位王爺也曾聽過！」

我的嘴巴已經無法合住，今天可真是一個好日子！這頓慶功宴更是讓我驚心！先是被人偷襲，接著便是一個美女出現，然後趙良鐸變成了一個女人，最後，這個女人竟然是墨菲帝國的皇姑，扎木合的弟子清林秀風！所有的一切都是那麼匪夷所思，讓我簡直無法接受這一連串的變化。

梁興此刻更是露出不敢相信的表情，他和我一樣張大嘴巴，看著眼前的清林秀風，我們兩個都久久說不出話來！

「兩位王爺請坐，如此站在那裏，莫非是在責怪秀風的隱瞞之罪？」清林秀風開口道。

我努力平息心中的驚訝，拉了一下梁興，我們大步來到長案之後坐下，長長的出了一口氣。

我看著清林秀風，冷冷地說道：

「不論閣下是趙良鐸還是清林秀風，在下首先要向閣下請教，既然請我們前來，爲何又讓人偷襲，如果不給本王一個合理的答案，那麼本王一定要和閣下好好的算上這一筆賬！」

「閣下的手下剛才全力攻擊，出手之間全不留手，修羅王前日剛與蒼雲決鬥，功力盡失，閣下如此做，讓本王也覺得十分不快！」梁興冷冷地說道，陡然間一股淩厲殺氣發出。

對於梁興的殺意罔若未覺，清林秀風笑容不改，「這件事是妾身的錯，因為兩位王爺功力卓絕，堪稱明月百年來少見的高手，與蒼雲大師一戰更是舉世震驚，天下人更是將未來的天下第一高手的名頭送給了兩位大人。兩位大人應當知道，妾身出身墨菲，國師扎木合被譽為天下第一高手，妾身更是國師門下的弟子，所以難免有些不服，手下人更是不服氣，他們要和兩位王爺比試，妾身雖然努力勸阻，但是剛才的那名弟子還是自作主張，兩位王爺身手高絕，更是讓妾身感到敬佩，單是梁王剛才一掌，已經可以排列天榜前三，將來這天下第一高手，恐怕真的是非兩位王爺莫屬！」說著，她突然扭頭對我說道：「不過，許王爺雖然氣勢磅礴，但是卻似乎沒有半點的真氣，難道傳言是真，王爺的功力盡失？」

我心中一動，頓時明白了清林秀風的意圖，那偷襲之人必然是她安排，趁機試探我的武功是否真的全失！不過我武功全失一事，只有當日在校場數人知道，以高正的聰明，他不會將這件事情到處宣揚！當日我與蒼雲一戰，梁興和我都被視為明月的神人，此事，高正又怎會通報天下？那樣對明月百姓的打擊未免沉重！所以，必然是有人將這個消息送出，當日眾人裏面，除了向寧和梁興，就只有高正，高正必然會將我失去武功一事告訴給顏少卿，嘿嘿，我明白了。

我冷冷地說道：「秀風殿下如今已經知道在下的武功全失，是否心中十分高興？」

清林秀風真摯地說道：「王爺這是哪裡話？自秀風與兩位王爺交往以來，早已經知道兩位王爺不是普通人物，許王自入京以來，所作所爲秀風都一一告知家師，家師對王爺更是讚賞不已，如果不是國事在身，家師一定會來和王爺把酒論交！所以家師曾經告訴秀風，讓秀風務必全力配合王爺的行動，不可有半點的懈怠！王爺和蒼雲論戰，秀風因正在途中，未能觀戰，心中的遺憾更甚。蒼雲曾在四十年前和家師論戰，千招之後一招惜敗，家師曾說，若論真實功夫，蒼雲不下於家師，只是當年蒼雲年齡幼小，還有許多的奧妙未能參悟，故才敗於家師。所以當秀風聽到王爺重傷，心中更覺不安。沒有想到王爺竟然功力全失，這讓在下如何向家師交代！」說著，她的臉上露出一絲悲傷。

我朗聲笑道：「秀風殿下莫要如此，在下也明白剛才的事情，必然不是出於秀風殿下的主意，此事就這樣過去。能夠與蒼雲一戰，使在下受益良多，殿下不必爲在下難過，區區武道雖然深玄，但是卻只是小技，與蒼雲一戰，使得在下對於天道的渺渺更覺有了體悟，雖然失去的武功，但是卻絲毫不覺得有何遺憾！」

「是秀風矯情了！」清林秀風眼中異彩閃爍，她看著我緩緩說道：「許王的豁達，更讓秀風汗顏！其實自王爺殺出開元，秀風就已經對王爺關注！那時梁王的武功尚未大乘，所以秀風就把許王當作畢生追趕的目標！東京一戰，許王擊殺摩天，秀風深覺許王武力卓絕，後來天京大林四僧圍攻之下，依然無法奈許王如何，秀風更是感到此生有了一個遙遠的目標！但是蒼雲一戰之後，秀風聞得許王功力全失，心中的惆悵難以表達，本以爲此生再無目標，然而剛才梁王出手，卻讓秀風又有追求！許王的修爲，恐怕只有家師可以媲美，秀風此生再也不敢奢求！」說著，清林秀風看著梁興，緩緩地說道：「梁王，秀風此生必要追趕於你！」

梁興微笑著，「秀風殿下客氣了，梁興早也聽說秀風殿下武功卓絕，梁興也盼望著能夠與秀風殿下一戰！」

我們三人看著，突然都失聲笑了起來。

清林秀風緩緩地說道：「我們這樣的互相誇獎，是否有些吹捧之嫌？」說著，清林秀風輕拍玉掌。侍女緩緩端上了美酒佳餚。

清林秀風端起一杯酒，「今日秀風就敬兩位王爺！」

我們一飲而盡。放下酒杯，我朗聲說道：「秀風殿下今日設宴，恐怕不是只有喝酒這樣簡單吧！許某心急，請殿下明示！不然，如此的美酒佳餚，恐怕許某也無心品嘗！」

清林秀風笑道：「其實對於秀風的身分，我早知兩位王爺有所懷疑。當日與許王長街對話，對於王爺心中的疑惑，秀風也有感受。但是時機一直未成熟，秀風也無法與兩位王爺明說！」清林秀風侃侃而談，端起酒杯一飲而盡，有一種豪氣，讓我不禁感到心動。

「今日請兩位王爺前來，秀風就是要和兩位王爺講明。秀風知道兩位王爺才高，小小明月無法滿足兩位王爺的雄心。其實明月的太后顏少卿，也是家師早年暗中培養的人物，這一點，兩位王爺恐怕也多少有些察覺！墨菲帝國在家師多年的苦心經營之下，國力強盛，困擾百年的西羌之亂，也被平息。可是墨菲地處炎黃極西之地，土地貧瘠，難有作為。而中原諸國表面畏懼我墨菲的強大，但是卻始終認為我們不過是一群蠻荒之人。他們連年在中原征戰，絲毫不理百姓疾苦，炎黃大陸在他們的蹂躪之下，已經苦不堪言！我墨菲數代奮發，雖然地處貧瘠，但是卻沒有絲毫的退卻，國主賢明，百姓歸心，守有天塹，進則是肥沃中原，雖有心一統天下，但是多年的歧視，只要我墨菲東進，中原諸國必然聯手阻攔，雖然有心解萬民於水火之中，卻礙於七國聯合，始終困守一隅。數年前，家師定下分化之策，派遣秀風潛入中原，結交有識之士，但是卻沒有半點收穫，直到在下在西環見到了許王和梁王，秀風以為兩位王爺必將是心懷天下的豪士，所以傾心結交，為的就是能夠讓兩位王爺一展所長。如今亂世，正是英雄輩出的時代，兩位王爺身懷絕學，更是建功立業的時候，秀風更知道許王出身戰神世家，身懷家仇，前些日子聽到許王曾經向少卿說過要和我墨菲結盟，所以今日請王爺前來，就是想要和王爺暢談一番！」

我靜靜的聆聽清林秀風的話語，雖然早已經知道了這些，但是如今聽到從她口中說出，心中的得意還是無法形容。待到她說完，我沉吟許久，緩緩開口道：

「秀風殿下，多年來，許某一直感謝秀風殿下對許某的幫助，既然秀風殿下如此坦言，那麼許某也不妨直言，許某對殿下的來歷也早已經懷疑，只是殿下的來歷過於神秘，讓許某無法判斷，一直不敢和殿下交心一談。不錯，在下是贊同和墨菲結盟，因爲妳我兩國都是地處炎黃大陸的極端，長年被中原諸國欺壓，兩國結盟共同謀奪中原。但是聽秀風殿下所說，這明月似乎也是在殿下的吞併之列，在下想知道，那麼許某有什麼好處？」

「王爺幫助明月，又是要什麼好處？」清林秀風反問道。

「如今許某貴爲一等王爵，將來可以封地稱王，這還不夠嗎？」

「若許王只是要這些，那麼秀風可以承諾王爺，將來的封地會更大，王位永世不動！」

「哦？殿下可以做主？」

「不錯！秀風此次與王爺的會談，乃是奉了家師的命令，家師手書，只要王爺的要求，都可以答應，但是此次結盟，勢在必行！」清林秀風笑著說道。

我一愣，看來此次清林秀風已經是有備而來呀！沉吟了一下，我繼續問道：「那麼我皇，秀風殿下如何打算呢？」

清林秀風似乎沒有想到我會問這樣的一個問題，她遲疑了一下，「少卿是我的人，高正也是少卿的孩子，秀風自然會妥善安排，決不會虧待了她們母子！」

我看著清林秀風，「恐怕到時候會……」

「以前許某爲了報仇，雙手沾滿鮮血，如果是三日前，我定然不會詢問高正母子的結果，但是三日前與蒼雲一戰，許某感悟天道，更覺得自己雙手血腥，實在是罪大惡極，所以許某今日想向秀風殿下討一個人情，如果要許某堅持明月和墨菲結盟，條件很簡單，第一，我浴火鳳凰軍團只有許某和梁王可以控制，任何人不能染指！」我看著她緩緩說道。

清林秀風堅定地說道：「沒有問題，浴火鳳凰軍團唯有在許王手中，才是名副其實的浴火鳳凰！」

「第二，在我明月出兵的時候，秀風殿下需配合出兵，兵出天塹，吸引拜神威和安南的兵力！」

「這個自然，只要我們結盟，我們自然會在適當時機出兵，協助許王！」

「第三，如果墨菲成事，那麼許某可以什麼也不要，但是必須保證高正母子的安全！」我盯著清林秀風，嚴肅地說道。

「這……」清林秀風有些猶豫，沉吟了一下，她咬牙說道：「好，秀風向許王保證，高正母子定然不殺！」說完，她有些奇怪地看著我，緩緩地問道：「只是秀風實在不明白，許王為何要如此的保證？」

我站了起來，緩緩走動了兩步，「秀風殿下，如今許某武功全失，卻也因此感到了自己的罪孽！許某自出道以來，短短數年時間，殺生無數，秀風殿下當知道許某為求完勝，斬殺十萬降卒的事情！三天前許某決戰蒼雲，昏迷兩日，兩日中冥冥給了我一個指引，使得許某感受到了天道的無常，如今只想報了家仇，和自己所愛的人過平靜的生活！還有，就是去尋找那神奧的天道！」

清林秀風臉上帶著一種異樣的表情看著我，突然間她站了起來，「秀風只知道許王嗜殺，卻沒有想到許王還有如此的情懷！秀風佩服！」

我扭頭笑著對她說道：「秀風殿下莫要笑我，許某只是因為自己的武力全廢，才有了這些感觸，唉！天道渺渺，恐怕許某窮一生也無法探得全貌！」

我們不禁都笑了起來，回身落座，我們又吃喝一陣，清林秀風突然問道：「不知道許王的計畫如何？秀風又將如何配合呢？」

我微微一笑：「自來年開春，許某兵發飛天，拜神威必然全力和我爭奪，我將在來年的年末，兵臨天京，我希望來年九月，秀風殿下能夠出兵天塹，以拖住拜神威的兵力！在那個時候，許某會與拜神威和議，屯兵天京一線，同時發兵東瀛和陀羅，秀風殿下可以趁此機會，全力謀奪江南一線，待我平息東瀛和陀羅，妳我兩面夾擊，共同謀奪拜神威！」

帶著無比的歡欣，清林秀風大聲叫好，「王爺此計甚好，你我就這樣決定！」

大事已了，這酒喝起來就有些味道，酒席間，我發現梁興的臉色一直有些不好，但是卻不好詢問。這頓酒一直吃到了午夜，我和清林秀風又仔細地商定了計畫，這才告辭離開！

冬夜的寒風，讓我感到有些寒冷，微微昏沉的大腦也清醒了不少，我回想著和清林秀風的每一句對話，心中不由得暗暗得意！猛然發現梁興停在了我的身後，他用一種奇怪的目光看著我，眼中充滿陌生的感覺。

「大哥，你爲什麼這樣看著我？」我不由得渾身打了一個寒蟬。

長街之上，空蕩蕩沒有半個人影，四周一片漆黑寂靜，寒風吹過，讓人瑟瑟發抖，梁興立馬長街，抬頭看著漆黑夜空的點點繁星，半晌之後，他緩慢說道：「阿陽，我越來越不認識你了！」

我吃驚地看著梁興，慌忙問道：「大哥爲何這樣說？莫非我做錯了什麼？」

梁興神色複雜地說道：「阿陽，你時而真，時而假，真假之間，變化的是那樣的自然，我不清楚你什麼時候說的是真的，什麼時候說的是假的，阿陽，你知道嗎？和你在一起的時候，有時我會感到你的真誠，可是轉眼間，似乎又是另外一個人，我不知道到底那一個才是真正的你！」

我頓時明白梁興的話，勒著韁繩，我立馬於長街之上，抬頭望著夜空中的點點繁星，「大哥，你說明天的這個時候，我們還會見到今天的這滿天繁星嗎？」

梁興似乎沒有瞭解我的意思，有些迷惑地回答道：「星星就是星星，今天的星星和明天的星星又有什麼不同？」

我沒有看梁興，長嘆一聲，「可是此刻我們看到的繁星，和明天將要看到的繁星卻不會相同，因爲到了明天的這個時候，即使繁星依舊，但卻已經不再是現在的景象。即使是在我剛才問你的那一刻，所看到的繁星也不同於現在的繁星。天道渺渺，我們永遠無法體會到那其中的神妙，只能用一種崇敬的心來感受到它的無情和冷漠！」

梁興點點頭，有所領悟，他緩緩地說道：「阿陽，我似乎明白了！古人說：人永遠不能踏入相同的一條河流，也許就是你所說的道理！」

我微笑著，扭頭看著梁興，「鐵匠，話雖然是這樣說，但是河流永遠是河流，繁星永遠是繁星，不論怎樣的變化，水永遠都是水，即使它變成了冰，變成了霧氣，它永遠還是水，所有的一切不過是它的一種表象，卻永遠無法改變它的本質！如同人一樣，人就是一種充滿了欲望的動物，即使如蒼雲大師那樣的出世之人，也無法停止她對武道的欲望，直到她在那完美的一擊之後，她才真正體會到了天道的虛無。我們無法像她一樣，只能在這塵世中追尋著自己的欲望，即使再努力避免，也還是掉入了欲望的陷阱！你我生在這個亂世，本來就已經是上天的注定，你我注定一生的殺戮，即使你再躲避，也無法逃出命運的安排！大哥，既然我們無法逃避，那就讓我們面對吧！」

梁興表情複雜，半天沒有言語。

我接著說道：「鐵匠，還記得我們在三鹿山，我為了追求勝利，斬殺了十萬降卒的事情嗎？我記得當時你大怒，和我打了一架！其實在我昏迷的兩天中，我更有體會，大哥，你我生來就是為了殺戮，為了陰謀，如果上天再一次讓我回到當時的情形，我一樣會毫不留情地斬殺他們！而且，我心中再也不會有半點的後悔。記得當日在三柳山的臥佛寺中，明亮大師給了我一句偈語：血手佛心！我一直感到迷惑，血手，我有了，但是佛心？我一直無法探知那究竟是怎樣的一種東西！昏迷的兩天中，我在夢境中見到了無數死在我手下的人，冥冥中有一份指引。我從出道以來，一直在為我的仇恨而廝殺，但是如果去做一個王者，那卻是遠遠不行！既然我們要加入這個爭霸天下的遊戲，那麼一味的殺戮，只有成就一個魔王，我要尋找的是那個隱藏在我內心的佛心！」

「我明白你所說的這些，但是，這又和你今天與清林秀風所說的有什麼關係？」

我緩緩說道：「大哥可知高正與高占是截然不同的兩個人，在某些方面，高正更像他的叔叔高飛，他賢明，胸懷大志，有著無比的雄心，這些從他登基以來的種種作爲我們都可以看出來，他現在受制於墨菲，是因爲他的實力還不成熟，還無法真正做一個強者，所以他在委曲求全！但是總有一天，當他的羽翼豐滿，他必然會與清林秀風發生衝突，他不是一個甘居人下的人物，而且，顏少卿也不是一個簡單的女人，這個女人狠辣，英明，知道什麼時候應該收放，就像是一個護犢的母狼，如果高正遇到了危險，那麼，她會比任何的男人都要可怕！我今天和清林秀風這樣說，就是要在清林秀風的心裏面產生下一個陰影，清林秀風也不是一個簡單的人物，她絲毫不弱於顏少卿，總有一天，她們之間將會面臨利益的衝突，那時，她們之間的爭鬥將是無比的慘烈！」

梁興突然笑了，緩緩地說道：「驅虎吞狼，隔岸觀火，你我坐收漁人之利！」

我也呵呵笑了，「沒有錯，從我在校場受傷的那一刻起，我就有了感悟，那就是我們遲早要面對與高正的對決，說實話，我心中有些不忍，我害怕到時候和他們母子產生感情。在我從昏迷中清醒的那一刻，我的這種感覺越來越深，而在面對清林秀風的時候，我突然讓我的想法成熟了起來！呵呵，清林秀風和我們結交不是一日了，她對我們做了深刻的研究，她不擔心大哥你，因爲她知道大哥或許是一個出色輔臣，卻不是一個征戰天下的君王。因爲大哥你不夠狠！不夠辣！這是你最大的缺點，你不知道什麼時候應該將自己的感情拋棄！但是她害怕我，因爲我夠狠，夠辣，爲了成功，我可以拋棄我的一切感情！而我的武道修爲也讓她感到了恐怖！這從今天的偷襲可以看出！嘿嘿，難道我看不出那個人其實就是她安排出來試探我的嗎？我做出一副超脫的模樣，由於武功全廢，我再無半點的雄心壯志，我將會暫時離開她的視線，而這樣對於你我，不正是一個絕好的機會？我們可以好好爲以後的事情做打算，看看他們如何的爭鬥，我們則躲在暗處，準備致命的一擊！大哥，從現在開始，我們就將由明處走到了暗處，上天注定我將是這場遊戲的勝者！」

梁興搖頭苦笑，「阿陽，你實在……」他沒有說下去，突然話鋒一變，「那麼我們後面應該如何呢？而這又和你所說的佛心有什麼關係呢？」

我說，「下面就是要說服高正了！我們則是專心準備對付飛天和以後的戰爭！還有，我要好好陪陪惜月她們，我就要做一個父親了！」說著，我的臉上又露出迷茫的神色，「至於這佛心？我也不知道，希望能夠在這些年找到一個答案！」

梁興沉默了，我們並肩在長街上緩行，清脆的馬蹄聲迴盪在長街之上，顯得那樣空曠，那樣的單調。

回到了府中，我和梁興剛一下馬，陳可卿匆匆地迎了上來，他的臉上帶著一絲焦慮，神色有些慌張地來到我的面前，低聲說道：「主公，皇上和太后在書房已經等候你們多時了！」

我一愣，馬上對梁興低聲地笑道：「鐵匠，已經來了！」

梁興點頭輕笑，將韁繩扔給了府前的親兵，我和他大步走向了書房，看來一切都還在我的意料之中！

昏暗的燭光下，高正和顏少卿坐在我的書房中，兩人神色平和，翻動著桌上的書卷。我和梁興大步走了進去，神色有些慌張地躬身施禮道：

「臣罪該萬死，竟然讓聖上和太后在這裏久等！」

高正起身走到我們的面前，將我們扶起，和聲說道：「兩位王爺不必如此的客氣，其實也沒有什麼事情，朕只是來看看許王的身體如何，沒有想到兩位王爺去赴宴，呵呵，朕這也是來得匆忙，沒有通知兩位，說起來是朕的不對，王爺不要見怪才是！」

我連忙躬身答道：「皇上和太后來看臣，本是臣的榮幸，沒有想到竟然還要皇上和太后在這裏等待，實在罪過！」

顏少卿此時也站了起來，她款款走到了我的身邊，柔聲說道：「許王不必如此的見外，你我都是經過共同苦難之人，何須如此見外？朝廷中的那些禮節，不過是讓那些食古不化的老東西們看的，如今這裏只有我們四人，不用那個樣子！」

我們又客氣一下，都坐了下來，大家沉默了一會兒，顏少卿突然問道，「剛才聽說兩位王爺去參加了趙良鐸的宴席？」

梁興在一旁說道：「太后，正是！不過……」

「不過如何？」高正看著梁興，微笑地說道。

「不過，那趙良鐸其實是墨菲的皇姑，清林秀風！」梁興訥訥地說道。

高正的臉色只是微微一變，依舊保持微笑。

顏少卿說道：「看來，你們已經知道了本宮的來歷？」

我和梁興點點頭，都沒有說話。

顏少卿緩緩的說道：「當年我父得罪了朝中的貴族，被收押在天牢，我爲了救我父親，到處求人，但是世態炎涼，沒有人會理會一個失了勢的家族。正在我苦悶和無助的時候，清林秀風突然出現了，她告訴我，她可以幫助我救出我的父親，但是我必須要去墨菲一次！那個時候我沒有選擇，只好跟隨她前往墨菲，拜見了墨菲的國師扎木合，並在扎木合的門下學習。清林秀風沒有食言，她真的將我的父親救了出來，而我在三年後，從墨菲回到了明月，在清林秀風的安排下，我嫁給了太子高良，清林秀風告訴我，要我全力地輔佐高良登基，將來能夠使墨菲和明月共同謀奪天下。嘿嘿，我知道，我在她的眼中不過是一個棋子！」

顏少卿講得很簡單，但是那話語中的蒼涼我卻可以體會，三年，顏少卿恐怕也吃了不少的苦，她那身媚惑之術，已經告訴了我她必然歷經了無數的屈辱，但是高正在這裏，她無法講得如此清楚！我默默地點頭，沒有出聲。

此時，高正臉上的笑容已經不見，取而代之的是一種無邊的森冷，他緩緩地說道：

「其實母后和清林秀風的合作，朕早已經知道。朕明白母后的苦衷，我們明月不比他們墨菲，沒有墨菲強大，多年的征戰也讓我們明月國庫空虛。朕的年齡小，但是朕什麼都明白！朝中的一群小人都難以成就大事，所以朕只有沉默！自從認識了兩位王叔，朕心中的希望再次燃燒。朕需要時間，所以讓兩位王叔代朕攝政，爲的就是讓朕和母后兩人騰出手來，對付清林秀風，朕今日來，就是想請兩位王叔全力幫助！」

我和梁興同時起身，躬身向高正說道：「皇上聖明，此乃我明月的福氣，臣必當全力輔佐我皇，光耀明月！」

高正緩緩地說道：「其實，兩位王叔的忠心，朕和母后都是清楚的，今日前來，朕是爲了向王叔道謝！」

我不禁愕然，看著高正，心中充滿了疑惑。

「王叔今日在翠鳴閣爲朕和母后求平安，朕深深表示感謝！」高正臉上帶著一種莫測的神秘笑容，緩緩地說道。

我心裏一驚，看來顏少卿母子和清林秀風之間的鬥爭已經開始，高正已經有些迫不及待了。但是我心中又生出了一絲憂慮，雖然這是我的本意，但是如此一來，卻使得我的時間減少，我必須要有足夠的時間來策劃，否則如果過早地和她們任何一方敵對，我都會處於一個非常不利的局面！

我腦子急轉，有些惶恐地說道：

「臣和清林秀風之說，絕沒有半點對我皇的不敬，只是想爲我皇安排一個好的出路，這墨菲畢竟十分的強大！」

高正扶著我，讓我坐下，站在我的面前，「王叔不用惶恐，如果朕懷疑王叔，今夜在得到了密報之後，也就不會和母后一起前來和王叔長談！墨菲雖然強大，但是朕也不是一個庸才，朕清楚明月的實力還不足以和墨菲抗衡，但是朕可以忍，關鍵就是兩位王叔對朕的幫助，如果有王叔的全力幫助，墨菲雖然強大，但是朕卻有百分之百的把握將它擊敗！」

「臣必將死而後已，全力輔佐我皇！」我和梁興再次俯身跪下，恭聲地說道。

高正笑了，笑得十分的詭異，他將我們扶起來，緩緩回到了書桌前，「王叔打算什麼時候動身？」

「臣決定明日動身，前往開元，著手飛天的攻擊計畫！」

「很好，朕今日帶來了一樣禮物，請王叔收下。」說著，他從書桌後拿起了一個錦盒，走到了我的面前，放在我的手中。

我誠惶誠恐地接過了錦盒，有些疑惑的看著高正，「這是……？」

「王叔打開一看就知道了！」高正和顏少卿笑著看著我。

我緩緩打開錦盒，頓時愣住了，錦盒中放著一面戰旗，戰旗之上，還有一份用火漆封口的詔書。展開了戰旗，只見大旗之上繡著一片熊熊火焰，在那火焰中，一隻鳳凰帶著絢麗的火焰沖天而起，那樣的高傲，那樣的脫俗。

浴火鳳凰！我雙手微微顫抖，抬頭向高正看去。只見他的臉上此刻帶著淡淡的笑意，「王叔，這浴火鳳凰戰旗乃是朕命宮中的處女所繡，鳳凰高貴，更是純潔！今日朕將這戰旗送與王叔，王叔可以恢復浴火鳳凰軍團編制，揮兵南下，朕希望這火鳳戰旗能夠早早插在天京城樓，唯有這樣，明月百姓方能一舒近七十年的鬱悶，而朕也更有本錢同清林秀風談條件！」

「正陽，這火漆詔筒中乃是聖上與本宮書寫的密詔，如果本宮和聖上有了什麼不測，這密詔中都有交代，正陽到時打開就可！」顏少卿微笑著看著我，臉上也掛著濃濃的笑意。

突然間，我的心中有一種負罪感，其實我雖然沒有看那密詔，卻已能夠猜出幾分，他們這是將後事託付給我，而我卻還在謀奪他們的江山，我突然感到自己十分的罪惡，嘴巴張了兩張，最終沒有說出什麼。

「王叔明日一早就離開東京，朕會對外宣稱王叔依舊在皇城休養。就不必再向朕道別，朕就在東京恭候王叔的好消息！」說著，高正看了一眼顏少卿，「母后，時間已經不早，妳我還是回宮，不要影響王叔的休息了！」

顏少卿點點頭，站起身來，走到了我的身邊，「正陽，以後就看你了！」說完，她和高正大步地離開。

我和梁興一直將他們送到了府外，顏少卿和高正起駕回宮。

看著他們消失的背影，我突然對梁興說道：「大哥，你有什麼感覺？」

「我感到自己很罪惡！」梁興緩緩地說道。

「我也有同感！」我輕聲說道：「這母子兩人都是明白人，他們清楚應該怎樣拉攏我們，今天他們的這一手，已經將你我的心理防線打開了缺口，此後，你我只有盡力爲他們賣命了！」

梁興深沉地說道：「是呀，就看他們和清林秀風之間的鬥爭會如何！如果清林秀風勝了，我們還有機會！如果他們勝了，恐怕你我都無法下手了！」

我沒有說話，心中好像壓著一塊沉重的大石，我說不清楚究竟是怎樣的一種心情，但是我知道，這場遊戲到現在，才算是真正開始。……

請續看《炎黃戰神傳說5》

天下炎黃 卷4 全面開戰（原書名：炎黃戰神傳說）

作者：無極
出版者：風雲時代出版股份有限公司
出版所：風雲時代出版股份有限公司
地址：105台北市民生東路五段178號7樓之3
風雲書網：http://www.eastbooks.com.tw
官方部落格：http://eastbooks.pixnet.net/blog
Facebook：http://www.facebook.com/h7560949
信箱：h7560949@ms15.hinet.net
郵撥帳號：12043291
服務專線：(02)27560949
傳真專線：(02)27653799
執行主編：朱墨菲
美術編輯：許惠芳

法律顧問：永然法律事務所 李永然律師
北辰著作權事務所 蕭雄淋律師

版權授權：蔡雷平
初版日期：2013年10月
初版二刷：2013年10月20日
ISBN：978-986-5803-14-8

總 經 銷：成信文化事業股份有限公司
地　　址：新北市新店區中正路四維巷二弄2號4樓
電　　話：(02)2219-2080

行政院新聞局局版台業字第3595號 營利事業統一編號22759935

定價：280元　特價：199元

國家圖書館出版品預行編目資料

天下炎黃 ／ 無極著. -- 初版-- 臺北市：風雲時代，
2013.07 -- 冊；公分

ISBN 978-986-5803-14-8（第4冊；平裝）

857.7　　102012853